Lovecraft's Monsters, Vol.1

Edited by Ellen Datlow

Translated into Japanese by Masami Uekusa

Lovecraft's Monsters, Vol.1

ラヴクラフトの怪物たち 上

［編］エレン・ダトロウ
［訳］植草昌実

新紀元社

目次

CONTENTS

謝辞

企画の発想へのひらめきを授けてくれた、ヴィクトリア・ブレイクとマイクル・ブコウスキに、
協力を惜しまなかった、ステファン・ジミアノウィッチ、ゲイリー・ターナー、マーク・レイドロウ、
ダレル・シュワイツァー、ジェラド・ウォルターズに、
ラヴクラフトの怪物たちを描いてくれたジョン・クールサートと、
的確な紹介文を書いてくれたレイチェル・ファグンデスに、感謝します。
そして、本書の編集中に起きたあらゆる問題に対処し、忍耐強く疲れをものともせず取り組んでくれた、
タキオン社のジル・ロバーツに、ひときわの感謝を。

＊ジョン・クールサートの挿画は、著作権上の理由で、本訳書には未収録です。御了解いただけますよう。（編集部）

序

クトゥルー！　ヨグ・ソトート！　アザトート！　シュブ＝ニグラート！　ナイアルラトホテップ！　ホラー・フィクションの世界でも、こんなにもぞくぞくする名で呼ばれる存在は、そうそうはないだろう。字面からだけでも、異次元から来た、想像を絶する存在であることがわかる。佶屈異様な響きは、おまえたち人類の言葉ごときで我々を言い表せると思うな、と主張しているようだ。

　これらはＨ・Ｐ・ラヴクラフトの手による、幻想文学史上でも類を見ない驚くべき存在、もっとも怖ろしいものどもである。私たちの次元の外から侵入してくる、生物学的にはありえない巨大なかれらは、彼が創造した世界の外に出現することはないにしても、ひとたび覚醒するや混沌をもたらし、この地上を破壊しつくし、人類を虫けらよろしく一掃してしまう。そしてまた、ラヴクラフトの被造物の中でも、もっとも有名なものたちである。彼の怪物物語には、忌まわしき雪男、人間と両棲類のはざまにいるもの、ショゴスと呼ばれる山のごとき不定形の生物、血に飢えた食人鬼《グール》、蝙蝠の翼をもつ夜魔《ナイトゴーント》、知覚を持つ菌類なども登場する。人間の精神に寄生したり、姿がはっきりしなかったりするかれらが生物であるか否かはさておき、邪悪で有害であることだけは確かだ。

　今や、ジャンル小説の読者でなくても、怪物の名を聞いただけでラヴクラフトの作品を思い出すことができる。だが、彼自身が望んだのは、これまでに怪奇小説に登場してきた怪物たち同様、単にそれらを自作に描くことだけだった。一九三一年、友人フランク・ベルナップ・ロングに当てた手紙で、ラヴクラフトは自分の作品の中に、怪物たちからなる「ヨグ・ソトート神話」なる疑似神話大系を作り、自作で「人知の限界を超えた異世界の感覚」を物語る構想を綴っている。すでに知られている神話や伝説にもとづいた怪奇小説を、彼は「あからさまに稚拙で、慎重に扱わなければならない超自然的な題材を、矛盾に気づこうともせずに書いている」と見下していた。彼にとって「新たに創造した神話」であるヨグ・ソトート神話は「計り知れない、恐るべき未知の深淵を目《ま》のあたりにした者が、繊細な想像力ゆえに、その未知への恐怖を避けようとしながらも引き込まれていく、興味と忌避とがないまざった抑えがたい激情が作品としての形をなしたもの」だという。

怪奇小説を書くことに苦闘しながらラヴクラフトが試みたのは、未知なるものに未知のまま形を持たせ、わたしたちの世界に降臨させることだった。評論『文学と超自然的恐怖』において、「真の恐怖小説《ウィアード・テールズ》の必要条件を彼はこう述べている。「息もつかせぬある種の雰囲気とか外部からやってくる未知の力に対する曰く言い難い恐怖感がそなわっていなくてはならないし、また、その小説にふさわしい真剣なものものしい調子で、人間の頭脳が抱く考えの中で最も戦慄すべきもの——渾沌《カオス》からの襲撃や底知れぬ宇宙の魔神から、唯一我々を守ってくれる確固たる自然の法則を、悪意をもって一時停止させたり破棄したりすること——が暗示的に描かれていなくてはならないのである」。（植松靖夫訳 ちく

（ちくま文庫『幻想文学入門』より）「自然の法則」などものともしない怪物を登場させる以上に、それを「破棄する」こことを表す好適な手法はあるだろうか。

ラヴクラフトは、創作活動を始めるとほぼ同時に、怪物を描きはじめてもいた。商業出版された最初の短篇である『ダゴン』では、撃沈された船の乗組員が漂着した無人島に屹立する、無気味な水棲生物をかたどった浮き彫りのある石柱を描いている。「それらは一見、忌まわしいことに人間に似ていたが、手足には水かきがあり、しまりのない大きな口と、突き出たガラス玉のような眼をしていて、その姿はもうそれ以上思い出したくもない」。語り手はこれを、有史以前の海洋民族が崇拝した神の姿であると誤解する――が、そのままの姿をした巨大なものが海中から出現するのを目の当たりにして恐怖を覚えるのだ。

五年後、ラヴクラフトは『クトゥルーの呼び声』を発表するが、これは彼の主張する〝真の恐怖小説〟の、実作の好見本となった。この物語では、一見つながりのない事件を語り手がつなぎあわせることで、異次元から来た、人知を超えているがゆえに神として認識される、クトゥルーなる恐るべき存在を明らかにする。クトゥルーの偶像は、見るからに地球上の生き物ではないものを模《かたど》っている。

それは病的な想像力でなければ思い浮かべることすらできなさそうな怪物の一種、もしくは怪物を示す象徴《シンボル》のように見えた。われながらおかしな連想ではあるが、蛸とドラゴンと人間をないまぜた戯画のようで、あながちそれは外れていなくもないだろう。ぶよぶよした、触手の生えた頭が、未発達な翼のある鱗だらけの奇怪な体についているのだが、何より怖ろしいのは、その全体の輪郭だった。

だが、浅浮き彫りに描かれた姿はこの怪物の実像を想起させるには及ばず、終盤でようやくその巨大な姿を現した（と言ってもいいだろう）とき、ようやくラヴクラフトは彼の主張を明言する。

そのものを言い表すことはできない——阿鼻叫喚の深淵、太古の狂気、あらゆる事物や力学や宇宙の秩序と相反するこの奇怪きわまる矛盾は、どのような言葉でも語り得ないのだ。

この『クトゥルーの呼び声』こそ、ラヴクラフトの宇宙的恐怖《コスミック・ホラー》小説の基礎をなす作品である。《ウィアード・テールズ》の編集者ファーンズワース・ライトが掲載を決めたとき（一度は不採用になっていたのだが）、この作品はラヴクラフトの今では有名になった「私の小説はどれも、広大無辺の宇宙においては、人間の法も意思も熱意も意味などなく、重要でさえないという基本的な前提に則している」という声明を裏付けている。

『クトゥルーの呼び声』は、ラヴクラフトが異次元の怪物を初めて登場させた宇宙的恐怖小説だが、もっとも印象深い作とは言いきれない。むしろその栄誉は、一九二九年に《ウィアード・テールズ》に掲載された『ダンウィッチの怪』に冠せられるべきだろう。これはオカルトに手を染めたニューイングランドの旧家で、「魔術師」と陰で呼ばれるウェイトリー家の娘が産んだ少年、ウィルバー・ウェイトリーの物語だ。誰もウィルバーの父親が何者か知らないが、彼は幼い頃から異常に早く成長し、たちまち青年と呼ぶにふさわしい体格になった。ある夜、ウィルバーは地元のミスカトニック大学の図書館から『ネクロノミコン』を盗みだそうとして、番犬に咬まれて衣服ともども体を引き裂かれ、致命傷を負う。暴かれた彼の体の描写は、ラヴクラフトの作品中でも指折りの無気味なものになっている。

筆舌に尽くしがたい、という言葉は使い古されているうえ、ここで用いるのもふさわしくはないが、既知であるこの三次元の世界の、この惑星に存在する生物の形態を見て認識してきた者には、これを正確に伝えることはできない、といっても過言ではないだろう……腰から上は人間に似ていなくもないが、犬が警戒して今も前肢をかけている胸は、鰐の類のように網目のある固い皮膚に覆われていた。背中は蛇かなにかの鱗を思わせる、黄色と黒のまだらで彩られていた。腰から下はさらに正視できるものでない。人間の名残はまったくなく、まさに空想の産物とでも言うほかない。黒い剛毛がびっしりと生えた皮膚、腹部から何本も伸びる、今にも吸いついてきそうな赤い口が先端に開いた、ぐにゃぐにゃと長い緑灰色の触手。その生えようは、この地球でも太陽系でもない未知の宇宙の幾何学にしたがった、対照形をなしているようだった。臀部には左右とも、未発達の眼のような、周囲に睫毛のようなものが生えたピンクの球体が深くはまり込んでいた。尾のかわりのように生えていたのは、紫色の縞が輪のように入った、象の鼻か触手のようなもので、発達していれば口器になったかと思われる痕跡がいくつもあった。両の脚は、黒い体毛はあるが、どことなく有史以前の巨大な爬虫類の後肢を思わせる形をしており、先端は蹄でも鉤爪でもなく、太い血管を浮き上がらせてはいるが、哺乳類の肉球に似ていた。それが呼吸するたび、人間ではないほうの親に似た自然な循環なのだろうか、触手や尾は息にあわせてリズミカルに色を変えた。触手は緑の濃さを増したが、尾では紫の輪のあいだの生気のない灰白色が黄色みを帯びるさまが見られた。血らしいものは流れてはいない。黄緑色の膿汁が悪臭を放ち、ねばねばと半円状に広がって、塗装した床を異様な色に変えていた。

だが、ラヴクラフトが描こうとしたのは、このような有機生命体もどきなどより、さらに怖ろしいものだった。ウィルバーが死ぬとすぐに、見えない怪物がニューイングランドの田舎町を蹂躙しだし、家を押し潰し、家畜を食い尽くし、巨大な足跡だけを残していった。だが、ダンウィッチの真の恐怖とはその事件ではなく、その怪物とウィルバーが双子の兄弟で、人間の母親とヨグ・ソトートなる怪物の間に生まれたが、父や弟に比べればウィルバーはほとんど人間らしく見えた、ということにある。

これらの物語に登場した怪物たちが忘れがたくあればあるほど、そして、ラヴクラフトが自作の怪奇小説で表現を試みた異次元の感覚が鮮やかであればあるほど、その物語の枠からははみ出していく。ラヴクラフトの作品の怪物たちは本来、密かにこっそりと姿を現し、それらがもたらす恐怖は暗示にとどまっていた。『異次元の色彩』では、隕石が大地に衝突してその周辺の地域を汚染し、外宇宙からの見えない影響はゆっくりと、避けられない腐敗を、隕石が落ちた農園の植物に、動物に、さらには人間にと及ぼしていく。『インスマスの影』では、人間と両棲類めいた海底の種族との混血と思われる、町の住民たちが登場する。傑作に数えられる『戸口の怪物』『超時間の影』『暗闇の出没者』には、人間の意識を本人から取り上げ、空いた肉体に憑依する怪異が現れる。

ラヴクラフトは怪物たちばかりでなく、自作に託した意図が、クラーク・アシュトン・スミスやロバート・E・ハワード、フランク・ベルナップ・ロング、ロバート・ブロック、オーガスト・ダーレス、ヘンリー・カットナーらに、さらには現代の作家たちに受け継がれていることを、喜んでいるにちがいない。ラヴクラフトが書いた怪物や、禁断の智慧を記した書物や、無気味な舞台はシェアード・ワールドの要素となり、〈クトゥルー神話〉と呼ばれ、ゆるやかで包括的なサブジャンルとして、彼のアイデアに忠実な小説家たちによって、オマージュやパスティーシュとなって幾世代も書き継がれていったのだから。本書『ラヴクラフトの怪物たち』は、ラヴクラフトに捧げた作品を集めた一冊であり、一篇一篇が彼の怪物的な創造物である宇宙的恐怖《コスミック・ホラー》を堂々と、あるいは密かに物語っている。ハワード・ウォルドロップとスティーヴン・アトリーの『昏《くら》い世界を極から極へ』*では、ラヴクラフトが『狂気山脈』で描いた、地球の地下空洞内の怪物の群が現れる。ニール・ゲイマンはインスマス神話を『世界が再び終わる日』に取り込み、ラヴクラフト的な恐怖に対する伝承の恐怖を語っている。キム・ニューマンの『三時十五分前』は、インスマスをひっくり返してコミック・ポップ・カルチャー的に脱線する。トマス・リゴッティの『愚宗門』*はもっとも抽象的な形でラヴクラフトの宇宙観を喚起し、レアード・バロンの『脅迫者』は逆にそれを土くさいまでの具象として表す。ジョン・ランガンの『牙の子ら』*は『廃都』に加えられた新たな一章だ。そして、フレッド・チャペルの『残存者たち』は、地球を支配した異生物の建造物に人間が覚える「違和感」を通して、ラヴクラフトが恐怖小説には必須のものであると主張した、人知の限界を超えた異世界の感覚を伝えてくる。もしラヴクラフトが、本書に収められた、彼の創造物を取り入れた多彩な物語を読んだとしたら、まちがいなく喜ぶだろうし、自ら創造したとてつもない怪物の物語が、数限りない現代の小説家たちへの啓示となり、彼らの想像力をかくも高めたことに、驚嘆するだろう。（*印は下巻収録作品）

ステファン・ジミアノウィッチ
ニューヨーク、二〇一三年

はしがき

H・P・ラヴクラフトの小説への関心は衰えることがないようだ。同時代の作家たちはもちろん、死後に登場した数多い作家たちへの影響は、彼の想像力がどれだけ強いかを証明している。その強さはどこから？　おそらくは、彼が創造した神話大系の奥深さにあるのだろう。たとえば怪物たちや、わたしたちの正常な世界から紙一重隔てたところにある見えない領域として、書き表されているように。

わたしがはじめてかの神話にであったのは、まだ十代のはじめの、手当たりしだいにサイエンス・フィクションを読んでいた頃で、ラヴクラフトの作品はセンス・オブ・ワンダーとは正反対の、ＳＦのように書かれてはいるが得体の知れないものだと、はっきり感じていた。

その後、わたしはラヴクラフトのパスティーシュを大量に読んだが、ほとんどは――少なくともわたしにとっては――ありふれていて、新しさを感じられるものはまずなかった。印象に残り、時に驚かせてくれさえする作品は、創造者が夢にも思わなかったような（それどころか、彼を墓の下で切歯扼腕させるような）神話の使い方をしているものだった。

本書は、わたしが手がけたラヴクラフト・テーマのアンソロジーの二冊目になる。一冊目は『鎖を解かれたラヴクラフト』*Lovecraft Unbound*（二〇〇九　未訳）で、彼に触発された、ほとんどは書き下ろしの作品を集めた。わたしのテーマ・アンソロジーの読者は、編者がいつもテーマの限界を突破しようとしていることに気づいているだろう。わたしがある小説が気に入り、編んでいるアンソロジーのテーマに合致すると判断しさえすれば（依頼して書いてもらったものでも、再録に値すると聞いて探し出したものでも）、その小説を収録するのに迷いはない。

この『ラヴクラフトの怪物たち』では、わたしは作品を選ぶのに三つの目標を定めた。ひとつめは、パスティーシュを避けること。ふたつめは、今も数多く出版されているクトゥルー神話アンソロジーに収録されていないこと。そして三つめに、ラヴクラフトに影響を受けた小説を書きそうにないと思われている作家たちの作品を集めること。ジェマ・ファイルズの詩や、スティーヴ・ラスニック・テム*、カール・エドワード・ワグナー*、ジョー・R・ランズデール*、ブライアン・ホッジ、ナディア・ブキンの短編小説、そしてハワード・ウォルドロップとスティーヴン・アトリーの合作*を収録したのは、これらの目標に従ったからだ。（*印は下巻収録の作家）

わたしは目標を達成したと確信しているし、読者がこの『ラヴクラフトの怪物たち』を楽しんでくれることに疑いを持たない。編者のわたしが楽しんだのだから。

エレン・ダトロウ

世界が再び終わる日

ニール・ゲイマン

Only the End of the World Again

Neil Gaiman

ひどい日だった。素っ裸で寝ていて、腹の差し込みに目を覚ましたが、その痛いことといったら、まるで地獄にいるようだった。偏頭痛を絵に描いたような金属じみた日の光が部屋を照らし、その色からすると昼は過ぎているようだった。

部屋は寒かった――まさに凍えるほどに。窓の内側に薄い氷が張っていたくらいだ。かけていたはずのシーツはずたずたに裂けていて、いたるところに獣の毛がついている。だからちくちくする。

このまま来週まで寝ていたい、と思った――変身のあとはいつも、ひどく疲れる――が、こみ上げる吐き気にベッドから解き放たれ、そのまま慌ててちっぽけなバスルームまでよろめいていった。

バスルームのドアに手をかけるや、またも差し込みが来た。ドアにすがりつくようにして堪えているうちに、冷や汗が出てきた。風邪が腹にきたか。それよりも悪いことがすぐに浮かんだが、それではないはずだと打ち消した。

差し込みは腸《はらわた》を突き刺すようだ。めまいがしてきた。床にうずくまり、トイレにたどり着いて便座を上げようとする間もなく、その場で吐いた。

悪臭を放つ薄黄色い胃液とともに吐き出したのは、犬の前肢――たぶんドーベルマンだと思うが、犬にはたいして詳しくはない。トマトの皮、刻んだニンジン、スイートコーン。噛み砕いた生の肉きれがいくつか。それから、指が何本か。青白くて小さい、子供の指だ。

「ひでえな」

痛みはやわらぎだし、吐き気もだんだんおさまってきた。が、鼻と口から臭い汁を流しながら、そのまま横になり涙が涸れるまで泣いていた。

そのうち、少し楽になったので、起き上がって吐瀉物の中から犬の肢と子供の指を拾い、トイレに投げ込んで流した。

蛇口を開き、インスマスの塩気のある水で口を漱《すす》ぐと、シンクに吐き出した。それから、トイレットペーパーと雑巾で、汚した床をできるだけきれいに拭いた。それからシャワーの下で、熱い湯が体を打つまま突っ立っていたが、そのさまは我ながらゾンビのようだった。

石鹸で体を、それから髪を洗う。泡が灰色になった。よほど汚れていたんだろう。髪が乾いた血みたいなもので固まっていたので、すっかり落ちるまで石鹸で洗った。そのあと、湯が出なくなり氷みたいに冷たくなるまで、シャワーの下にまた突っ立っていた。

部屋のドアの下に大家のメモがあった。こんなことが書いてある。あなたは家賃を二週間ぶん滞納しています。すべての答えは『啓示の書』に書かれています。今朝お帰りのときはかなり賑やかでいらっしゃったのでこれからは静かにしていただけますよう。古くからの神様たちが海からお出ましになったら贅沢者や怠け者のような人間のくずや不信心者は一人残らず陸《おか》から掃除されてしまい世界中は氷と水とですっかりきれいになります。冷蔵庫の一段はご自由にお使いいただけるのをお忘れかもしれませんのであらためてお知らせしておきますがお使いにならないのでしたら使わせていただきます。

メモを丸めて、床に積み上がったビッグマックの容器と、干からびたピザの残った箱のあいだに投げ捨てた。

仕事に行く時間だ。

インスマスに来てまだ二週間だが、早々にうんざりしている。どこに行っても魚くさい。閉所恐怖症を起こすほど狭苦しい町だ。東に湿原、西には崖で、漁港を中心にしているが、廃船みたいな漁船が二、三艘浮いているくらいで、夕日がきれいなわけでもない。一九八〇年代にはヤッピーどもがここに来ては、港の見える立地の、絵に描いたように洒落たコテージを買い取ったものだった。だが、連中も姿を見せなくなって久しく、コテージは住む人もなく荒れ果てている。

この町の住人は、外れのほうに動きもしないで固まっている陰気くさいトレーラーハウスにもいる。

俺は服を着るとブーツを履き、コートをはおって部屋を出た。大家の姿はない。小柄な、飛び出すほどぎょろ目の女で、めったに口をきかず、ドアなり他のところなり、俺が目にしそうなところに長ったらしいメモを留めていく。大家はいつも台所にいて、海のものを調理するにおいをアパートじゅうに充満させている。台所の焜炉では、肢《あし》の多すぎるやつやまるで肢のないやつが、大鍋の中で煮えている。

このアパートには他にも部屋はあるが、誰も住んではいないようだ。まあ、気がたしかなら、わざわざ冬のインスマスに来ることもあるまい。

外に出ても、空気のにおいはアパートの中と変わらなかった。違うのは、冷たい海風で息が白くなったことくらいか。道端に汚れた雪が固まっている。また降り出しそうな曇り空だ。

港からしおからい寒風が吹きつける。カモメが悲しげな声をあげる。気分は沈むばかりだ。事務所も寒いことだろう。マーシュ街とレン通りの角にうずくまっているような低いビルには、〈栓抜き《オープナー》〉というバーがあり、ここに来てからの二週間、何度となく前を通っているが入ったことはない。だが、今は一杯やりたくてたまらなかったし、中は少しは温かいはずだ。俺はドアを押した。

中はとても温かかった。足踏みをしてブーツから雪を落とす。客はほとんどいなく、積み重なった吸い殻と気の抜けたビールのにおいがした。爺さんが二人、隅でチェスをしている。バーテンダーはカウンターの中で、くたびれてはいるが革装で表紙に金箔をおしたテニスン卿の詩集を読んでいた。

「やあ。ジャック・ダニエルズをストレートで頼むよ」

「よろこんで。ここには最近いらっしゃったんですね」バーテンダーは本を伏せると、グラスに酒を注いだ。

「わかるかい？」

やつは笑みを浮かべてジャック・ダニエルズをカウンターに置いた。グラスは脂じみた指紋で汚れていたが、俺は肩をすくめて一気に空けた。味がわからない。

「迎え酒ですか」バーテンダーが言った。

「まあな」

「こんな言い伝えがあります」と、狐みたいな赤茶色の髪をきれいに撫でつけたバーテンダーは言った。「人狼《リカントロポイ》は狼の姿でいるとき、感謝の言葉をかけられるか、洗礼名を呼んでもらえれば、元の姿に戻ることができる」

「へえぇ。ああ、ありがとう」

頼む前にバーテンダーはもう一杯注いだ。ピーター・ローレ（一九〇四―六四　ぎょろりとした目が印象的な俳優。「カサブランカ」「海底二万哩」などに出演。）にちょっと似ているようだが、もっともインスマスの住人は、大家を含めてみなどこかしらピーター・ローレに似ている。

ジャック・ダニエルズを呷ると、今度はおなじみの、喉を焼いて腹に落ちていく感じがした。

「そういう話は聞いたことがある。信じられないが」

「信じられるお話はありましたか」

「帯を焼け」

「それは？」

「人狼は変身するために、人間の皮でできた帯を地獄の主から授けられている。だから、その帯を焼き捨てれば呪いは解ける」

チェスをしていた老人の片方が振り向いた。ぎょろ目だが盲目のようだ。「人狼の足跡にたまった雨水を飲んだら、そいつも満月の夜に狼になる」老人は言った。「その呪いを解くには、足跡をのこした人狼を捕まえて、無垢《ヴァージン》の銀のナイフで首を切り落とすほかない」

「処女《ヴァージン》がどうしたって?」俺は笑った。

禿げ上がった、皺の深い顔の対局相手は、かぶりを振って悲しげに唸った。そして女王《クイーン》を動かし、もう一度唸った。

インスマスにいるのは、こういう奴らだ。

酒の代金を置き、チップを一ドル足してバーを出た。バーテンダーは読書に戻り、俺が出ていくのに気づく様子はなかった。

外に出ると、粒の大きな雪が降っていて、髪や睫毛にまとわりついた。雪は嫌いだ。ニュー・イングランドも嫌いだ。もちろん、インスマスも。ほかに一人でいられるところがあるとも思えないが、たぶんまだ見つけられないだけなのだろう。月の周期のあいだは仕事に没頭する。仕事がないときは、何をどうしてもしのぐ。

マーシュ街を二ブロックほど歩いて——インスマスの他の場所と変わらない、十八世紀のアメリカ風ゴシック様式と、十九世紀末の褐色砂岩を用いた建築技術の粋と、二十世紀後半の灰色の箱じみたプレハブの家が入り交じって、趣《おもむき》も何もあったもんじゃない——とうに畳んでしまったフライドチキンの店の前まで来ると、脇にある石の階段を上がって、錆の浮いた防火扉の鍵を開けた。

通りの向かいは酒屋で、その二階には手相占いの看板が出ている。

黒のマーカーで「死ぬほかない」と落書きをしていったやつがいる。死ねるなら簡単だ。

染みや剥がれが模様になった漆喰の壁を横目に、木の階段を上がる。そこが俺の事務所だ。

ドアのガラスに箔押しの名前を出すほど、ひとつの町に長居はしない。厚紙に大文字の手書きで名前を書いて、画鋲で留めておくだけだ。

ローレンス・タルボット
調停者

鍵を開けて中に入る。

事務所を形容するのに、「みすぼらしい」「居心地の悪い」「むさくるしい」という言葉が浮かぶのを振り払う。たしかに、見栄えのしないことこの上ない——机、椅子、何も入っていない書類棚。窓からは、酒屋と手相占いの看板が見えるだけ。下からは古くなった食用油の臭いがする。あのフライドチキンの店は、閉めてからどれだけ放置されているのだろう。すぐ足元に、黒いゴキブリの群れが蠢いているような気がしてきた。

「それは君が考えている世界のことだ」こちらの腹に響くほど低い、暗い声がした。

事務所の隅に古い安楽椅子がある。あまりに時代がついていて、張った布に模様があるのがかろうじて見えるくらいだ。全体が埃のような色をしている。

太った男が安楽椅子に座り、目を閉じたまま語りだした。「私たちは不安を抱き、困惑の目でこの世界の混乱を見ている。深遠な秘儀を前にした学者か、想像を超えた世界に一人とらわれた者のように。真実はずっと単純だ。私たちの足元には闇があり、そこには害意をもつものが潜んでいる」

男は首を反らした。舌先が口の端からのぞいている。

「読心術ってやつかな？」

安楽椅子の男は音を立てて深く息を吸った。ここまで太ったやつも、白っぽいソーセージみたいな太い指も、これまでに見たことがない。もとは黒かったのに、着古して灰色に褪せたような厚地のコートを着ている。ブーツの雪は解けずに残っていた。

「まあ、そんなものさ。世界の終末なんて、おかしなことを考えるものだ。世界はつねに終わりを迎えているのだし、そのたびに愛や愚かさといった些細な行いや、ときにはただ単に運だけで、その終わりを免れている。

だがな。もうそれも手遅れだ。古き神々は乗り物を選んだ。月が昇るとき……」

男の口の端から涎《よだれ》が細い銀の糸を引き、襟に落ちた。なにか小さなものが、男のコートの下に急いで隠れていくのが見えた。

「月が昇ったら、どうなるんだ?」

男は目を醒ましたようで、縁の赤く腫れた小さな目をしばたたかせた。

「たくさんの口の夢を見たよ」今度は、体に比べて奇妙に小さく、息を切らせたような声になった。「どの口も好き勝手に開いたり閉じたりしていた。しゃべる口、囁く口、喰う口、黙っている口もあった」

あたりを見回しながら、男は口をぬぐい、座り直して当惑したような目つきになった。「あんた、誰だ?」

「俺はこの事務所を借りて仕事をしている」

男は盛大にげっぷを漏らした。「失礼」喘ぐように言うと、椅子から立ち上がった。俺より背は低いようだ。ぼうっとした目で俺を見る。「銀の弾丸」と口にすると、間を置いてから続けた。「古くからの対処法だ」

「そうとも」俺は答えた。「あまりに伝統的なものだから、頭から抜けていたよ。ぼけたもんだな。自分を蹴ってやりたいね」

「この年寄りを笑わそうとしているのかね」太った男は言った。

「その気はないんだ。失礼。さあ、引き取ってくれ。仕事がある」

男はよたよたした足取りで去っていった。俺は窓際の机に向かった。数分間の試行錯誤のうちに、回転椅子を左に回すと座面が脚から外れることに気づいた。

座ったまま、机の上の煤けた黒い電話が鳴るのを待っているうちに、冬空の雲が切れて薄日が差してきた。

電話が鳴った。

男の声が「お宅の外壁にアルミの防水板はいかがですか」と言った。すぐに切った。

事務所には暖房がない。あの太った男は、どれだけのあいだ安楽椅子で眠っていたのだろう。

二十分後、二度目の電話。女の声が泣きながら、昨夜ベッドから攫われた五歳の娘を捜してくれるように懇願してきた。飼い犬もともにいなくなったという。

「子供は捜さないんです」俺は答えた。「申し訳ないのですが、悪い経験が多すぎるもので」電話を切ったあと、しばらく気が沈んだ。

日が暮れはじめた。はじめてインスマスに来たときから、通りの向かいにネオンサインが灯っている。「占い師マダム・エゼキエル　タローと手相」赤い光が、降り積もる雪に血を流したように見えた。

世界の終わりは些細な行いで免れられている。これまではそうだった。そう、これまではずっと。

三度目の電話が鳴った。相手の声を覚えていた。アルミ外壁の営業だ。今度はくだけた口調だった。

「獣に変身した人間が元に戻るのは、理論的には不可能だ。だから、解決するには別の理屈を見つけなくてはならない。非人間化は自己の別形態への投影だ。脳障害か。おそらくはそれもあるだろう。

疑似神経症的統合失調症というやつか。面白いな。塩酸チオリダジンの静脈注射が有効だったという例もある」

「それは成功したのか?」

受話器の向こうで笑い声がした。「いいね。ユーモアのセンスは必要だ。いい取引ができそうじゃないか」

「今朝方も言ったが、アルミの外壁に用はない」

「そんな些細なものじゃない、ずっと重要な取引だ。ミスター・タルボット、君はこの町に来たばかりだ。わざわざ敵を作ることもないだろう」

「お好きなように。何か問題を抱えているなら、予約を入れて待っていてくれ」

「世界は終わりつつあるのだ、ミスター・タルボット。深みのものどもが海の墓場から蘇り、熟した李《すもも》のように月を喰ってしまおうというところだからな」

「なるほど、すると俺は満月のたびに苦しむこともないってか?」

「私たちを試すな、挑発もするな」と言いかけたので、一声唸ると、相手は黙り込んだ。

窓の外では雪が降り続けている。

マーシュ通りをはさんだ、この部屋の窓の真向かいに、これまで見たことのないほどきれいな女が、ネオンの赤い光に染まって、俺を見ていた。

女は人差し指で招いた。

アルミ外壁の営業からの今日二度目の通話を切ると、階段を降り、通りを走って横切ろうとしたが、一度立ち止まって左右を確認した。

女は絹のドレスを着ていた。部屋の明かりは蠟燭だけのようで、香とパチョリ・オイルのにおいがした。

俺が部屋に入ると女は笑いかけ、窓のそばの椅子に招き寄せた。タローでソリティアのような遊びをしていたようだ。俺が近づくと、女は片手を滑らかに動かしてカードを集め、絹のスカーフで包むと、木箱にそっと収めた。

部屋の匂いに頭がずきずきしてきた。くらくらするのは、今朝から何も食べていないからだろう。蠟燭の灯りの下、女に向かいあうように、俺は椅子に座った。

女は手を伸ばして俺の手を取った。

そして、掌をじっと見つめ、人差し指でそっとなぞった。

「掌に毛が？」訝《いぶか》しげな顔だ。

「ああ、もともとこうなんだ」笑顔で印象を良くしようと努めたが、女は片眉を上げただけだった。

「あなたを見かけたとき」と、マダム・エゼキエルは言った。「すぐにわかった。見えたのは人の目。そして、狼の目。人の目に見えたのは、誠実、良識、純真。背筋を伸ばして、町の大通りをまっすぐに歩いている男。狼の目に見えたのは、夜ごとの吼え猛り、怒りに満ち飢えを訴える唸り。暗い町外れを、口から血混じりの泡を噴いて走る怪物」

「唸りが見えるのかい？」

女は笑みを浮かべた。「難しくはないわ」言葉の発音がアメリカ人とは違う。ロシアか、マルタか、もしかするとエジプトかもしれない。「心の目で見ればね」

マダム・エゼキエルは緑の眼を閉じた。驚くほどに睫毛が長い。肌は蒼白く、漆黒の髪は頭からシルクのドレスに流れ落ちるようで、波のように揺れつづけている。

「昔からのやり方がある」と彼女は言った。「悪い姿を洗い流してしまう方法が。流れる水か、泉の澄んだ水の中に立ち、白薔薇の花びらを食べる」

「そうすると？」

「闇の姿はあなたの中から洗い流される」

「だが、また戻ってくる」俺は言った。「次の満月に」

「そのあと」マダム・エゼキエルは言った。「静脈を切って血を水に流す。もちろん、激しい痛みを伴うでしょう。でも、水は悪い血を流し去ってくれる」

彼女が身につけているのは、ドレスも何枚ものスカーフも絹で、そのさまざまな色は、蠟燭の薄明かりの下でも鮮やかに見えた。

マダム・エゼキエルは眼を見開いた。

「では、カードを使ってみましょう」黒い絹のスカーフをほどいて一組のカードを取り出すと、俺に渡して切るように言った。俺はカードを扇のように広げると、ぱらぱらとめくり、おもむろに切りだした。

「ゆっくり、ゆっくり。カードにあなたのことが伝わるように。あなたを愛せるように……そう、カードは女のようなものだから」

俺は切ったカードをきちんと揃えて返した。

彼女は最初のカードを開いた。〈人狼〉。黒く、眼は琥珀色で、笑うように開いた口は赤く、牙は白い。マダム・エゼキエルの緑の瞳に戸惑ったような翳がさした。エメラルドのような色の瞳だ。「わたしのデッキにはないカードなのに」もう一枚開く。「あなた、何か細工したの?」

「何も。ただ切っただけだ」

二枚目のカードは〈深みのもの〉だった。緑がかった皮膚をして、どこかしら蛸に似ている。そいつの口は――触手といったほうがいいのかもしれないが――カードの上で蠢いているように見えた。

次のカードを、さらに次をと開いていった。残りのカードはみな空白だった。

「何をしたのよ!」今にも泣きだしそうだ。

「いや、何も――」

「出ていって」俺がもういなくなった、と思いたがっているように、彼女はうつむいた。

香と蠟涙の匂いのする部屋を出ようと立ち上がり、ふと窓から通りの向こうを見た。俺の事務所に光が閃くのが見えた。懐中電灯を手にした男が二人、中を歩きまわっている。空のファイル・キャビネットの中を確かめ、あちこちを見てまわってから、それぞれの位置につく。一人は安楽椅子に座り、もう一人はドアの後ろに立って、俺が戻るのを待ちうけている。殺風景な寒い部屋で何時間も根気強く待っても、当の本人は戻りはしないというのに。俺は笑いをこらえた。

カードを一枚一枚、何度もひっくり返しては絵柄が戻るのを祈っているマダム・エゼキエルを後に、俺は部屋を出た。階段を降り、マーシュ通りを歩いてバーに戻る。

バーには客はいなかった。バーテンダーは、ふかしていた煙草を、俺が入るのと同時に灰皿にもみ消した。

「チェス仲間はいないのかい」

「今晩は特別ですからね。港にいるでしょう。ジャック・ダニエルズですか」

「ありがたいね」

酒の注がれたグラスに、今朝方の指紋がまだ残っているのに気づいた。カウンターに置いてあったテニスンの詩集を取る。

「いい本だな」

狐の毛皮のような赤毛のバーテンダーは、俺の手から本を取り、開いて朗読しはじめた。

深潭《ふかみ》遙けき大洋《わたつみ》に
雷霆《いかずち》轟く天《あめ》の下《もと》
故《ふる》き獣の眠《ねむ》りをり
妨げもなく夢も見ず
（「クラーケン」一八三〇年発表）

俺はグラスを空けた。「それで、何がいいたいんだ？」

バーテンダーはカウンターから出てくると、窓の外を指し示した。

「見えますか。ほら、あちらに」

指差す先は町の西、崖のあるほうだ。てっぺんで篝火が燃えあがっている。炎はひときわ勢いを増すと、緑青《ろくしょう》のような色になった。

「深みのものどもを目覚めさせようとしているのです」バーテンダーは言った。「星座も惑星も、月もふさわしい位置にある。機は満ちました。海が立ちあがり陸を沈めるときが……」

「世界中は氷と水とですっかりきれいになります。冷蔵庫の一段はご自由にお使いいただけるのをお忘れかもしれません」俺は言った。

「なんとおっしゃいましたか」

「たいしたことじゃない。それより、あの崖に行くのにいちばんの近道は？」

「マーシュ通りを下り、ダゴン教会の角を左に曲がって、マニューゼット街道に行き当たるまでは道なりに」と言いながら、バーテンダーはドアの脇に掛けてあったコートを取り、羽織った。「ご案内しましょう。これを見逃す手はない」

「店はいいのか？」

「地元の誰も今晩は飲みには来ませんよ」外に出ると、彼は戸締まりをした。

風は冷たく、舞い散る雪は霧のようだ。マダム・エゼキエルに言われたことも、事務所で俺を待っている侵入者たちも、どうでもよくなっていた。

向かい風を受けながら、俺とバーテンダーは歩いた。

風の音の合間に、彼が何か言っているのが聞こえた。

菴葵《いそぎんちゃく》の広げし腕《かいな》
緑の扇のごとく揺る
獣の瞑り永遠《とわ》にあらず

沙蚕《ごかい》を喰らい肥え太る
業火に大洋《うみ》が滾《たぎ》るとき
人よ見よ、天使よ見よ
そが目醒め吼え哮《たけ》るを……

彼はそこで朗唱を止め、あとは黙って歩いた。風が叩きつけてくる雪が、顔に痛い。

そいつが目醒めたら地上は滅亡するのだろう、と思ったが、言わないでおいた。

二十分ほど歩いてインスマスの外に出た。マニューゼット街道は途切れて、あちこち雪が積もり氷の張った狭い泥道になり、俺とバーテンダーは足を取られながらも先を急いだ。

月はまだ昇らないが、星は瞬きはじめていた。こなごなに砕けたダイアモンドやサファイアを、夜空いちめんに撒き散らしたように。街で夜空を見上げるより、海辺のほうが星はずっと多く見えるものだ。

崖の上で燃える篝火を前に、二人の人影があった。一人は大柄で太っており、もう一人は小柄だ。バーテンダーは二人の方に歩み寄ると、振り向いた。

「動くな、生贄の狼よ」おかしなことだが、その声には聞き覚えがあった。

俺は黙っていた。緑の炎に照らされて、三人は陳腐なお化けの絵のように見える。

「なぜ連れてきたかわかるか？」バーテンダーが続けたので、なぜ聞き覚えがあるのか気づいた。アルミ外壁の電話営業だ。

「世界の終わりを回避するためか？」

やつは笑った。

太った男は、仕事場の安楽椅子で居眠りしていたやつだ。「よろしい。きみが終末論について語りたいのであれば……」壁が震えるような低い声で言いかけたが、目を閉じたかと思うと、すぐさま眠り込んでしまった。

小柄な人影は、黒い絹のドレスをまとい、パチョリ・オイルの匂いを漂わせていた。手にはナイフを持っている。そいつは何も言わなかった。

「今夜の月は、深みのものどもの月だ。今夜、星は暗黒の太古と同じ位置にある。今夜、我らが召喚すれば、それは我らに応える。ふさわしき生贄があれば。我らの声が届けば」

ばかでかい琥珀色の月が、港の向こうから重たげに昇ってくると、下のほうの海辺のあたりから、蛙どもが低く鳴き交わすような声が上がってきた。

雪を照らす月あかりは太陽には及ばないが、それでも明るかった。俺には月光のほうがよく眼がきく。冷たい海の中、蛙みたいな顔つきの男たちが、踊るように潜ったり浮かんだりしている。男だけじゃない、女たちもまた蛙に似ていた。大家も藻掻いては鳴き声をあげる群衆の中にいるのだろう。

変身にはまだ早い。昨夜の疲れがまだ残っている。琥珀色の月に、俺は何か落ち着かないものを感じていた。

「かわいそうな人狼ね」絹をまとった人影がささやいた。「でも、夢は叶うわ。この崖で一人静かに死ねるんだから」

俺の夢は俺のものだ、死ぬんだったら死に方くらい選ばせてもらうぜ。そう大声で言ったような気がする。

月光の力で、俺の聴覚が研ぎ澄まされていく。海鳴りに覆い被さるように聞こえてくるのは、打ち寄せ砕ける波の音、蛙人間たちが水を跳ね上げる音、この海で溺れた死者たちのささやき。海に沈んだ幾艘もの緑の難破船の軋みも聞こえる。

嗅覚もだ。アルミ外壁の営業マンは人間だが、太った男は違う血をひいている。

絹をまとった者はといえば……。

人間の姿でいるとき、あの女の香水の匂いを嗅いだ。今は、それに隠されていたものがわかる。腐敗だ。腐った肉の臭いがする。

絹がはためいた。女が近づいてくる。ナイフを手にして。

「マダム・エゼキエルか」自分の声が喉にざらつくようにかすれている。声はすぐに変わることだろう。何が起きているのかはわからないが、月が昇るうちに琥珀色から白に変わり、その光で俺の心を満たしていることだけは確かだ。

「マダム、どうした？」

「あなたには死んでもらわないと」冷たい口調の低い声だ。「少なくとも、わたしのカードにしたことだけでもね。長年使ってきたものだから」

「あいにく死ねないんだ」俺は答えた。「毎晩、お祈りをしているほど信心深いからね。知らなかったのかい？」

「ふざけたことを。人狼の呪いを解く最古の方法を知らないの？」

「あいにくね」

篝火はさらに燃え上がり、海の底のような、漂う藻類のような、潮になびく海藻のような緑に輝いた。いや、エメラルドの色だ。

「人間の姿に戻り、次の変身までにひと月はある頃に、生贄を捌く刃物で屠る。それだけのことよ」

背を向けて走りだそうとしたが、バーテンダーが俺の両腕を掴むと、羽交い締めにした。ナイフの刃が月光にきらめく。マダム・エゼキエルが笑みを浮かべた。

そして、俺の喉を横ざまに切り裂いた。

血が勢いよく噴き出し、ほどなく流れ落ち、勢いを失い、止まった……

──額がずきずきして後ろ頭は重い　変身するまで意識は混濁し周囲のことは何もわからなくなり夜の中に赤い壁が立ち上がる

──海水に溶け込んだ星の味はかすかに塩気を帯び泡立つ

──指先は針で刺されるように痛み背中は炎の舌に鞭打たれ目はトパーズとなり舌は夜の味をとらえる

冷気の中に吐いた息が白く渦を巻く。思わず喉を鳴らし低く唸る。前肢が雪を踏む。身を引いて力をため、女に飛びかかる。あたりには腐敗臭が霧のように漂っている。飛んだまま宙に止まったような感覚のあと、何かがしゃぼん玉のように弾けた。

海の底の深い、深い闇の中、四本の肢を踏まえて、ぬらつく石の床に立ち、粗く切り出された石で作られた城門の前に立っている。石は腕時計の針のように、青白い光をぼんやりと放っている。

首のまわりを血が雲のように黒く漂う。

俺と門の間には女が立っている。身長は六フィート、いや七フィートはありそうだ。

剥き出しの骨にずたずたの肉がまつわりつき、絹のドレスのかわりに海藻がからみついて、夢に見ることもない深淵に向かう冷たい潮の流れにたなびいている。海藻はヴェールのように女の顔を隠している。

女の両腕や、肋骨に残る肉には、笠貝がはりついている。

滅ぼされる、と俺は思った。何も考えられない。

女が近づいてくる。顔を覆っていた海藻がほどける。その顔は、スシ・バーの冷蔵ケースに置いてもらいたくはない、吸盤や刺《とげ》や葉状体で一面に飾られていたが、なぜか微笑んでいるように見える。

俺は後肢を蹴った。海の底で女と闘った。暗く冷たい水の中で。女の顔を顎で捉え、牙で何かを咬み、食いちぎった。

この深淵の底で、接吻《くちづけ》するかのように。

ふわりと雪に立ち降りたとき、俺は絹のスカーフを一枚、しっかり咥えていた。

何枚ものスカーフが地面に落ち、はためいている。マダム・エゼキエルの姿はどこにもない。

銀のナイフも雪の上に落ちていた。俺は月明かりの下、四本の肢で立っていた。ずぶ濡れの体をふるい、水気を飛ばした。水滴が篝火に飛び、かすかな音を立てて蒸発した。

ひどく疲れて、ふらふらする。息を深く吸い込んだ。

崖からずっと下の港では、蛙人間たちが死んでしまったかのように水面に浮かんでいた。しばらく波に揺られていたが、やがてそれぞれが身をよじり、跳ねるような動きで音をたてて深みに潜り、消えていった。

叫び声がした。狐みたいな赤毛のバーテンダーで、アルミ外壁のぎょろ目の営業マンだった男が、夜空に雲が広がり、星を隠していくのを見て叫んだのだ。怒りと不満に満ちたその声に、俺は気圧された。

彼はナイフを拾い、柄の雪を手で払い落とすと、刃についた血をコートで拭った。それから、俺に目を向けた。「このクズ野郎、彼女に何をしたんだ？」

何もしていない、彼女は海の底にいる、と言いたかったが、今の俺には何も言えなかった。唸るか吼えるかしかできない。

男は泣いていた。絶望と狂気の臭いがした。ナイフを構えて走ってくる。俺は身を躱《かわ》した。ちょっとした動きを修正できないことがある。バーテンダーは俺の脇を駆け抜けると、そのまま崖を越え、宙に消えた。

月の光では血は赤くはなく、黒く見える。男が転落したとき崖に遺した跡は、黒と灰色のしみのように見えた。彼は今、崖下の岩の上に横たわり、海に連れていかれるまで波に手を伸ばしていた。ゆっくりと暗い水の中に引き込まれていくさまは、見ていて痛々しかった。

誰かが後頭部を掻いてくれている。悪い気分ではない。

「彼女が何者か知りたいだろう。深みのものどもの化身だよ。世界に終末をもたらすために深淵から遣わされたもので、幻でも映し身でも、好きなように呼べばいい」

俺の毛が逆立った。

「いやいや、もう終わったことだ。君が彼女を滅ぼしたからな。それに、この儀式は手順をきちんと守らなくてはならない。聖なる名を呼ぶときは、無垢なる生贄が血を流しているあいだに三人で立ち、声を揃えなくてはならないのだ」

俺はでぶ男を見上げ、尋ねるかわりに鼻を鳴らした。彼は俺の首の後ろを優しく叩くと、眠たげな声で続けた。

「もちろん、彼女が君に気があるわけもなかった。この物理次元に姿を留めるのに精一杯だったしな」

雪がまた降りはじめた。篝火は消えかけている。

「君の今夜の変身は、私が考えるに偶発的なものだったが、深淵に潜む我らが友を呼び覚ますのに最適な星辰の位置と、月の力が影響しあったのだろう……」

男は低い声で話し続けたが、彼にとっては重要なことだったのだろう。だが、俺の中で目覚めた欲求の前では、言葉は意味をなさなかった。海にも崖にもでぶ男にも、すでに興味のかけらもない。

灌木のあいだを、何頭かの鹿が駆け抜けていった。冬の夜の空気が、その匂いをはっきりと伝えた。

今、俺が感じているのは、飢えだった。

翌朝、目覚めると裸で雪の上に横になり、隣には喰いかけの鹿の死骸が転がっていた。死んだ目の上には蝿がとまり、舌は口から突き出して、新聞の一齣漫画に描かれているような可笑しくも哀れな表情を浮かべていた。

引き裂かれた腹のあたりの雪は、まぶしいほどに赤く染まっている。

顔も胸もこびりついた血でねばねばしている。喉の傷はかさぶたでふさがっていたが、鈍く痛んだ。次の満月までにはきれいに治っていることだろう。

黄色い太陽は小さく見えるほど高く昇り、雲ひとつない空は青く、風もなかった。海鳴りが遠く聞こえる。

ただ一人、血まみれの裸のまま、凍えている。だが、俺みたいなやつにはいつものことだ。月に一度は必ず巡ってくる。

痛みを覚えるほど疲れていたが、まずは洞穴か納屋か、身を隠すところを見つけなくてはならない。二週間は眠りたいところだ。

鷹が一羽、俺に向かうように低く飛んできたが、その爪からは何かがぶら下がっていた。一瞬、目の前で宙に止まると、鷹は小さな灰色の烏賊《いか》を俺の足元の雪に落とし、羽ばたいた。烏賊は血の滲んだ雪の上で、かすかに触手を蠢かせた。

何かを告げているような気がしたが、良いことなのか悪いことなのかもわからないし、知りたくもない。俺は海に背を向け、影に沈むインスマスの町を後にして、新しい住処に向かって歩きだした。

脅迫者

レアード・バロン

Bulldozer

Laird Barron

1

——俺は利き手を喰いちぎられた。

新たな痛みの世界の発見か。面白くもない。

宇宙が白く燃え上がる。タンポポの種の嵐のように炎が吹き荒れる。闘技場を埋め尽くしたドイツのオーケストラが大音量で楽器を鳴らしたか、頭の中で大砲が砲撃を始めたか。

むしろ、大砲のほうがましなくらいだ。

俺はピンカートン探偵社の調査員だ。そこらへんの探偵とは違う。携帯しているのは鋼が冷たく青光りするコルトの拳銃と、眠らない目のマークの下に自分の名を刻んだ身分証だ。射撃の腕は第一級で正確無比。ボルティモアでは暗殺者に狙われるエイブラハム・リンカーンの護衛についた。そのときもこのコルトにものを言わせたものだった。だが、エイブはあのとき、劇場の中に同行させてはくれなかった。もし俺がついていたら、どうなっていたか。今頃エイブは安楽椅子に座って、南軍かく戦えり、などと書いて余生を過ごしていることだろう。

もうコルトを撃てないのか？　弾丸《たま》で天井に自分の頭文字くらい刻めたというのに。

俺は探偵だ、調査員だ、畜生、かのピンカートン社の腕利きだ。

クソ野郎め、俺を喰いたきゃ喰うがいい。大蛇みたいに呑むなら、呑み下されるまで壁を塗り替えるときみたいに歌い続けてやるさ。

ベルフェゴールは慈愛に満ちたイエスの天にまします父なる神でも、俺のおやじでもおふくろでもない。

イエスよ我を守り給え。

俺のキンタマが歩くたびにぶつかりあい、けたたましい音をたてる。

それでも俺は窓に歩み寄る。

這い寄っているのかもしれない。

窓からガラスを割って飛び降りるために。

影どもが近づいてくる。急がないと。

眼窩におさまった目玉の、黒い黒い黒い光彩の中、地軸は傾いている。

あの娘《こ》が最終列車に乗れたのが、せめてもの救いだ。サン・フランシスコで商売を始めて、こんな田舎じゃ見ることもできないほどの大金を稼ぐだろう。

あの娘の臍は強いアイリッシュ・ウイスキーの味がした。風になびく髪　軽やかに駆ける脚　ドレッサーの下に落ちた俺のコルトの銃身みたいに青い瞳　信じられない量の血が手首の傷から床に流れる　信じられないほど大きな足音を立て床板をたわめてやつが来る　やつは俺の手首を咬みちぎっ

た　やつはもっと肉を欲しがっている。

ピンカートンの調査員は左手で拳銃を拾い上げ、酔ってもいないのにぶれる視界の中、ぴたりと狙いを定めた。

ハレルヤ！

手遅れは承知の上だが、笑いこける馬鹿野郎の開いた口に、必殺の一弾を撃ち込んでやる。

バン！　バン！　これだけで片はつく。

良識あるシンシシュクジョの皆様、今こそこの事件にケッチャクをつけます。俺は

2

「ピンカートンの探偵か。面倒はごめんだぜ」縞のカバーオールを着た、グリースまみれの機関士は、俺をじろりと見た。それから噛み煙草で黒くなった唾を吐くと、背中を曲げてスコップで石炭をすくい、火室に投げ込んだ。ルーベン・ヒックスの名を尋ねてみたが、聞いたこともないという。機関士は押し黙ったまま、狭軌鉄道の列車を気の滅入りそうなパードンの街並みに向けて進めた。

鉄条網が縫い目のように延びている牧草地や丘ばかりが何マイルも続いたあと、虫歯の穴の中のような一帯に入った。

川べりの、アルカリ臭を放つ泥の上に、粗い造りの箱枠がいくつも放り出してある。降りしきる雨は神が地上をつくろう縫い針のようで、土手の轍《わだち》にオレンジ色の水たまりをつくっていた。ぼんやり灯るランプの火が煤けた窓を温めている。影がいくつもはためくのは、その火あかりに惹かれた蛾だ。打ちつける雨音は、遠い叫びのようにも、ピアノの曲のようにも聞こえた。

カリフォルニアの鉱山町は、金が出るとなると地面から生えるようにでき、採りつくされればすぐに誰もいなくなる。この大陸の歴史からすれば、白人による三十年にわたる開拓など、蜉蝣《かげろう》の一日のようなものだ。

パードンでも表通りには商売がひしめいていた。銀行。宿屋。娼館。貸し馬屋。雑貨屋。外科医。保安官事務所。酒場。脇道に入れば、洗礼派の教会。パードン霊園。三角屋根の家や、平屋の一戸建てや、粗末な小屋。フランネルの服を着た痩せた男たち。甲高い声で騒ぐ子供を連れた、痩せこけた女たち。ドブネズミの巣のような町だ。

霧が松林や丘を、切れ切れに覆っている。ここが世界の果てだ、と告げるように。

霧雨の中、プラットフォームに降りる。つまらない仕事を振られたものだ。町の酒場のどれかの小便臭い裏手で、ウイスキーに酔ったサーカスの怪力男が、歯茎までむき出しにして笑うショーガールとよろしくやっていても、知ったことではない。硝煙と下水の臭いのするこの町に長居することもないだろう。ふと、胸焼けを感じた。

仕事は早く済ませてしまおう。ライフルを背負い、鞄を持ち上げて、俺は歩きだした。

3

リヴァーフロント・ホテルの宿帳に「ジョナ・ケーニグ」と記名し、アンドルー・ジャクスン（一七六七―一八四五 第七代合衆国大統領）やユリシーズ・S・グラント（一八二二―一八八五 第十八代合衆国大統領）や、真新しくばかでかいグローヴァー・クリーヴランド（一八三七―一九〇八 第二十二代、第二十四代合衆国大統領）の肖像画を飾った、植民地時代風の支柱が並ぶロビーをぶらつく。仕事中に本名を名乗ったのはスクルーキルの一件以来だが、抵抗を感じなかったのは初めてだ。これが最後の仕事だ、と腹を括ったからだろう。

俺が来るのをヒックスは感づいていたようだ。俺は俺で、汽車の煤煙を吸いながら十一ヶ月もボストンからサンフランシスコに旅してきたことをまるで気にしてはいなかった。行く先にウイスキーと浴室とベッドがあれば充分だ。贅沢な要求ではないだろう。

ホテルのフロント係は自分の仕事に熟練していたので、何も言う必要はなかった。案内された三階の部屋には、酒のキャビネットと、支柱のあるベッドと、遠く山を望む眺めのいい窓があった。最上級のスイートルームだ。ぬるま湯の桶を持った小僧が、旅のあいだに着ていた服を洗濯しに持っていった。そのあとすぐに、襟ぐりの深いドレスを着た青い眼の愛嬌ある女が、ドアをノックもせずに入ってきた。封を切っていないバーボンのボトルとグラス二つを手に、お背中を流しましょうか、と声をかけた。

女はヴァイオレットと名乗り、俺が裸でいても、急な侵入に驚いた勢いで銃口を彼女の頭に向けても、驚いた顔ひとつしなかった。俺は笑い、ホルスター付きのベルトを椅子の背にかけた。保安官に挨拶に行くのは明日でいい。

ヴァイオレットはそっと部屋に踏み込むと、状況を察したようだった。少なくとも、俺の左肩に走る古い縫合の痕や、背中一面の傷を見ても、口に出さないだけの分別はあるらしい。

そのあとは、ルーベン・ヒックスと寝たのか、などと彼女に尋ねる暇もなく、二人で忙しく過ごした。トム・マーレンやエズラ・スレイドのことも訊かなかった。俺はいつのまにか眠り込み、目覚めると女はいなかった。

俺の弱みだ。漆喰壁に走る罅《ひび》のように。

4

「仕事かな、旅行かな、ミスター・ケーニグ?」マートウ保安官は俺と同じくらいの年恰好の太った男で、アイルランド系だが訛りと一緒に髪の毛もきれいになくしていた。乱雑な机の上に置いた片脚は包帯に覆われ、隙間から見える皮膚は腐った果物のような色をしている。壊疽《えそ》の臭いがした。「中国人の小僧が鶴嘴《つるはし》で刺しやがったんだ。キャンピオン医師《せんせい》に見てもらう前に引導を渡してやったがな。医師《せんせい》ときたら、傷を見るや『切断しろ』だってよ」そう言って笑うと、煤けた保安官バッジを袖で磨いた。近くに中国系のならず者どもが集まる場所があるのだろう。鉄道工事が西に進んでいったので、労働者たちが鉱山町に残り、あげく身を堕とすというのはありそうなことだ。保安官の傷を見るかぎり、かなり危険な連中らしい。

狭苦しい事務所に座り、ここ何日か煮返してきたようなひどいコーヒーを飲んだ。奥の留置場は古代ローマの地下墓地のように暗く、中では保安官補のリーヴァイが昼寝をしていた。

P・T・バーナム（一八一〇―一八九一　興行師。バーナム&ベイリー・サーカスで有名）の興行に出ていた頃のヒックスの、折り目のついた写真をマートウに見せた。タイツをまとった女たちを乗せた何頭かの象がピラミッドを作り喝采を浴びている脇で、彼はグランド・ピアノを担ぎ上げていた。「この男に見覚えは？　サン・フランシスコで姿を消した。この町で見かけた、と聞いたものでね。その話をどこまで信じていいかはわからないが」三ヶ月前の情報だが、何もないよりははるかにましだ――六百マイルの距離をしらみつぶしにして、ようやく金鉱掘りの集まる酒場で聞き出したのだから。

「誰が捜している？」

「言うまでもないだろう」

「バーナムなのか？　本当に？」

「本当さ」俺は煙草を巻いた。

マートウが乱杭歯で口笛を鳴らした。「驚いたね、怪力鉄人ヒックスときたか！　見覚えがあるなんてもんじゃない。六月あたりから来ていたよ。マレンと名乗って、フィラデルフィアから来たと言っていた。この写真とはだいぶ違って見えたな。だが、知ってるのはそこまでだ。で、ピンカートンがこんな田舎のはずれにまで出向くとは、こいつはいったい何をしたんだ？」

机の角でマッチを擦り、煙草のけむりを深く吸い込む。煙草には大麻が混ぜてある。だいぶ気分がよくなった。「一年半ほど前に東海岸で起きた殺人事件に、サーカス団の関係者がかかわっているらしい。儀式殺人だった——現場には五芒星や黒い蠟燭が遺され、死体には喰われた痕跡があった。気味の悪い事件だ。容疑者には尋常でない体力があると思われる。警察はヒックスを取り調べたが、何も聞き出せなかった。結局、やつはバーナムに解雇されただけだった。犯人が見つからないと地元の有力者は怒っているが、怪しいからといって私刑《リンチ》にかけるわけにもいくまい。怪力鉄人だってそんな目には遭いたくもないだろう。サーカスを辞める前にヒックスはバーナムに迷惑料を払っていったが、その金はボスが集めた装身具の類をちょろまかして換金したものだったらしい」

「で、その中に貴重なものがあった、というわけか」マートウが口を挟んだ。

「察しがいいな。がらくたは町の質屋や古物商や露天商人や、このあたりにもいるような怪しい商売人に売り飛ばされた。あらかた買い戻すことができたが、行方のわからないものがひとつある。フランスのコラン・ド・プランシーが書いた『地獄の事典』の英訳初版本だ」

「そいつぁ何だ?」

「悪魔について書いた本さ。教会で説教に使うこともある」

「おっかねえな。神の御加護を。で、そのマレン、じゃなくてヒックスだが、ここ何週間かは見かけていない。〈蜜蜂館〉に出入りしていたようだから、行ってみるといい。〈小銃亭〉の主人のトロスパーが知っているだろう。言っておくが、トロスパーは警察をひどく嫌っている。一度ブタ箱に入れられたのを根に持っているんだ。先に知っておけば、うまくつきあえるだろう」

「俺は警察の者じゃないんだが」

「こいつが何者なのか教えてくれ」マートウはヒックスの写真を手に取り、見入っていた。

「ヒックスの生まれはプリマスだ。父親は牧師で、ゴールドラッシュで集まった連中に神の教えを説こうとしていた。よほど厳しい父親だったのか、ヒックスは家を飛び出してサーカス団に入った。その世界の水が合っていたんだろう。バーナムは興行の旅にやつを連れていった。そのうち、ヒックスはくず拾いや街娼のような、いなくなっても気にされないような者を殺したいと思うようになっていった。まあ、推測だがね。精神科医の話によると、やつは病気を持っていた――肺結核か、梅毒か、それとも未知のものかは聞かなかったが。その病気が、アメリカの切り裂きジャックになれ、と告げたらしい。彼には神の声に聞こえたようだ。まあ、本人ならぬ身の知るよしもないがね。その声に言われるまま、バーナムが集めた怪しげなものを無断で借り出していたが、見つかって取り上げられた。借りているあいだに取った細かい文字のノートがあって、うちの解読班にも歯が立たないような暗号を使っている。彼に悪魔学の手ほどきをしたやつがいるようだ——実の父親じゃないかと思う。もっとも、ヒックスの父は六七年に死んで、遺品は競売にかけられたから、調べようもないがね。結局、バーナム付きの弁護士が手を回して、ヒックスは教会付属病院の精神科病棟に入院した。だが、彼は脱走して、あとは知ってのとおりだ」

「なんとも厄介な話だな」

お互い黙り込んで、トタン屋根を叩く雨の音を聞きながらコーヒーを飲んだ。ふと、何か気づいたように、マートウが目を上げた。「あんた、モリー・マガイアズ（一八七〇年代、ペンシルヴェニア州のアイルランド系移民が結成したといわれる労働組合的な結社）を潰したんだろう?」

「しなきゃよかったと思うよ」

マートウはにやりと笑った。「やっぱりな。汚れ仕事だったろう」

「手を汚さずに済む仕事はないよ」十六年も前の事件だが、獣の死骸が日に晒され腐って膨れあがるように、伝説は針小棒大になっていくようだ。

「考えてもみなかったよ。ここは郵便列車が着かないかぎり新聞も読めないような町だからな。モリーズは本当は悪い連中じゃなかった、というやつもいる。鉄道会社の若造どもまで殺されたとかいうが」

「そのとおりだ。馬を盗んだだけで、他のやつがしたもっと大きな悪事までかぶせられて、絞首刑にされたやつもいる。どこかで釣り合いは取れるだろう。スクールキルの町は平穏になったしな」

マートウが言った。「吊された二十人の若造どもに言ってやりな」

俺は煙草をふかした。灰が膝に落ちている。「保安官、ヒックスと話したことは?」

「酒場のカード博奕で相手をしたことがある。他には挨拶したくらいか。哲学的な議論はしなかったがね」

「おかしな様子はなかったか?」俺は煙を吐いた。

「別に。まあ汗臭かったくらいで、別段見た目にもこれといって気になるようなことはなかった。顔がぴくぴく震えてたくらいか。キャンピオン医師《せんせい》は神経のせいだと言っていた」マートウは手を伸ばし、煙草を取った。手にして安心したかのように目を閉じた。「まあ、そんなものさ。やつは口から泡をふいているようなことはなかったね。そんなやつは他によく見はするが」

「まっとうに見えた、ということか」

「盗みや殺しをしたやつに見えたか、ということなら、ないね。この町にはもう、カウボーイも鉱山掘りも来ないようになっちまった。あんたが来たから、端金《はしたがね》で引き留めようとするやつが出てくるかもしれん……いきなり撃つやつもな」保安官はまた笑い、手をはたいて煙草の灰を落とした。「あんたはヒックスのことをなにも言わないな。俺の話で考えが変わったのか？」

「保留、というところかな」

「やつは人殺しと思うか？」

「このままなら、またやりかねない」

「だが、あんたにゃ止められない」

「ああ」

「だから、表向きは盗まれたバーナムの秘蔵品を捜しに来たことにしている。その本はヒックスが大事に持っている、と読んだね。粗っぽいことでもしないと、取り返せやしまい」

「たぶんな」

「ビリー・カリンズはやつの棺桶を作ることになりそうだ」

使い古した紙幣の、かなり厚い一束を保安官の机に置いた。ホテルの床板の下に隠した経費のほんの一部だ。旅費の名目で会社からかなり渡されている。「ピンカートン社から、パードンの寡婦と孤児のために寄付させてもらうよ」

「感謝するよ、ミスター・K。この町には不幸な女子供が多すぎる」

「恩に着ないでくれ」俺は言った。

5

ベルフェゴールは我が父であり母である。深紅の文字がニューオーリンズのホテルの一室に書き殴られていた。乱れたベッドの上には、男根に模られた人糞。蠅が羽音を立てて群がり、シーツの上を這いまわっていた。

テキサス州ラボックでは、火を燃やした跡が文字になっていた。「父よ母よ、(判読不能)みなき孤児の血を喉に愉しみ給え。我は仕来りに従う」

ニューメキシコ州アルバカーキでは、さらに悪くなっていた。ヒックスはこのような破壊のメッセージは遺さなかったが、血で書きなぐった紙を床一面に撒き散らしていった。「神ニ見捨テラレシ蛆ヨ！　我転生セリ！　腐敗ノ秘蹟ヲ受ケシ者ナリ！　余リニ多キ血マミレノ穴、血ヲ貪ル蛆、血ヲ満タシタル杯、汚穢ノ王ナリ！　傷ヲ怖レヨ！　我来タリ我来タリ」

カリフォルニア州ベイカーズフィールドでは、簡易宿泊所の壁にでかでかと、こう書かれていた。**喰喰喰喰喰！**　マットレスの下から切断された人間の腕が見つかった。身元は不明だが若い女性のものだった。娼婦ではないか、と思われるが、この種の職業には身元のわからない者が多いので、調査のしようもなかった。

その手が握っていたロケットには「愛しい人へ」と刻まれていた。部屋じゅうをしらみつぶしに調べていた刑事《デカ》どもが、その言葉を聞いて笑ったのを覚えている。その日の夕方、酒場で刑事の一人の顎を殴ったのも思い出した。ポーカーの勝負で口論になったのがきっかけだった気がする。

6

〈小銃亭〉に入ったとき、トロスパーは嬉しくなさそうな顔で迎えた。俺が何者で、何をしに来たかは、とうに知っているように見えた。下手に出るような口調で彼は言った。「なあ、旦那、面倒は御免被りますぜ。御用が酒でないのなら、お引き取りなすって。ジェイクのやつに荒っぽいまねはさせたくないもんで」

笑わずにはいられなかった。弱い犬ほど吠えるものだ。「まあ、落ち着いてくれ。あんたも一杯やるといい。棺桶用のニスをツーフィンガーで」

酒場というよりは納屋のような店だ。くたくたになるまで働いた農場の使用人たちが、あとは酒を飲んで寝るだけ、と立ち寄るのだろう。午後三時。酒場にいるのは俺とトロスパーの他には、ビールのグラスを前に置いた、顔に傷のある頑強な男一人。ジェイクというのはこいつのことらしい。

トロスパーは素早くグラスを満たして、俺の前に置いた。ボトルに栓をすると、ラベルをこちらに向ける。

一息に空けると、音を立ててグラスをカウンターに戻した。「うっ。目が見えなくなりそうだな」

「中国人をおとなしくさせるか、追い出すかしてくれよ、刑事《デカ》さん。まあ、ここはあんたの管轄じゃなさそうだが」

「ご提案をどうも」もう一杯注がせて、すぐに空けた。腹の底が熱くなり、胸から顔に広がっていく。カウンターの中の大きな振り子時計が、けたたましく時を刻んでいる。

ジェイクは帽子のつばを上げ、椅子の向きを変えた。威圧しようとしてか、暗い視線を俺に向けている。斧のような厳《いか》つい横顔だ。いかにも酒場の用心棒らしい。だが、脇の下のホルスターに収まった拳銃は小型だった。

もう一杯飲むと、カウンターから埃が立つほど強くグラスを打ちつけた。わずかな埃がゆらぎ、雨にけむる窓から差すかすかな光に、星のようにきらめいた。「あんた、トム・マレンと仲がいいそうだな」俺はトロスパーに尋ねた。

ジェイクが穏やかに、しかしきっぱりと言った。「酒の御用でなければお引き取りを、とマスターも言ったはずだが」そのゆっくりしたもの言いは、俺がこれまで聞いたこの手の文句の中でも、ひときわ気に障るものだった。やつの失策の一つめは、持っていたのがナイフでなく拳銃だったこと、二つめは、そのごつい手を置いていたのが銃把《グリップ》だったことだ。

俺は続けざまに二発撃った。一弾めはバックルを貫通し、二弾めはベストの襟に穴を開けた。ジェイクは椅子から崩れ落ち、おがくずを敷きつめた床に倒れてもがいた。帽子が転がった。たてがみのような見事な金髪だが、てっぺんはきれいに禿げ上がってピンクの地肌を見せている。帽子を脱がないでいた理由がわかった。

置物のように固まったトロスパーに、俺は声をかけた。「キンタマを床に釘付けされたくなかったら、そこを動くな」ジェイクをまたぎ越す。用心棒は立ち上がれそうになかった。が、そろそろと手を拳銃に伸ばしていたので、その指を骨の折れる音がするまで踏みつけた。やつは抵抗をやめた。

カウンターに戻り、自分でもう一杯注いだ。「どうした。人が撃たれるのくらい何度も見てきたんじゃないのか。ここは酒場だろう」見上げると、薄暗い天井は脂の染みと弾痕に彩られていた。「まあ、撃ち合いは店の中じゃしないもんだが。裏手に出れば馬鹿げた果たし合いもざらだったろう。なあ、トロスパー、まずは一杯付き合え。この密造酒を目当てに、マレンもよく来たんじゃないのか」

トロスパーは血の気の失せた顔に汗を浮かべていた。やつは両手を上げた。「あ、あいつには、友達が大勢いましたよ、旦那」

「で、俺には、弾丸《たま》がたくさんある。あんたも飲め、友達《アミーゴ》」気付け薬よろしく飲み下したところで、話を続ける。「それでいい。何の話をしてたっけな。そうそう、ミスター・マレンだ。会いたいね。どうすればいい？」

「二週に一度はかならず立ち寄る。手元に砂金がありさえすれば。酒を飲み、〈バーH〉牧場の連中とカード博奕《ばくち》をしにね。それから、女を持ち帰るのがお決まりさ」

「そうか。決まった女はいるのか？」

「いや。そういうのは持たないようだ」

「マレンが最後に来たのは？」

トロスパーは考え込んだ。「わからん。忘れてしまったよ。あんた、ジェイクを殺しちまったんじゃないだろうな。動きもしないぞ」

「話を逸らすな。死んじゃいない。続けろ。次に来そうなのはいつ頃か？」

「どうなんだか。わからねえよ、旦那。町を出ていくかもしれないしな。そこまで深い付き合いじゃない」

「やつには持病があると保安官が言っていたが」

「舞踏病だ。酒が切れたときの酔いどれみたいに、急に震えだすんだ。そのまま倒れちまったのを見たこともある。顔がぴくぴく痙攣して、おっかなかったな。でも治まると、ふざけてやってたみたいににやにやしていた」

〈バーH〉の男たちの名前と人相を聞き出したが、つかまえて話を聞くまでもないだろう。立ち去り際に、俺は言った。「ここにはしばらく滞在する。また立ち寄るから、思い出したら話してくれ。

二十ドル置いていく。店の修繕に遣うといい」

7

〈蜜蜂館〉の喫煙室に入り、ビロード張りの椅子に腰を下ろすまでには、アドレナリンの刺激で頭の中がめまぐるしく回転していた。内装ほどには品のよくない女主人が、泥に汚れた俺のブーツを脱がせ、足に油を塗ってほぐした。オクタヴィア・プランタジェネットと名乗る、船のように大柄な紫ずくめの女主人は、保湿ケースからキューバ製の葉巻をよこした。自分にも一本、銀細工の柄の洒落たナイフで吸い口を切って火をつけ、昔〈小銃亭〉で働いていたことがある、などと言いながら、真っ赤な分厚い唇に咥えた。たるんだ頬は薔薇色の厚化粧だ。

部屋は水煙管《みずぎせる》とマリファナ煙草のけむりで靄《もや》がかかったようだった。ピアニストの伴奏に合わせて、浅黒い顔の男がシタールを弾いている。旧世界の頽廃と新世界の逸脱の合奏だ。分厚いペルシア絨毯と、冷たい真鍮で飾られた、上品な荒廃の場。合板はなく磨き上げたマホガニーがあり、安物のグラスのかわりに極上のクリスタル・グラスが差し出される。女たちは手の込んだ刺繍のガウンをまとい、つややかな髪を高く結い上げ、宝石のように輝く目のまわりをきらびやかな付け睫毛《まつげ》で飾っている。口紅と香水とスパンコールを合わせた魔法で酔わせる、欲情と詐術の融合だ。

マダム・オクタヴィアはヒックスのことを思い出した。「トミー・マレン？　気の毒な人よね。神経に持病があるんですって。支払いはだいたいツケよ。悪いお客じゃないけれど、ひどく息が臭くて。平気でいられるのはリディアかコニーだけ。でもそれであの子たちから文句を言われたことはないわ。そういえば、ずいぶん来ていないかも。東部に帰ったのかしら」

ヴァイオレットに話を聞きたいと言うと、もうしばらくしたら来る、という答えだった。本当にあのヴァイオレットだろうか。待つことにし、ブランデーグラスにコニャックをたっぷり注いでもらった。口当たりのいい酒だったが、ランプシェードがゆらいだり、着飾った博奕打ちや、勤め人や、できるだけ品良く見せようと気張っている労働者たちが回りだしたりするほどには飲まなかった。出っ腹を絹のベストで抑えつけた小柄なオーストリア人のピアノ弾きが、バーに休憩にいったあとも、ブラームスの曲が耳に残っていた。

知られているとなると、仕事はしづらい。新聞が読める者なら誰もが、ペンシルヴェニアでの俺の武勇伝を知っているだろう。どのようにして労働者共済組合に潜入したかも、殺人も厭わない過激な労働運動家を何人も絞首台に送る証言をしたことも。社会的な信条にもよるが、俺は商業と正義の守護者にも、仲間を装って労働争議を潰した卑怯者にもなる。作り笑いで話を合わせるだけなら簡単だ。ここでもすでに〈小銃亭〉でしてきたのだから。

オクタヴィアは喫煙室の偽紳士たちに、シカゴから来た第一級の脅迫者、悪名高いピンカートン社の調査員を紹介した。俺は身なりの良い教養ある紳士たちにサービスした。足とリボルバーにものを言わせた仕事の話をでっちあげたのだ。仕事であれば、あんたの兄弟の頭をぶん殴りも、母親を買収しもするし、そのために腕利きの調査員を召集もする。相手がローマ教皇であっても容赦はしない、という噂は聞いているだろう。偶像崇拝などには無縁な男だ。

紳士たちが名乗りをあげに押し寄せてきた。眼鏡をかけているのは〈バーH〉牧場の持ち主、テイラー・ハケット。金鉱の持ち主ノートン・スマイス。スマイス&ルース鉱山会社の株主たち、ネッド・ケイツ、ボブ・タニー、ハリー・エドワーズ。三人とも歯を剥き出して満面の笑みを浮かべている。中国人がらみなら、この連中が〈三合会〉の幹部である可能性もある。首領と生贄の血を分かちあうのか、と訊いてみたが、通じた様子もなく、ただ同じ笑顔を向けられるばかりだった。確信というほどのものでもないが、ヒックスが怪しげな結社や教団に属している、という可能性は、最初からごく低いと思っていた。やはり彼は一人なのだろう。そうであればありがたい。

グラスが空き、豊穣の角のまたいとこよろしく再度満たされ、一段下の階級の者たちに囲まれた。寄稿していた新聞が廃刊して失業中のジャーナリスト、フィルモア・カヴァノー。マートウ保安官とは不仲な従兄弟のダルトン・ボーモント主任保安官補。表向きは清廉潔白だが、こういう店に通っては口封じに手間暇をかけている古参の町会議員、ジョン・ブラウン。かつては詩人として名を馳せたが、今は忘れられ、咳き込むたびに刺繍入りのハンカチーフに血の痕を増やしながら余生を送っているミシェル・ピアス。他にもさらに何人かいた。一人一人覚えるのをあきらめ、コニャックをこぼさないで飲むほうに意識を向けた。

ろくに会話もできなかった。まさに蜂の巣のような騒がしさだ。俺はかけられる言葉をただ受け止めていた。

「……ジェイクのやつをぶちのめしたそうじゃないか。やつは執念深いから、気をつけるんだな」

「ラングストンはすっかり中国人どもに馴染んでしまったらしい。まったく、破廉恥にもほどがある」

「最初はホームズだけだったが、今はスティーヴンスンもだ。ひどいもんだ、まったく」

「……古ヒバーニアン騎士団が、モリー・マガイアを潰したあんたを狙ってる。本当だ。俺に言ってくれれば、連中の何人かを吊してやる……」

「……ウェールズ人はダニよりしぶとい。苦力《クーリー》どもをこき使えるくらいだからな。われわれみたいな文明人じゃないってことさ。伝染病より怖ろしいんじゃないか……」

「二年だ、ネッド。いや、違った。三年か。鉄道会社の株が上がって、私もだいぶ儲けさせてもらったよ。カリフォルニアの地価はもう把握している。連中だけに稼がせるわけにはいかない。売春宿の見込みは……」

「……本当にバーナムなのか？　誰もやつからそんなことは……」

「サーカスは嫌いだ。あのテントの臭いがな。道化師どもも気味が悪いし……」

「いや、ラングストンの死んだ……」

「……あの女を敵娼《あいかた》にするのは面白かったよ。服は着たままで、あいつは俺の……」

「……マレン？　ヒックス？　どっちだっていいさ。もうずいぶん見かけないな。長いことね……」

「おい、いいかげんなことを言うな。このあいだはフォーティ・マイルで銅鑼を叩いているのを見たと言ってたじゃないか……」

「……教授が？　このあいだイギリスに渡ったんだと思ってた……」

「愛しいひとよ。かのボードレールはこう詠っているよ。

『聖母《マドンナ》よ、恋人よ、君のために建てよう、
僕の悩みの地下の深間《ふかま》に、一祭壇を、』」（「あるマドンナ」堀口大学訳『悪の華』新潮社より）

「やるだけじゃ足りなかったんだ、あの女は。俺に唾を吐きかけると、あのスベタ……」

「……どれだけマリファナをやれば死ぬものか……」

「いいね、その手の仕事なら腕に覚えがある……」

「『瑠璃《るり》と黄金《こがね》をちりばめた』」

「やつを見てみろ、と言ったんだ。まるで機械みたいに……」

「言ってやったよ。『この売女《ばいた》、おまえのを切り裂いて……」

「『七宝《しっぽう》の龕《がん》を刻んで』」

「死にたくなかったら俺のをなめろ。この腐れ×××』ってな。まいったね。オオサンショウウオを相手にしたようなもんだったよ」

「……気にするな。マートウはサインをしないわけにはいかないからな……」

「ヒックスなら会ったよ。別に何の変わりもなかったな」と話しかけてきたのはピアスだった。クローヴの香りのする煙草のけむりを長くたなびかせている。「サーカスが好きなものでね。あいかわらずよくしゃーべっていた」

酒のせいか、頭がふらついていた。「無口なやつだと思っていた。知らなかったな」

「いや」苛立ったように、彼は手を振り動かした。「よくしゃーべるやつだ。よだれを垂らすほど大口を開けて、なんと言うのかな――そう、ばーかみたいに。まるでばーかみたいに」

「どこで?」声が荒らいだ。

「どこ?　私が知る由もない。あのばーかな教授に訊くがいい。あいつなら知っているだろう。誰のことでも知っているからな」

「お待たせしてるみたいね」マダム・オクタヴィアが甘ったるい声をかけてきて、我に返った。ばかでかい乳房を押しつけてきて、重い。香水が目に滲みるほどきつい。「あら、グラスが空きそうね。旅のお客だもの、サービスするわ。チャイナタウンよりはずっと安全よ。あいにくリトル・エジプト

（一九世紀終盤のアメリカで複数のベリー・ダンサーが名乗った芸名）級のダンサーはいないけど。楽しくやりましょうよ！」

赤い光。いくつもの白い顔。ひび割れる影。

手からグラスが落ちた。オクタヴィアがいてくれたおかげで、彼女のドレスに染みがつき、香水のかおりにコニャックが加わったくらいで済んだ。そのときまさに、俺は同僚のロバート・ルイスを見舞った悲劇について考えていた。安手の活劇小説より少しましなくらいなものだが、それでも俺にとってあいつは英雄だった。

ヴァイオレットはなぜ来ない？　今取っている客は銀行員か、農夫か。一晩中お楽しみなのか。

「失礼します、ミスター・ケーニグ」聞き慣れない声がした。顔は逆光で見えない。

「あら、フランキー。ミスター・ケーニグはお目当ての娘《こ》が来るまでお休み中よ」

「ミス・オクタヴィア、これは公務です。ミスター・ケーニグ、保安官事務所にご同行をお願いします。レヴィ、手を貸してくれ。重いからな。ダルトンもだ。あと一人欲しいところだ」若い保安官助手たちは左右から俺を担ぎ上げた。

「キリストの磔刑だな」俺は言った。

まばらな拍手。下品なラグタイム。貪欲にゆるんだ口。

ぼんやりした、赤い光。暗くなっていく。

8

「その名は？」

「ケモシュ。バアル・ペオル。ベルフェゴール。どれだっていい。モアブ人など塵のようなものだ。より高い文明を持つ民族がその名を消し去ったとしても、気にも留めはすまい」

「モアブに縁はないね」

「ベルフェゴールはどこの言葉でも語ることができる」

「世界中を旅したからか？」

「そういうことだ、探偵さんよ」

「それも、尻をもって語る、と」

「屁のようにな」

「興味深いな。不躾《ぶしつけ》ではあるが」

「堕落は堕落を呼ぶ、というものさ、ピンキー」ヒックスが言う。その眼は干上がった地面のような茶色だ。ドクトカゲのような眼。彼はかつて四百ポンドの重さの石を片手で頭上に持ち上げ、そのままバランスを取って喝采を浴びたものだった。その手をテーブル越しに伸ばして、俺の首をへし折ることくらい簡単だろう。鎖で締め上げることも。でも、肘から先にカルシウムがたまって、今は指もよく動かなくなっている。薄くなりはじめた生え際の、眉の上あたりに瘤《こぶ》ができている。彼は大きな体をおとなしく椅子におさめている。「十字架に磔《はりつけ》にされた男の前にひれ伏すよりも狂気じみたことがあるか？　いや、ないね。面白くもないし。俺は面白いことをしたいんだ」

日に灼けた彼の顔の、濡れた唇から目が離せない。ただ本来の機能をしているだけなのに。あくびをするさまは、ただのあくびなのに、強健な男が麻痺に囚われているようにも、破傷風から回復しつつあるようにも見える。涎《よだれ》が糸を引いて落ちる。獣のような臭気が傷から立ちのぼり、息がつまる。割れて尖った歯は黒く、火打ち石のようだ。しかも、長い。俺は尋ねる。「おまえは誰なんだ？」

「穴は閉じ、穴は開く。俺は開く者。待つものたちは俺の体を通る。おまえは何者だ」

「無神論者だ」半分は本当のことだ。仕事に関わりはするが。

「それはよかったな、探偵さん。もう行くといい。俺にはタトルがついていてくれるからな」彼は皺ひとつないスーツを着た弁護士を指した。「バーナムは最高の弁護士をよこしてくれた。また会おう、友よ」

三週間後、ヒックスはシダー・グローヴ療養所を脱走した。彼が書き遺していった文字を見ても、俺は驚かなかった。**穴を一つ塞ぐと別の穴が開く。**

まったく、おかしな世界だ。ヒックスを追うのに、俺に西部行きの旅費を出しているのも、タトルなのだから。

9

これは保護拘束だ、とリーヴァイ保安官補が言った。俺は留置所のベッドに寝かされた。ジェイクの仲間たちが俺をリンチにかけないようにと、マートウが下命したらしい。そいつらの中には、ジェイク亡き今〈小銃亭〉で後釜におさまろうと目論んでいるやつもいるという。マートウはそいつらを「見当違いの馬鹿ども」と呼んだ。そして、トロスパーに事情聴取することを確約した。明日の朝食後には呼び出すという。

俺は眠り込んだ。

ねばつく堆積物の上を、何かがのし歩いている。

ヒックスがバーを覗きこんで笑う。その口は列車が通るほど大きく開いている。

ヴァイオレットが俺を勃起させようと口を使うが、俺は酔っていて役に立たず、保安官がいびきをかいて眠っている机の上の石油ランプが、壁を走るゴキブリの影を途方もなく大きく映すのを目で追うばかりだ。

神の鉄槌のように俺がブーツの踵《かかと》を振り下ろすと、ジェイクは声をあげずに叫び、失禁する。

リンカーンがバルコニーに立ち、人々に手を振る。俺のことは目に入らないようだ。当時は二十二歳で、周りからは手につけられない若造だと思われていた。三分後、俺は生まれて初めて人を殺す。遅咲きの才能というやつか。

「俺は道に迷い、見つけてもらった。兵士の友、修道女《シスター》Mが俺を待ってくれていた。はい、了解しました」

「針はあきらめてボトルを手にして、ママのおっぱいに吸いつく赤ん坊のように口をつけた」

「結婚したこともないし、したいとも思わない。いつも出張しているし、一緒にいるのは拳銃だけだ」

スーツを着た男が帽子を取り、退屈そうなライオンの口に頭を突っ込んだ。ライオンは顎を閉じた。

蘭の花のようなピンクの濡れた陰唇が震え、太古の星々を産み出していく。

「ジョナ、これまで殺したのは何人？」熱く昂ぶった俺を愛撫しながらヴァイオレットが尋ねる。

「今日一日で？」

「馬鹿ね。これまでに、よ」

「二十人はいるな。一日ごとに」

太陽が星を喰う。月が太陽を喰う。ブラックホールが地球を喰う。

ヒックスが飢えた眼を瞬かせ、トカゲになって保安官を舐めまわしている。灰色の粗布に覆われた視界が開けたときには、トカゲはいなかった。最初からいなかったのだろう。

強風にドアが鳴る。開き、バタンと閉じる。

汗ばんだ俺の胸に顔をつけて、ヴァイオレットは寝息を立てている。とうに失ってしまったはずの無垢な寝顔で。

天井に走る罅から雨が滴った。

10

俺は一週間、ホテルの自分の部屋に閉じこもり、酒を飲み続け、ヴァイオレットとセックスをし続けた。

彼女の父親は鉱山労働者で、発破に吹き飛ばされて死んだ。母親はいない。手助けをしてくれるような親戚もいない。頼りは自分の体だけだ。マダム・オクタヴィアの店には願ってもない人材だった。彼女は十八歳ですでに熟練の域に達した。こっそり金を貯めて、いつかサン・フランシスコに行き、上流階級のお客が来るダンスホールのショーガールになるつもりだという。シカゴに行って、あの町の顔と言ってもいいベリーダンサー、リトル・エジプトに会うこともできるだろう。それも悪くはない。

結婚しているの？　ヴァイオレットが尋ねた。答えるまでもなかったが、していない、と俺は答えた。なぜ？　縁がなくてね。

「ジョナ、ここにすごいことが書いてあるわ」ヴァイオレットはうつぶせに寝そべって、俺の持っていた『悪魔の偽王国』（ラインラントの医師ヨハン・ヴァイヤーが一五七七年に刊行した悪魔の目録）のラテン語版をめくっていた。象牙のように白い脇腹に汗が光っている。

俺も裸のままでベッドの頭板にもたれ、煙草をくわえたままウィンチェスターＭ１８８６の手入れをしていた。これまでに使ってきたうちでも最高のライフル銃だ。野牛を仕留めるだけの威力があるから、人間相手なら完璧だ。ふと、これはヒックスには向けたくない、と思った。やつを相手にするなら近くからにしたいものだ。

窓から見える空は灰黄色だった。通りはぬかるんでいる。荷馬車が通れるよう、男たちが道に板を敷いている。ときおり、銃声が響いた。

十ドルの手数料と書類への署名で、リーヴァイ保安官補は過去四ヵ月のパードンと周辺地域の死者と行方不明者の名前を書き出し、ホテルのドアの下に差し込んでいってくれた。二ページある。ほとんどは役に立たない情報だ――この町ではありふれた銃やナイフでの喧嘩沙汰、鉱山でのいざこざや酒場の乱闘騒ぎ、事故による死亡。俺は行方不明の試掘者三人の名前に下線を引いた。その三人は町からは荒れ地を挟んで離れた鉱山で試掘をしていた。食料や装備品や、持ち物を置いたまま、三人とも行方をくらました――ただし、現金や砂金は残っていなかった。

ヴァイオレットが、派手で無気味な挿絵のページを見て声をあげた。「やだ……これ、怖いわ。ねえジョナ、悪魔が本当にいるなんて、信じられる?」怖れと好奇心が入り交じった口調だ。

「俺は信じない。信じているやつもいるが」

「トミー・マレンは?」彼女は目を見開いた。〈蜜蜂館〉で客の品定めを待つ女たちのあいだを、牧神よろしく行き来しているヒックスの姿を、俺は想像した。

「たぶん、やつは信じているだろう」と言うと、俺は彼女の白い尻をぴしゃりと叩いた。「よせよ。そんなことを考えてもしかたがない」抱き寄せた体は震えていた。「あいつは別の土地に逃げたんだろう。俺はこの町で無駄に時間を過ごしているだけさ」彼女は何かもの言いたげな顔になった。俺は頭板に手をかけた。「いや、今は無駄なんかじゃない」

三人の鉱夫。無人になった小屋。扉が開き、黒い影が這い出してくる。木々の枝には鴉どもが、口々に嗄れた声をあげている。

うとうとしていたようだ。ボーイがドアをノックし、中国人がロビーで待っていると告げた。その男が持ってきたという、ラングストン・バトラーからの手紙を渡された。バトラー教授より、友へ。そんな表書きの封筒の中身は、手書きでこう書かれていた。

フォーティ・マイル鉱山村まで御足労されたし。怪力鉄人を捕らえる妙手あり。腹心の友L・バトラー
慌てて服を着た。ヴァイオレットは不満げな声をあげて立ち上がりかけたが、キスで黙らせて夕方

には帰ると言っておいた。もしものことを考えて、物入れにいくらか金を隠しておいた。それなりの金額だ。「列車に乗って、シカゴの次の駅――サン・フランシスコで降りれば、あとはしばらく一人で生きていけるよ」と、彼女に伝えておいたほどに。

マートウが町のならず者どもをうまくなだめていることを願った。

今着たのはいちばん良い仕立てのスーツだ。穴を開けられたくはない。

11

フォーティ・マイルはその名に相違して、パードンから四十マイルの距離にはなかった。ハン・チャンの荷馬車でガタガタ運ばれ、着くまでに三時間はかかった。その間、ハンは一言も口をきかなかった。散弾銃に弾丸《たま》を込めはしたが、そのあと俺は小麦粉や砂糖や雑貨のあいだで身動きもとれずにいた。ダイナマイトを積んでいなかったのは幸運だ。

アンダースン渓谷を迂回して、浚渫機が並ぶそばに小屋がかたまっている窪地に着いた。鋳物の鍋の下で火が蝶のようにはためき、灰をかぶったような色の服をきた女たちが火の番をしている。子供はいそうだが、犬はいない。鶴嘴やシャベルや選鉱鍋を使えそうな歳の男たちは無表情な集団となり、地面を掘っては凍てつく川に踏み込む重労働を繰り返している。

会釈をしても誰一人返さなかった。俺に目を向けたのは二人だけ、ポプラの林から顔を出した、単発ライフルを手にした男たちだけだった。ハンが小屋を二、三軒繋いだような建物の中に案内してくれるまで、髪の毛が逆立つような思いだった。厚地のカーテンの向こうの薄暗い一角までハンに案内され、麝香《じゃこう》と阿片のにおいがする湿っぽい部屋に入った。

「ケーニグ君、御足労をかけたな。ドアの錠をかけてくれ」バトラーは暖炉のそばに積み上げた熊の皮に寄りかかっていた。ナヴァホ族の外衣をはおったその姿は、ひどく痩せこけていた。首が曲がってしまいそうなほどに頭が大きい。体は乾いた生皮のように縮み、声は通りが良いのに見た目は年老いている。バーナムの博覧会に展示された、有史以前の類人猿の化石のようだ。

バトラーに付き添う、目つきが悪く歯のない老婆が「ママ・ディ？」と彼に尋ねた。細長い煙管《きせる》を彼の口に咥えさせると、煙草入れを出すのを待つ。俺にまたも怖ろしげな目を向けたが、話しかけはしなかった。

しばしの間ののち、バトラーが言った。「君たちの聖堂はさぞや立派なことだろう」

「キリスト教の教義にクソの山が少しでも関わりがあるというのであれば、だがね。趣味と実益を兼ねて異教徒の首を刎ねたくらいなものさ」

「それは大昔のことだ。今の時代の十字軍の話をしているのだよ。君は教育を受けているように見えるが」

「ハーヴァード卒、といったら驚くかな」俺は皮肉をこめて「ハー、ヴァー、ド」と発音した。

「大学教育には費用がかかるものだろう。ハーヴァードを出てピンカートン社の探偵になったとは、御父君は残念にはお思いでないかね」

「まあ、親父は怒ったがね。あんたも敵に回したくはなさそうな、ニュー・ヨークきっての有名弁護士だったから、ずいぶん厳しいことは言われたよ。勘当されたときも、恩知らずだの反逆者だのとね。だが、俺は策略で敵を倒すより、銃で撃つほうが性に合っていたんだ」

「そして、哀れなルーベン・ヒックスを撃ちに、ここまで来た、と」

「ルーベン・ヒックスは窃盗犯で殺人犯、おまけに人喰い野郎だ。用心しないとね」

「厳密には、『人喰い』というのは、同じ人間を喰う人間のことだが」

「ルーベンは人間ではない、と言いたいのか」

「きみの人間観にもよるな、ミスター・ケーニグ」そう言うと、バトラーは笑みを浮かべた。だが、それは禍々しくゆがめたようにしか見えなかった。「二本の脚で立ち、上着を着てネクタイを締めていれば、人間と言えるのか？　『お願いします』とか『ありがとう』とか言えば人間なのか？」

「話が逸れているんじゃないか。あんたのことは町の連中から聞いている。娼館では伝説みたいだったぜ」

「弱きを守る英雄、といったところかね」

「むしろ恥知らずの名士みたいだったな。こんなところであんたが何をしているのか、俺には見当もつかない。働くのにもっとよさそうな場所があると思うが」

「私はこのパードンに来てもう何年もたつ。ロンドンから船に乗って来たのだ。人類学にのめり込んだばかりに、医科大学の教職を解雇されたからな。まったく、思い出すと今でも腹立たしい。物理学と天文学もかじったが、原始の文化はもっとも心惹かれるものだった。ことに信仰には、原初の活力が見られる」

「それでここに来たというのか」

「まさにね」

「ママ・ディ?」妖婆がパイプを差し出した。

バトラーはパイプを受け取った。濁った眼に光が宿り、また話しだしたが、口調はさっきよりゆっくりになっていた。「きみの調査の進捗は拝見させてもらっている。有能で、剛胆で、粘り強い。ルーベンにひと呑みにされないか心配だが、邪悪なものと化した彼を止められるのは、君しかいないだろう」

「あんた、鉛の毒が頭にまわったんじゃないか」俺は言った。「落ちぶれたオカルティストが邪悪なものを気にかけているとは、聞いていて落ち着かないな。俺の人捜しに割り込んで利があるのか。やつに痛い目に遭わされたのか」

「聞いたかぎりでは、彼は私を血の供犠にする気でいるらしい。ぞっとしない話だがね」

「やつを排除しないのか」

「無理だ」

「なぜ？」

「重力のせいだよ、ミスター・ケーニグ」バトラーは深々と煙を吸い込んだ。ぼんやりした口調で彼は続けた。「気がきかず失礼。一服どうだね？」

「いや、結構」

「麻薬を克服したのか。珍しいな」

「そのかわりに酒は飲むがね。ヒックスとの付き合いは？」

「出会ったのは一八七八年だった。フィラデルフィアで大学の同僚たちとサーカスを見に行った。そのあと、興行を終えた一団とたまたま同席することになった。その中にルーベンもいた。花の都パリの頽廃を少々匂わせる、小さなカフェでのことだ。みんなひどく酔っ払って、仲間内の符丁でしゃべっていた。私はルーベンと言葉を交わし、すぐに打ち解けた。彼の見識の広さには驚いたし、余人にはできない経験の持ち主であることを認めずにはいられなかったよ。田舎者じみた風貌だが、深い教養の持ち主だ。大いに興味を持ったね。魅了されたと言ってもいいだろう」

「それから？」

「二人でマッシュルームを食べた。希少種らしかった。アフリカで貿易をしている男からバーナムが買ったのを盗んだ、とルーベンが言っていた。そして幻覚を見た。ルーベンが寝室の壁に別の空間につながる窓を開けた。驚いたよ。目と鼻の先に何百万もの星がきらめいていたんだ。巨大な銀河が端から端まで一望できた。鐘のような形の中に、宇宙塵や爆発する超新星がちりばめられていた。コペルニクスが見たら正気を失うにちがいない。もちろん、種も仕掛けもあるものだった。芸人仲間から道具を借りたにちがいない。だが、何が見えたかルーベンに尋ねられて答えると、彼の顔色が変わった。血の気が失せてこわばっていたよ。それをすぐに取り繕ったさまは、仮面をつけたようで怖ろしかった。その口ときたら……だが、その表情は一瞬で消えて、普段のルーベンに戻った。その変化は私たちを良いほうに導いた。自分でも信じられないのだが、私がこの男がさらに気に入ってしまったのだからな。あとで彼は種明かしをしてくれたが、私が見たものは単純な仕掛けでも、キノコの幻覚作用によるものでもなかった。ただ、ルーベンがただのサーカス芸人でないことは確かだった。人間を超えるものになりたい、より高次のものに進化したい、と彼は言っていた。稚拙な考え方ではあったが、結局、部分的にしろ正しかったようだ」

ヒックスのゆがんだ笑みが胸に浮かんだ。「やつはその頃からもう正気ではなかった」

「ルーベンは希少な細菌による感染症に罹患していた。彼が手足を痙攣させ、時には脊柱から震えていたことには、きみも気づいていたのではないかね。キノコが樹木を浸蝕するように、細菌は彼を蝕んでいった。だが、彼はその病状にむしろ、尋常でない可能性を見いだそうとしていた。病気を機にした進化をね」

「可能性？　やつが壁に穴を開けて月面を間近に見せてくれたら、イエスの弟でも誰でもいい、奇蹟を起こす男だと、たしかに思うかもしれない。だが、ヒックスに奇蹟は起こせない。病院から脱走するのに空を飛んだわけでもないしな」

「笑いたければ笑うがいい。無知はわれわれ進化した猿に与えられた祝福なのだからな」

「で、それからどうなった？」

「私たちはさらに親密になった。ルーベンはこれまでにしてきた、口に出せない怖ろしい行為を私に打ち明けた。結局、私は思い切って、独特な活気と、理由もなく人を惹きつける力の根源を探しに、彼が子供時代を過ごした場所を訪ねもした。当の本人に、好奇心で身を滅ぼすこともある、と釘をされはしたがね。私は好奇心に振りまわされるたちなのだ」物思いに沈んだか、その口調は自分に語りかけているようだった。

　堕落は堕落を呼ぶのさ、探偵さんよ。「気のきいた台詞だな」俺は言った。「だが、あんたは何の得をした？　砂金が手に入ったのか。いや、砂金は自力で川で選り分けるか、鉱山会社から給料としてもらうかすればいいからな。それともここで開業医におさまったのか」

「私は知りたかったのだよ、ミスター・ケーニグ。無知蒙昧な迷信の背後には、ありのままの真実がある。頭脳と血の秘密はどうすれば解けるのか、ルーベンは告げた。神の如く地を歩め。彼の思考は科学とは無縁で、奇妙でさえある。この事件においては、むしろ被害者でもある、という見方もできるかもしれない。少なくとも、私のような尋常ならざる知性の持ち主にはそう見える。私の潜在能力には莫大なものがあるのだ」

「なるほど、でも傍目にはどうかな、教授」俺は言った。「町の連中はあんたをそう見ているかな」

「君にはどう見えるかね、探偵君」

「悪魔の使徒のつもりでいる麻薬中毒者かな」

「馬鹿なことを。私は博物学者だ。神と悪魔、そして超自然現象への原初的な畏れを、人間に取り戻させることができるのだ。もっとも、ここにいる黄色人種たちは、私が何者であっても関心を向けはしないだろう。しかるべき賃金と目新しい楽しみを得られるかぎりは」

「存在の大いなる秘密を暴こうとする御仁のいうことにしちゃ俗っぽいな」

「慢心の見返りがどのようなものかは明らかだ。ルーベンに起きたことは私にも起こりえた――忌まわしき神秘の根源に触れることで、新たな、そして完璧な野蛮人に生まれ変わるだけなのだからな。だが、私は小心だった――私は神の霊液を味わって畏れを抱き、この茅屋に籠もって麻薬の酔いに逃れたのだ。忘れもしない。智慧は弱き者を餌食にするのだよ」バトラーは身震いしはじめ、何か歌のような言葉を口にした。老婆が手早く新しい煙管を咥えさせた。落ち着きを取り戻すと、枕の下から革装の本を取り出した。『地獄の事典』だった。「共通の知人からの贈り物だよ。受け取ってくれたまえ。この手の禁断の書というものは、大抵どれもふざけた代物だがね」

俺は本を開いた。ド・プランシーの署名が扉に書かれていた。「ルーベンは鉱夫のあいだに身を隠すためじゃなくて、あんたにこれを渡すために、ここまで来たというのか」

「そうしなければならなかった。転生するための手順として不可欠だったのだ。彼が急いで何かをなそうとしていたことも、自分の能力の衰えに気づいていたことも、その衰えが病気ではなく根本からの変化の兆候であることも、君はつかんでいた。彼は病んでいたのではない、蛹化しつつあったのだ。そのため、これまでにしてきた暗い逸脱の愉しみを、守護者の元で吐露するために、彼は帰ってきた。それが守護者と結んだ契約なのだ。あらゆる嘆願者が望んだ契約を彼は結んでいたのだ。私がさせたことだがね」

感情というものがまるでないその口調に、俺は寒気を覚えた。「腑に落ちないな、教授。あんたが悪魔も、連中にまつわる話もそっくり信じていないんなら、あんたはなぜ、こんなことをしている?」

「わかってもらいたい。この宇宙にはわれわれ人類しかいないとは、私は思わないのだ。神秘遺伝学の怪物的な事例が充分に神格の役割を果たすこともある。それらの生命体は、知られていないというだけの理由で、学者たちから空想の額縁に押し込まれてしまうがね」

暖炉の火のゆらぎを見るうちに、バトラーへの疑念は深まっていった。巣の中でとぐろを巻いて、獲物に飛びかかる機を待つガラガラヘビのようだ。答えに期待せず、俺は尋ねた。「いったい、どこでその……知識を?」

「この丘や谷の地下に広く深く根を張る、知性の根源に触れたのだよ。それは、起源がこの地球なのか、その外からなのかさえ知り得ないほど古い、未知の菌類なのだ。それに触れるために、私は語り得ぬ秘儀を受けた。ヒトなど、かれらの老廃物の残渣から這い出してきたにすぎないのだよ。それだけ古いのだ。そして、恐るべき存在でもあると断言しよう」

「おいおい、阿片をやりすぎると脳みそに穴が開くようだな」俺は顔をしかめて内心を隠し、立ち上がった。「お次は何だ。妖精王オベロンが地底から飛び上がってきて魔法のクソを撒き散らすのか?」

「落ち着きたまえ、探偵君。このちょっとした事件がきみの世界観を壊すようなものを明らかにしたからといって、私が非難される筋もないだろう」

「もうたくさんだ。地獄でチャールズ・ダーウィンに会ったらそう言ってやれ。ヒックスを捕まえる手を言いたかったんじゃないのか。やつがいると言うからここまで出向いてきたが、昔話だけ聞かせて帰す気か?」

「春が終わる前から、ルーベンは姿をあまり見せない。最近会ったのは三日前だ。もうすぐ父であり母であるものと会わせに連れていく、と約束していった。そのような巡礼は御免被るがね。死ぬのであればより穏やかな方法を選びたいものだ——火炙りなり釜茹でなり、蟻塚に磔にされるなりね。

それだけのことを彼はしようとしているのだ」

「やつは俺がパードンに来たのを知っているのか？」

「もちろん。何週間も前から予見していた。機会さえあればきみをどうするか、穏やかでないことを言っていたよ。もっとも、言いはしてもそれどころではないだろう。ここにいるかぎり、きみは脅威ではない、と彼は思っているはずだ。思い込みにすぎないがね」

「で、やつは今どこに？」

「うろついているだろう。欲求を満たすために。おそらく、あの存在の力の及ぶ範囲の中で。それは広く、つねに動いている。明日にはここに立ち寄るはずだ。半年に一度はかならず来る。彼の持ち時間は残り少ない。時は輪のようなもので、ベルフェゴールの家では、その輪は筋肉のように収縮する」

「家とは？」

バトラーは唇をゆがめた。「黒い蜂の巣の一つの育房だ。ルーベンの父親は宣教の途中で足を踏み入れた。そこがどういうところなのか、まったくわからないままに。大陸が移動し、世界を覆う氷が融ける前から、そこは存在していた。そこを作った者たちは、とうに滅びた。どこにあるか教えよう。だが、敵をここで待っていたほうがいい。そのほうが安全だ」

「危険はなさそうだが」俺は言った。

「見くびっては身を滅ぼすぞ、ミスター・ケーニグ。夢にも思わないほど危険な場所なのだ」

「まずは教えてくれ」

バトラーが何か企んでいるようには見えなかった。彼は楽しげに地図を描くと、俺に渡した。

12

洞窟は集落からさほど遠くはなかった。

ハン・チャンと弟のハーが、バトラーの演説をひとしきり聞きアメリカ・ドルを余分にもらったうえで、俺をその近くまで馬車で乗せていくことになった。

雑木林と小川を踏み越えて三十分ほど行き、低木とごつごつした岩の、足場の危うい丘を登る。遠くからは見えなかった、石灰岩の崖が目の前に立ち上がったが、そこには人ひとり通れそうな割れ目が走っていた。チャン兄弟は身振りと片言の英語で、自分たちは川べりで待っている、と伝えてきた。崖から離れながら、二人は故郷の言葉を声高に交わしていた。

岩の陰に身を潜め、しばらく足を休めた。何もないところだ。これ以上、時間をかけるわけにはいかない。ヒックスが待ち伏せていないか用心しながら、ごつごつした斜面をライフルを構えてうかがう。岩盤の表面に奇怪な記号が刻まれていた。だが、長年のうちに風化してぼやけ、何をかたどったものかはわからなくなっているが、それでも異教の象徴であると想像するのは難しくはなかった。低木の枝からは、小鳥か栗鼠らしい小さな生き物の骨がぶらさがっていた。ばらばらになった骨がいくつとなく、折れた歯のように白く、地面にちらばっていた。

時計の針と、雲越しに鈍く差す日の光から、様子を見はじめてから二時間ほどたったようだ。忍び込んで中を確かめたら、夕食の時間までに急いで集落に帰らなくては。暗くなってからこの荒れ地を帰るのでは、脚の骨を折るか、もっと悪いことになりかねない。俺は生粋の都会育ちだ。

俺は上から銃撃されるのを警戒しながら、岩をよじ登った。崖の上に着いたときは、緊張で神経がヴァイオリンの弦のように張り詰め、全身が汗に濡れていた。

腐敗した肉や臓物の臭いが、裂け目の奥から漂ってきた。見捨てられ蛆の持ち物となった畜殺場のようだ。腐敗臭は眼に滲み、喉を蝕む。〈蜜蜂館〉で拾ったハンカチーフで口と鼻を覆った。

赤ん坊の泣き声か？　息をひそめ耳を傾け、感覚を研ぎ澄ませる。空耳だ。花崗岩の亀裂に吹きつける風の唸りだ。

眼を見開き、拳銃を構えて亀裂に踏み込む。

13

美しい。

14

暮れてゆく空が松の梢に縁取られている。

汗が塩になり、頬がひりつく。浅い流れの、小石が敷き詰められた川底に、俺は横たわっていた。しっかりと握った拳銃の重みを手に感じたまま。チャン兄弟が怖れを浮かべた目で俺を見下ろす。二人とも顔色が小麦粉より白い。何か言う口の動きが見えた。二人は俺に両手をかけ、引き起こした。

俺は空を見上げたまま、ハミングを楽しんでいた。ララ、ラララ。

兄弟は俺の腕を放し、俺は壊れた人形のように小枝を敷き詰めた上に倒れた。二人とも穴のように虚ろな目をしている。口もただ顔にあるだけだ。俺はよろよろと立ち上がる。俺の銃。引き金を引く。カチリ、カチリ。弾丸《たま》はない。ボウイ・ナイフはある。よし！　歩いているチャン兄弟は幻だ。あれは鹿だ。錯覚だ。俺のナイフ。木の幹に突き立っている。

なぜこんなに気分がいいのかわからない。なぜ泥と落ち葉にまみれているのかも。

雨が降りだした。

15

時は輪。時は筋肉。つながっている。

16

コロイド状の光彩

17

顔の積み重なった柱

18

遠く運ばれてきた胞子

19

蛆

20

陽光の海の我が法悦の輝き

21

銀河の視差

22

俺は木の葉を食っていた。口に詰め込まれていただけかもしれない。日差しが木の枝をきらめかせている。俺は木の葉を吐き出した。水のせせらぎを聞き、豚のように鼻を鳴らした。

あらゆるものが小さく、そして輝いて見える。泥だらけの衣服から湯気が立つ。シャツには自分の精液が染みつき、腹に張りついている。濡れた針葉樹の葉の上に横たわったまま、汚れた両手を見た。宝石箱の金具のように光っていた。

青々とした木の枝に張った蜘蛛の巣の向こうで、バトラーが笑った。「**きみもこれで彼のものだ。首尾よくいったな、ピンカートン君。彼の手に落ち、吸収され、また外に出された。もう一つの〈口〉として、あと二十年は生きていけるだろう**」そして、木々の間に消えた。

俺は手についた泥と血を、小川で念入りに洗い落とした。冷たい水で顔を洗い、ごわごわ固まった髪と髭にためらったが、思い切って流れに頭を突っ込んだ。その冷たさで、俺は我に返った。

中に踏み込んでからのことを思い出した。

洞窟の中は予想していたよりも広く、じめじめしていた。

岩のあいだを水が流れていた。セコイアの根が垂れ下がっていた。

琥珀の台座に巨大な彫像が座っていた。

そして、洞窟の中は入口から、どこまで上にあるのかわからない天井まで、光に満ちていた。

体重をなくしてしまったかのように、足元の感覚がなくなっていた。

そして、光から離れ、温かく濡れた紫の裂け目へと運ばれていった。

闇が大きく、そして甘やかに開花した。

それから先はわからない。

俺は歩いてフォーティ・マイルまで帰った。ばらばらな記憶を愉快に思いながら。

23

鉱山労働者たちは、俺が入っていくと動きを止めた。誰も声を出さなかった。俺が鍋から素手で米飯をつかみ取り、獣のように食らっても、止めようともしなかった。錆びた鋤を手にバトラーの小屋に向かっていっても、誰も何もしなかった。最後の仕上げに、倉庫に入って備品の箱を勝手に開け、ダイナマイトを何本か持ち出してさえ。

立ち去るときには満面の笑みを向けたが、かける言葉は出てこなかった。

半月の下で彫刻のように立ち尽くす連中をあとに、俺は山を下りた。

24

爆破は上出来だった。

塵が巻き起こってキノコのような形の雲になり、すぐに崩れて消えた。怒り狂った雀蜂の巣を叩き落としたようだった。だが、何の危険も感じなかった。開くところがあれば、閉じるところもある。

25

娼館のドアを十分も叩き続けて、ようやくエヴリンという女が出てきたときには、俺は玄関前に坐り込んで何かぶつぶつ言っていたようだ。明け方の空に星が輝いていた。

ヴァイオレットはいるかと尋ねると、店をやめてどこかに行ってしまった、とエヴリンは答えた。俺のひどい身なりを見たオクタヴィアの指示で、二人の女が俺を運び熱い風呂に入れた。抵抗はしなかった。誰かが手にウイスキーの瓶を握らせ、栓を抜いた。腕に針を刺されたが、キャンピオン医師《せんせい》の魔法の鞄から出したモルヒネを打ったのだろう。俺は天国に連れていかれ、現実は天鵞絨《ビロード》と蜂蜜の中に溶けた。俺は馬車から落ちてその車輪に轢かれた。

「もうお帰りになりたい？」オクタヴィアがスポンジを絞り、俺の肩に湯をかけた。「シカゴは恋しくならないの？」素敵な笑み。薔薇とラヴェンダーの香り。

今日が何日なのかは知らない。チーク材の壁板に影が映っている。この町も五〇年代まではまだ銃声がけたたましかったことだろう。西部開拓時代の名残だ。唇が動かせない。天から落ちてきた岩の欠片になったかのように。なんとか声を出す。「ああ。あんたか」麻薬頼みで生きていた頃よりもはっきりとした幻覚が見えた。俺はダーウィン主義の幻影を追って目を見張り続けた。進化のあいだに曖昧なものを抱いていた人類は、水辺から遠ざかることで原初の両棲類から隔絶され、激しく変動する地表を幾種類もの原人となって完全に直立しないまま駆けまわり、やがてコートやドレスを着た群衆となり、地表の大都市で石とガラスに囲まれて暮らす。目が回りだした。

「今は何日だ」

耳鳴りが続いている。

幻影が薄れていく——丘に稲妻が落ち、土埃が舞い上がる。手も触れていないのに、岩が粉々に砕け細片が飛び交う。俺はペリシテの軍勢を前にしたサムソンか？　香りつきの蠟燭の火よりもはかない幻。俺は泣いていた。オクタヴィアに気づかれないよう、顔を伏せた。

「トミー・マレンが町に来たらしいわ。あなた、まだトミーを捜してるの？」

「やつを見かけたのか？」

「いいえ。通りで見かけたと、カヴァノーがダルトン・ボーモントに話しているのを小耳に挟んだだけよ。手をふって路地に入り、それっきり戻ってこなかったんですって。あなたに捕まるのが怖かったんでしょう」

「たぶんな」

オクタヴィアは続けた。「ラングストン・バトラーが死んだって、グリナが言っていた。眠っているあいだのことだったそうよ。中国人たちがお葬式の手配をしてくれたらしいわ。バトラー教授はキリスト教のお葬式を望んでいたそうだからフォーティ・マイルまで出向いた、とフラー牧師が話していたそうよ」そこで言葉を切り、力を込めて俺の首を揉みはじめた。「悲しいわ。教授は上品なお客だった。ここで三、四年、診療所を開いていたの。来る人を自分の子供のように診てくれた。本当に父親みたいだった。キャンピオンは教授が中国人の鉱山村に行ったあとで来たの。とんだ藪医者よ」

俺は上辺だけの笑みを浮かべた。「裏稼業で堕胎もしてるそうだしな。でも、バトラーも似たようなことをしていたんじゃないのか。ここの女たちのために」

オクタヴィアは黙り込んだ。

娼婦の新生児は暗い穽《あな》に投げ落とされ、泣き声は深淵に消えていく。俺は笑った。「まあ、事故みたいなものだろう。このあたりでは孤児《みなしご》を見かけないしな」

オクタヴィアが言った。「ところで、ここのお支払いはどのように？」冷たい声だった。財布が空なのはとうに見ているだろう。

「今日までのサービスの代金かい？　マダム、いい質問だ」

「そっくりヴァイオレットにあげたんじゃないの？」嘲りの交じった声だった。「まともじゃないわね。

どうして?」

視界がぼやけていく。「行った先では金がいらないようだった。だから思いついてしたまでさ、オクタヴィア。一度出した賭け金は引っ込めないものだろう」この先、俺はどこに行くのか。運が良ければ、箱におさまって土の下か。だが、悪い方にしか行けないようだ。刻一刻と、自分が人間を超えたものに変わっていくのがわかる。畜生。酒瓶は空だ。泡の浮いた浴槽に沈めた。打ち身であざだらけになった俺の脚のあいだに。

「たくさん持ってきてたんでしょうに。あの娘《こ》を愛していたの? 何かしてやりたかったの?」

俺は眉をひそめた。「またもいい質問だな。愛していたわけじゃない。ただ、あんたの手元に置いておくには、あの娘はいい子にすぎた。身を堕としていくのを見たくはなかった」

挨拶の接吻もなく、オクタヴィアは部屋を出ていった。

26

衣類が洗濯とアイロンを済ませて戻ってきた。

俺は葬儀の支度をするかのように、沈鬱な手順で身につけた。拳銃の手入れをし、弾倉がちゃんと回るのを確かめた。弾丸《たま》が装填されているかは、持ったときの重さでわかった。

娼婦たちが髭を剃ってくれた。俺は青あざと目の下のたるみを別にすれば、真っ当な身なりになった。脚はまだ動かしづらい。けたたましいピアノと騒がしい歌声が放蕩に拍車をかける談話室を避けようと、裏階段を降りる。

また雨だ。来週あたりには雪になるだろう。明かりの消えた店が並ぶ通りはぬかるみ、轍が刻まれていた。風が身を切る暗い道を、俺は歩きはじめた。

ホテルは霊園の門のようなよそよそしい構えで俺を迎えた。

死刑台に足を進めるように、踏むたび音を立てる階段を昇り、自分の部屋に向かう。鍵を四、五回まわしてドアを開けようとしているあいだに、俺が来るよりずっと前にここで何が起きていたかに気づいた。

部屋は畜殺場のような臭いがした。箪笥の上のランプを点灯すると、ぼんやりした明かりが浴室のドアに書かれているものを照らした。殴り書きの文字だ。**ベルフェゴールベルフェゴールベルフェゴール**

鏡が揺れた。部屋の隅にわだかまっていた影が立ち上がった。背後からヒックスの声がした。「やあ、また会えたな、ピンカートン」

「次はないぞ」俺は振り向きざまに撃ち、弾丸《たま》が天井を穿ったのを黄色い銃火に見た。やつは俺の手をつかみ、拳銃が床に落ちた。腕が垂れ下がる。人差し指は折れ、肘は関節に逆らって曲がっていたが、何も感じられなかった。

　ヒックスの笑みは親愛に満ちているほどだった。「知ってるよな。穴を一つ塞ぐと別の穴が開くと」

　やつの顔が花が咲くようにいくつもに裂け、俺に近づいてきた。

赤い山羊、黒い山羊

ナディア・ブキン

Red Goat Black Goat

Nadia Bulkin

雨はもう五日も降り続いている。グナワンの地所には、家畜の毛と糞のひどい臭いがした。西ジャワを襲った洪水も、丘の上の屋敷まで流しはしなかったが、胡蝶蘭は水の底だし、メルセデスは泥に埋もれてしまった。二十頭はいる野生の山羊が揃って、坂道を見下ろしている。坂を登ってくる人影に気づき、山羊たちはいっせいに鳴き声をあげた。

泥まみれで坂を登ってきたイーナ・クリシュニアティは、もう体の痛みなど感じなくなっていた。真っ暗な中を腰まで水に浸かって、ここまで歩いてきたのだ。蛙や小石や草花——弱く小さなものたちはみな流され、いなくなっていた。クリシュも坂道の途中で登るのをあきらめかけていた。彼女はシリリンに帰って、サグリン湖の漁師との縁談を受けるつもりでいた。彼女の祖父は独立戦争の英雄で、一九四六年のバンドン撤退戦でも英蘭連合軍と戦った。クリシュが雨水で手を洗い、屋敷の玄関マットでサンダルの水気を取るのを、山羊たちは悲しげな目で見つめていた。そして、彼女がドアベルを鳴らすと、合わせるように鳴き声をあげた。

女が出迎えた。メイドではなかったので、クリシュは驚いた。下まぶたはたるんでいたが、TVのメロドラマの主演女優のように着飾っていた。その背後はガラス細工と金とできらきら輝いていた。バンドンの店屋の主人から、グナワン家はもともと恵まれている、と言っていた。女は咳払いをした。

クリシュは笑顔になって一礼した。「ごめんください《アッサラーム・アライクム》」

返事がかえるまで少し間があった。「いらっしゃい《ワライクム・サラム》」つぶやくように続ける。「あなたが新しい子守《シッター》？」

　クリシュはうなずいた。

「アッラーのお恵み《ヤ・アッラー》を」グナワン夫人はあきれ顔で、ドアから一歩下がった。「びしょ濡れじゃない。ちょっとお待ちなさい」そして、水気をすっかりきれいにぬぐってしまうまで、何本もタオルをよこした。「遅かったわね。そのタオルの洗濯もしてもらわないと」

「すみません、奥様。バスが故障してしまって。そのあと道に迷って、タンジュクマニスに戻ってしまって……」

　グナワン夫人は目をくるりと回した。「お話はいいわ。あなたのここでのお仕事は、子供たちの世話よ。今晩はもう眠っているけれど。くれぐれも目を離さないように。主人は出張中で、息子は先週、落馬で怪我をしているの」夫人は息をつき、指輪をたくさんつけた手を握りしめた。「あなた、子供の世話は慣れているでしょうね」

「下に弟と妹が四人いました。父も母もとても手がまわらなかったもので。父は病気でしたし……」

　グナワン夫人はクリシュをじっと見た。「うちにあるものをこっそり持ち出さないように。もししたら、後悔することになるわ」

「もちろんですとも、奥様」

「山羊にはさわらなかったでしょうね。そこらじゅううろついては鳴いているけれど」

山羊たちはかまってほしがっているようだった。近づいたり、行く先に立ちふさがったり、物欲しげに鳴いたりしていた。「さわってはいません」

「それでいいの。けっしてさわらないように。山羊にさわれるのは、わたしと子供たちだけ。あら」彼女は顔を上げ、振り向いた。階段を降りてくる小さな足音がして、小さな顔が二つ陰から覗いた。「うちの子たちよ。一番と二番」

子供たちは原猿《ロリス》のような大きな目をしていた。サグリン湖の水力発電施設にロリスが入り込んで配電盤に触り、黒焦げになって送電も止まってしまったことがあった。クリシュは笑いかけたが、子供たちは笑顔を返さなかった。

グナワン夫人は子供の名前を言わなかった。「寝かしつけておいて」と言って、追い払うような手つきをした。

寝室は寒かったが、すきま風のせいだろう、とクリシュは思った。子供たちがベッドで肩を並べてチョコレート菓子を食べているあいだ、彼女は窓を調べてみたが、何もなかった。ベッドの枕側の壁には、山羊の毛で作られたお守りが掛けてあった。

「このお部屋はちょっと寒いかしら」クリシュは笑顔を作って子供たちに歩み寄った。女の子のほうが年上のようだ。母親似で、顎を上げる仕草までそっくりなので、鼻の穴がよく見えた。男の子はギプスで固めた片腕を三角巾で吊っている。「わたしはクリシュ。あなたたちのお世話をしに来たの」

「あたしはプトリ」と女の子が答えた。「弟はアグス。あたしたちを見張りにきたんじゃないよね」

そう言って、男の子の肩を叩いた。「よかった」

男の子は元気よくうなずいたが、腕のギプスに目を落として眉をひそめた。

「えっ？　それは、どういうこと？」

「山羊乳母《ゴート・ナース》がいるの。あたしたち、生まれたときからずっと、お世話されてた」プトリは鼻を鳴らした。

「だから、子守なんてはじめて」

「山羊乳母という人がお世話していたのね。わたしはお母様から、また馬から落ちるようなことがあって、あなたたちがまた怪我をしたりしないように、と言いつかっているの」そう言って笑顔を向けると、アグスはぎこちない笑みを返した。

「よその人の言うことは聞いちゃいけないんだって」プトリが言った。「山羊乳母がいつも言ってた」

これだけ裕福なのにどうして使用人がいないのかしら、とクリシュは訝しんだ。「わたしの言うことは聞いても大丈夫よ」ロリスのような目の二人の口元から、クリシュはチョコレートを拭き取った。

「悪いことはしないから」

翌朝、子供たちは山羊の群れを見せてくれた。地所や裏の森をうろつく野生の山羊とは違い、肉づきよくおとなしい家畜で、肉屋に売られるまでのあいだを屋敷の裏の囲い地で暢気に過ごしていた。子供たちが背中に乗ったり長い毛を弄んだりしているあいだも、気にもせずただ草を食んでいるばかりだった。そのあいだ、山羊飼いのトノは木陰に寝転がって、タンクバンプラフ火山を眺めていた。

「外に行きたがりはしないの？」クリシュは尋ねてみた。

トノは指の関節を鳴らしながらかぶりを振った。彼は今、泥に埋もれたメルセデスを掘り出しはじめている。「野良山羊を怖がってるんだ。やつら、草をきれいに食っちまうから」

ばかに肢《あし》の細い、痩せこけた野生の山羊が一頭、のどかな囲い地の外の薮を、怖れもせずに歩き回っていた。山羊はクリシュに目を向けたが、その顔にはどこか普通でないものがあるように、彼女には見えた。

「野良のやつらはぶつかってきたがる」トノが言った。「ここの山羊はずっとおとなしい。おとなしいほうがいいと知ってるんだ。だから集めるときに杖を使わなくてもいい」

トノから長い杖を渡されたプトリは、それを王笏のように山羊の群れにかざしていた。花を食べたり放尿したりしているときに、頭を杖で小突かれても、山羊たちは彼女に目も向けなかった。「わたしは山羊の国のお姫様よ！」とプトリが宣言すると、弟は観兵式で兵士たちが将軍にするように、将軍が国旗にするように、姉に敬礼した。

トノはクリシュに笑いかけ、煙草を咥えた。

午後の祈りのあいだも、プトリは杖を放そうとしなかったので、トノはそのまま持たせておくことにした。夕食のときにようやくグナワン夫人が、杖をテーブルに立てかけてはいけない、と娘に言った。杖はクリシュが片付けることになった。

階段の電灯は切れていた。十五フィート先に窓があるが、雨雲が月を隠していた。廊下を手探りで進みながら、プトリの部屋はいくつめだったかを思い出そうとしていた。どのドアノブも冷たい。脂じみてべたつく。フェルト張りの壁は土と汗と、かつて暮らしていた今は亡き人々のにおいがした。山羊飼いの杖をプトリの部屋の床に置くと、それは親愛の情を示すかのように、クリシュのほうに転がってきた。山羊乳母がいる、と彼女は思った。

きっと幽霊のことだろう。百年も昔に、クリシュと同じ子守として勤めていたにちがいない。きっとオランダ人だ。刑務所の看護師だったのかもしれない。悪い人だったのか。怖ろしい目にあったのか。そんなひどい呼び名をつけられたのには、理由があるはずだ。事故で脚をなくしたのかもしれない。そして、義足ではなく山羊の肢を継がれたのかもしれない……。

廊下の奥から、コトコトと足音が響いてきた。クリシュは暗がりに目を向けた。また足音が聞こえた。近づいてくる。このまましばらく、じっと目を凝らしていたら、月のない夜の闇から人の形が浮かび上がるかもしれない。正体のわからない足音は、それ以上は近づくことなく、止んだ。廊下はすっかり静まった。

「あんたなんか、怖くないわ」クリシュは言ったが、この先は暗がりが怖くなるだろう。

暗さに目が慣れてくると、壁際に何かが立っているのに気づいた。顔らしいものがある。首は長い。その下にはスモックのようなものを着た胴体があり、脚は人間のものではない。剛毛に覆われた、汚れた肢。その先は二つに分かれた山羊の蹄だった。それは全身を震わせると、消えた。這い寄る闇に覆い隠されたように。

足の感覚がなくなり、クリシュは廊下に倒れた。脳の中核のごく原始的な部分で、五分間は身震いがとまらなかったのを感じていた。立ち上がろうとした――が、脚が重くて動かせない。熱い風がさっと吹いていったが、コトコトという足音もとうに聞こえない。目を凝らしても、廊下は天井から床まで、煙よりも濃く重い闇が充満するばかりで、その暗さは黒山羊の体毛のようだった。クリシュは目をこすった。

脚がなくなったかもしれない

違う脚になっているのかもしれない

「クリシュ！」溺れている自分を捕まえてくれる手のように届く声。「二階で何をしているの？」

声のするほうは安全なところ？　首の後ろでしていた、獣じみた息遣いが遠ざかる。指のあいだから廊下を覗いたが、何もいなかった。天鵞絨《ビロード》の敷物があるだけだ。感覚の戻らない脚を引きずり、よろよろと階段を降りる。

「勝手に部屋に入らないように。わたしの宝石の……」

　と言いかけたグナワン夫人は、クリシュの顔色を見て言葉を呑んだ。

「廊下の電球が切れていたので」クリシュには自分の声に聞こえなかった。それは上辺の世界の話だ。電球も夕食の皿も、食堂のシャンデリアも。その世界の遠い高みから、明日の朝トノに言っておくように、と夫人は伝えた——が、その姿も声もぼんやりしていた。部屋もぼんやりと霞んでいた。ただ子供たちの、丸い黒い目と赤い唇だけが、はっきりと見えていた。

　懐中電灯の光はかえって闇を深くし、隠れ場所をつくる。だが、かれらは隠れるふりをするだけ。ふりをして遊んでいるのだ。クリシュにも子供たちが見ていたものが見えた。アグスは影絵芝居《ワヤン》を見ているかのように、その動きを指で追いさえした。

「クリシュのこと、好きじゃないみたい」自分の部屋のベッドで、顎までシーツをかけながら、プトリが言った。「気をつけてね」

「あのひとは、プトリとアグスのお世話をしてたんでしょう？」

「そう、あたしたちと、山羊たちの。でも、すぐ怒るの。ねえ、パパは今どこにいるの？」

　クリシュは肩をすくめた。この子たちの父親はバンコクかバリあたりで浮かれているんじゃないか、と思っている。ジャカルタのラウンジにこもって麻薬で飛んでるかもしれないが、そこまで考えたくはない。

「パパはママと一緒に山羊乳母と闘ったの。そのあと森に行った。パパは死んじゃったって、山羊乳母が言ってた。虎に食べられたって」

クリシュは息を呑んだ。蹄の音がコトコトと聞こえたような気がしたのだ。

「山羊乳母には力があるのよ、クリシュ」プトリは息をつき、目を閉じた。「だから、大事にしないと」

隣の部屋のドアを開けた。山羊乳母がどこかに潜んでいるなら、この屋敷のどのドアもノックはできない。ベッドの上の小さな人影が、さっと身を起こした。

「ごめんなさい」小声で言うと、すばやくドアを閉めベッドの脇に膝をつく。「ちょっとだけ教えてほしいの。大事なことよ」

アグスは掛けシーツの端を噛んだ。

「腕を折ったのは山羊乳母?」答えはない。「ねえ、アグス、教えて」

「馬から落ちたんだ。驚いて、急に後肢で立ち上がったから。ぼく、溝に落ちた。山羊乳母は助けてくれなかった。ぼくが怪我するなんて思わなかったからって、ママは言ってた」言葉を切ったあと、アグスは尋ねた。「馬は山羊が怖いの?」

母親がソファに座ってピーナッツを砕いているところに、クリシュは伝えに行った。グナワン夫人は眉を上げた。「なぜここに来てもらったか、わかったでしょう」きっぱりした口調だった。「山羊乳母が子供たちの世話をしなくなったからよ。なぜかは知らないけれど……しなくなったから」

クリシュは遠慮しながら、向かいの椅子の隅にそっと腰を下ろした。邪魔したくはなかったが、夫人は力が抜けたように前屈みになっていた。

「夜、主人は出発する前に、弟を山羊乳母に攫われたことを話してくれた。ずいぶん昔、幼い弟をね。そのときわたしが夫に言ったことが、あなたのご家族に伝わったのでしょう。わたしが話し終えると、夫は……」両手を激しく振り動かした。「皿を投げはじめた」

「奥様……お呼びになりたかったのは、子守でなく導師《イマーム》だったのですか」

グナワン夫人は涙を拭い、笑い声をあげた。「山羊乳母は魔神《ジン》じゃないの。そうだったらずっと簡単なのに。魔物《トヨル》なら導師の力で追い払えるでしょう」

そう、魔物《トヨル》なら。クリシュは導師の見世物で見たことがある。一人の男が沈み込んだ、赤ちゃんがすっぽり入りそうなほど大きなガラス瓶を持ってくると、導師に渡して「トヨルが手に負えなくなり、小さな生き物をいじめたり人に咬みついたりして、使いものにならない」と言った。導師は瓶に向かって祈ってから、蓋を叩いて小魔神を叱りつけた。それから瓶を暗い顔の男に返し、瓶を森に埋めて神の加護のもと魔物を休ませてやるように言った。

「あれもトヨルなんですか？」

「山羊乳母は穀物を実らせる！　家の山羊を丈夫に育て太らせる！　山羊乳母が現れたのは干魃《かんばつ》の年だった。現れたというより、訪ねてきた、というほうが正しいのかもしれないけれど」グナワン夫人はピーナッツの殻を割った。「夫が言うには、山羊たちは家の玄関にやってきた。触らないように言った、あの野生の山羊たちよ。一九六二年の四月に、玄関の前に現れた。神様が遣わしたように」

数日後、トノはガナワン夫人の財布から金を盗ってつかまった。夫人は彼を玄関先に座らせた。トノは先月分の給料をまだ出してもらっていなかったから、あとで返すつもりだった、と言い訳をして、五十万ルピアを返そうとした――すきっ歯をむき出して作り笑いをしながら。

夫人はその手を摑んだ。トノは驚いていた。「とっておきなさい。これもお持ちなさい。この家のことを忘れないように」そう言って、山羊の毛を一房握らせた。

その毛は、囲い地で飼われているおとなしい山羊のものよりも、固く粗かった。トノは怯えた声をあげた。放りだそうとしたが、毛は手から離れなかった。ほぐれて服につき、払い落とそうとしても花粉のように広がるばかりだった。「奥様！」彼は叫んだ。「どうかお許しください！」

夫人は何も答えなかった。戸口にうずくまるトノには、すでに死の烙印が捺されたようだった。彼は泣きながら丘を駆け下りていった。着古した白いシャツが月光の下を遠ざかっていく。

「あの人が死んでしまってもいいんですか」クリシュが言った。「世界が終わってしまいそうなほど怖がっていましたよ」

グナワン夫人は家の中に入り、音をたててドアを閉めると、閂を下ろした。「彼女があの人を捕まえるとはかぎらない」夫人の白目は充血で真っ赤になっていた。いつもはきれいな人なのに、今はまともに見られない。「あなたは死にたくはないわよね?」

クリシュはかぶりを振った。電灯が消え、大きなものに覆われたかのように暗くなった。壁が巨大な生き物の胃腸の中のような音をたてた。夫人は顎が震えるほどに歯を食いしばっていた。クリシュは身震いした。

それは急におさまった。壁は震動を止めた。湯沸かし器と冷蔵庫が唸るほかは、静まり返っている。

「ここを出たほうが良くはありませんか」クリシュは尋ねた。「あれが戻ってくる前に」

グナワン夫人は荒々しくかぶりを振った。「彼女は外にいる。家の中は安全よ」

丘の下で大勢の人の叫ぶ声がした。クリシュは頭を抱えた。木々が折れる音、家々が崩れる音。だが、吠え猛る山羊乳母の声に、それらの音も霞んだ。

「タシクマラヤの地震のときみたいね」グナワン夫人が歌うように言った。「それだけのこと。ただの地震、ただの地滑り……ただ噴火が起きただけ……」

階段から喉で圧し殺した泣き声が聞こえ、見るとアグスが立ったまま耳を両手で塞いでいた。母親は固まったかのように立ち尽くすばかりなので、クリシュは駆け寄って落ち着かせた。

「あいつがみんなを殺してる」アグスは涙声で言った。「あいつが立てる音、大嫌いだ」その言葉を山羊乳母が聞きつけたかのように、腹に響くような低い唸り声が町のほうから轟いてきた。何もかもタンクバン・プラフ火山の噴火口に投げこんでやる、と言いたげに。身を守ろうと屋敷の外壁の陰に集まっていた従順な山羊たちは、口々に悲しげな声をあげた。

それからの二ヶ月間、山羊乳母は姿を現さなかった。一家は無事ではあったが、その二ヶ月も平穏には過ごせなかった。バンドン市当局は山羊乳母の攻撃を季節なかばの強い台風だと言って済ませた。死者は二十一名、死因は折れた木の枝に刺されたり、崩れた家の梁の下敷きになったり。行方不明になっていたトノは翌日、首だけ玄関前に落ちているのが見つかった。

子供たちはおとなしくしていたが、不安を抱いていた。クリシュも、蹄の音や唸り声がするのでは、と怯えながら日々を過ごしていた。眠れば夢の中で山羊小屋に横になり、野生の山羊の群れが足音も高く囲い地に押し寄せてきた。夢の山羊たちは体毛で押し包むように彼女を取り囲み、鼻面をすりつけ、歯を剥き出して笑いかけてきた。

「あれは近くにいる」朝食のとき、プトリが言った。もしそれが嬉しいのだったら、と思うと、クリシュは何も答えられなかった。

夕方にはグナワン夫人に来客があった。義父が無口で腰の低い息子とともに来たのだ。義父は黒のボタン・ダウンのシャツを着て、分厚いレンズの眼鏡をかけていた。彼はあたりのにおいを嗅いで、気づいた。

「彼女はどこだ？　どこに行ったのだ？」

「息子さんにお尋ねになればよろしいでしょう」

「追い出したのか、この恩知らずめ……」

「あの怪物はこの家を守りはしません。うちの子に何をしたか、あの子の腕を見てください！」

老グナワン氏は身をかがめ、顎を突き出してアグスのギプスに見入った。老人は強い薄荷のにおいがした。彼はまばらな歯のあいだから不満げに息をもらした。「これか？　これだけなのか？　彼女が何者かも知らぬくせに」

「子供たちを傷つけることはないと約束したのはあなたです」

「孫ができたら、という約束だ」見下すような口調に唇がゆがんだ。「私も同じ約束をされてきたのだ」

老人が心配することはなかった。山羊乳母は、精霊《クリウォン》の金曜日の前夜に帰ってきた。屋敷の屋根に降り立ち、剛毛に覆われた無数の腕で窓を覆い、月光を遮った。そして屋根から溶け込み、二十の町の塵埃と、六百人の犠牲者の血と、山羊の毛と脂で壁を染めた。屋敷はもともと彼女のものだったのだ。

アグスとプトリは山羊乳母の慣れ親しんだぬくもりに体を埋めた。グナワン夫人はシーツをはねのけ、息苦しさに喘いだ。クリシュは爬虫類のように腹ばいになって、山羊乳母が去るのをただ待っていた。

翌朝、夫人は寝室から出てこなかった。ただ、キッチンからも彼女の咳は聞こえた。

「ママは?」クリシュが米飯を炒めていると、アグスが尋ねてきた。

「お具合が悪いの。あとで市場に行って、お母様に生姜《ジャヘ》を買ってきましょう」

「外には出ないほうがいいと思うわ」誰もが思っていたことを、プトリが言った。

家の中の静寂は堪えがたいほどだった——トノはもういないし、グナワン夫人は寝込んでしまった。あまりの静けさに子供たちは眠気をもよおし、クリシュがコーヒーテーブルについた脂を拭く音が聞こえるばかりだ。油の染みはとれなかった。こするうちに、染みは山羊の頭のような形になった。

彼女はスポンジを投げ出した。「出かけましょう」

「どうして、あたしたちと山羊乳母を引き離そうとするの?」プトリはそう言うと、あくびをした。

「危ないからよ!」声が大きくなったのは、怖ろしいからだった。

「山羊乳母は悪いことはしないいし、ずっといてくれる。ママやパパとはちがうんだから」

クリシュは言葉に詰まり、アグスを長椅子から起こした。「お散歩に行きましょう。山羊乳母と一緒にいるほうがよかったら、来なくてもいいわ」

プトリの不満げな顔は、傷つけられたかのように見えた。クリシュはアグスを連れて裏庭に出ると、時間をかけてあちこち歩いたが、重い灰色の雲の外には出られなかった。アグスは姉のことが心配だと言った。

クリシュは軽く流した。「大丈夫でしょう」

「アグス！　こっちよ！」

二人ともその声に振り返った。プトリは二階のバルコニーから出て、瓦葺きの屋根の上に登り、風見鶏のように梁の上に立っていた。

「なんてこと《ヤ・アッラー》！　プトリ、すぐに降りなさい！」

「見ていて！　あたし、守ってもらってるから」

「あれは守りはしないわ！」

プトリは笑みを浮かべた。そして膝を曲げると、守られているのを信じきった様子で、腕を広げて飛び降りた。二階の窓あたりで、家から霧のようなものが湧き出てきて、小さな体を包み込んだ。それは黒い雲になって、ゆっくりと下っていき、プトリを草むらに降ろした。一瞬、雲は彼女をすっかり覆ったが、すぐに飛散して、そのあとには擦り傷ひとつない少女が立っていた。

プトリは笑みを浮かべたままだった。「ほらね、守ってくれたでしょ?」

アグスは後込《しりご》みし、自分の骨折した腕を見つめた。何週間もギプスをつけているのに、傷はよくならない。クリシュに「弟が真似したらいけないでしょう」と言われたプトリが、彼に手を差し伸べて「心配ないわ。山羊を見にいこう」と言ったとき、アグスはシャツの襟を噛んでいた。

わずかに躊躇したが、アグスは姉の手を取り、二人の子供は草をかき分け、未来の領地へと恭しく踏み込んでいった。

クリシュは遅くなって目を覚ました。寝坊した、と彼女は思った。どうしてまだこんなに暗いのかしら？　ベッドの横に置いた時計は午前五時を指していたが、止まっていた。山羊たちも声ひとつあげず、静まり返っている。

幸いにも手元に懐中電灯があった。この屋敷の他の部屋に入ってみる。どの時計も止まっていて、空は暗い。夜の闇にしては重く柔らかい、果てしない宇宙のカーテンに、屋敷はそっくり囲まれているようだ。

二階でもがく音がする。大きくはないが、屋敷じゅうがしんとしているのではっきり聞こえた。グナワン夫人が喉を詰まらせ、苦しんでいたのだ。

身分の意識は消し飛んでいた。「奥様、お手伝いが要りますでしょうか」などと声をかけもせず近寄ったが、ベッドに屈み込むや、身動きが取れなくなった。完璧に並んだ美しい歯と、血の気を失った舌の奥の喉には、黒い毛の塊が詰まっていた。もがく夫人を前に、クリシュは両手で口を押さえた。「お医者様を呼びます」と言ったが、グナワン夫人は彼女の手を握りしめて、詰まった山羊の毛ごしに懸命に声を出そうとした。目が血走っている。クリシュは身を引き離した。手の力が緩み、夫人が白眼をむいた。毛の塊が口から飛び出した。クリシュは祈ったが、助けは得られなかった。

背後でかすかな音がした。母親の部屋の戸口で、子供たちが呆然と立っていた。死んだ母親をどれだけ長く見つめていたかはわからない。それからクリシュに目を向け、逃げ出した。

　廊下を駆けていく小さな白い影を追った。「アグス！　プトリ！」呼びかけても振り返りはしなかった。見覚えのある悪夢――走り、追い駆けると、子供たちは振り返る。その顔は妖怪クンティラナックのものになり、唸り声をあげる。階下で追いつき、その細い肩に手をかけて振り向かせる前に、クリシュは祈った。

　だが――その顔は見覚えのある幼い兄弟のものだった。敵意を浮かべてはいたが、林檎のような頬をした子供たちの顔だった。二人が落ち着いてくれるよう、思いつくことを並べ立てたが、プトリはクリシュを押しのけた。

「子守なんかいらない！　ママなんかいらない！」

「悲しいのはわかるわ」二階から、荒々しく駆けまわる蹄の音がする。ドアが大きな音を立てて閉まった。床に重いものが落ちる音がしたのは、あれがグナワン夫人をベッドから引きずり降ろしたのだ。「でも、今はわたしと一緒にいたほうがいいでしょう。まずは、誰か呼ばないと」

　アグスは泣きだし、プトリは叫んだ。「山羊乳母がほんとうのママなんだもん！　山羊乳母はみんなのお母さんなんだもん！」

　クリシュは血が出るほど下唇を噛んだ。プトリの腕を取り、裏口から外に出る。アグスは吠えるように泣きながらついてきた。外に出ても、夜のカーテンからは出られない。地面は見渡すかぎり、乱暴に鋤を引いたように掘り返され、プトリの小さなつま先が溝にとられた。クリシュはプトリの手を引き、進んだ。

「来なさい！　あれがお母さんだと思いたいなら、自分の子供たちに何をしたか見るがいいわ！」

プトリは叫んだ。クリシュを蹴り、噛みついた。だが、山羊の囲い地に着くと、抵抗は止んだ。囲い地は静まり返り、ひどい臭気が立ちこめている。足元いちめんに濡れたものが散らばり、歩くたびにぬらつき、音をたてた。

「ごらんなさい！」

クリシュは懐中電灯を点け、吐き気をこらえた。見渡すかぎり、血の赤と骨の白に彩られている。引き裂かれ、海のように広がる毛皮の上に散らばった、折れた角や、白く淀んだ眼球。

アグスが両手で目を覆い、泣き叫んだ。プトリは押し黙っていたが、震えているのがクリシュに伝わってきた。この子が好きだった、一頭ごとに名前を呼んでいた山羊たち。プトリの身震いが大きくなった。泣いていた。

クリシュは安堵の涙を流した。三人は駆けだした。丘を下ってバンドンに出れば安全だ。モスクか、市長のところに行って保護してもらえば、やがて山羊乳母のことも忘れてくれるだろう。シリリンの実家に連れていってもいい、とクリシュは思った。あそこでなら、きっと楽しく暮らせる。サグリン湖に潜ればフエダイも採れるし、何も怖れることなくのびのび寝起きもできる。「怖がらないで」彼女は二人の子供の頭を撫でた。そう、だから生き延びないと。「大丈夫よ」

「見て！　まだ生きてる！」

小屋のそばで、ぼろぼろな小さい姿が震える肢で立ち上がろうとしていた。ぶるぶるしながら、ゆっくり動いている。懐中電灯を向けると、体毛から血が滴り落ちているのが見えた――ひどい出血だ。四本の肢は人形師が操っているように見えた。だが、影絵芝居に出てくる英雄アルジュナは、人形であって英雄その人ではない。

クリシュは叫んだ。駆けていくプトリを止めようとした。脇腹の痛みをこらえながら後を追ったが、プトリは小屋のすぐそばまで行っていた。脚がこむら返りを起こした。クリシュは草むらにうつ伏せに倒れた。

小さな影はむくむくと大きくなっていった。それは形のない、飢えを露《あらわ》にした、山羊の毛と煙の塊になり、踊り手がつける仮面のように、顔を張りつけていた。あの夜に二階で見たのと同じ、野生の山羊に似た、強張った人間の顔を。長い、いびつな、偽りの顔。

クリシュは懸命に立ち上がった。山羊乳母は木よりも高くなっていた。血や肉や、さまざまなものを吸い、膨らんでいる。それは隙間から黒い毛のはみ出した、強張った笑顔をプトリに近づけた。プトリは何か囁いている――神への願いだろうか。山羊乳母は少女を高々と放り投げた。

愛している愛している誰よりも愛している

「クリシュ、助けて！」

「今行くわ！　今行くわ！」

だが、宙に浮いたプトリの目は虚ろになった。山羊乳母は大きく息をつくと、一息に少女を呑み込んだ。クリシュが髪をかきむしり叫んでも、もう聞こえることはない。

山羊乳母が動いた。雲のようにアグスに覆い被さった。彼はそれをじっと見ていた。泡立つようなその中に、父や母や姉がいると信じているかのように。だが、山羊乳母は少年を愛するには値しない者と思ったようだ。彼を残し、西に向かって流れていった。

やがて野生の山羊が——牧草地の破壊者、農夫の敵、古き神の僕《しもべ》たちが帰ってきた。彼らは長く強い歯と音を立てる唇で、家畜たちの血まみれの残骸を食った。山羊小屋を舐めてきれいにした。草の上に仰向けに倒れ、空を見上げたまま動かなくなったクリシュの両脚を囓りとった。そして、偉大にして永遠なる山羊乳母の臭跡を追うように、森に向かっていった。

アグスは一人、折れた腕を抱えて草の上にうずくまっていた。愛されたいと願いながら。

ともに海の深みへ

ブライアン・ホッジ

The Same Deep Waters as You

Brian Hodge

旅もいよいよ終わりに近づき、灰色の海面から九十メートルを低空飛行するヘリコプターの機内で、彼女は来たことを後悔していた。眼下に広がるワシントン州北部特有の岩でごつごつした海岸線は、これから向かう場所が着陸を拒んでいるようにさえ見える。もし墜落したら海に呑まれて、二度と浮かび上がってはこられないだろう。

ケリーは海を見て落ち着きを覚えたことがない——これまでに、一度も。

選択の余地はなかったのか？「国土安全保障省に顧問としてご協力をお願いします」と言われたのが地獄下りの始まりだった。伝えに来た二人組は、拒否したとしても聞き入れるなと命じられているようだった。何の協力なのか知らされない。どこへ行くのかも。ただ、防寒服を着ていくように、とは言われた。雨になるかもしれない、とも。

なんとか考えついたのはただ一つ、より理解しやすい犬の調教方法について意見を聞きたいのだろう、ということだった。そうでないとしたら、教わりたいことがあるのだろう……たとえば鳥や、イルカや、猿や馬について。動物の能力を引き出すにはどうすればいいのか、専門家の意見を聞きたい、というような。もとより彼女は、国家への貢献を求められるよりは、動物のために役に立つことをしたいと思っている。

だとしても、どういうことか。想像できる者はいないだろう。

雨に霞む窓を透かして、これから着陸する島が揺らぎ、岩と木々が上陸を拒むかのように見えた。

ずっと昔から人を遠ざけてきたかのように。

ケリーの両親が生まれるよりも、はるかに昔から。


夜明け前から移動ははじまった。居心地が悪いほど押し黙ったまま、自宅からミズーラの空港へ行き、モンタナ州を発ってワシントン州へと向かう。シアトル・タコマ国際空港に到着すると、そこから先はヘリコプターに搭乗する。この最後の旅程に移る前に、ケリーは携帯電話を取り上げられ、荷物を調べられた。飛行機からターミナルを迂回して駐機場《エプロン》に出ると、ダニエル・エスコベード大佐と名乗る男が出迎えた。目的地の施設の責任者だという。

「ここから先は私が同行します」まばらな褐色の髪が雨に濡れて頭皮に張りついている。髪をもっと短くしていれば、禿げているようには見られないだろうに。「旅はお楽しみいただけましたか」

「いいえ、まったく」答えると同時に、この拉致を容認してしまったような気がした。

数分後、二人は互いの膝がつくほど狭い座席に、シートベルトで体を固定して向かいあった。

「話しあわなくてはならないことがたくさんあります」再び遠ざかる地表を見下ろすケリーに、エスコベードが言った。「理解できるかどうかにかかわらず、行動を共にするかぎり、情報は共有しておかなくてはなりませんからな。進行中の仕事には関係ない、と決めつけてしまえば、知らないこととして済まされてしまいます。たとえ真実でも無用としてしまえば、知らないでいても足りてしまうものです」

話しているあいだ、ケリーは彼を観察した。最初は五十代半ば、自分よりは十五歳ほど上かと思ったが、もっと年嵩で、ふだんはほとんど笑わないのだろうが、顔には年齢なりの皺があった。七十歳を越えて老いを怖れているのか。はっきり言えば楽だろうに。

「あなたに対しては、すべて隠さずにお知らせするよう、決定がなされています。今の私が知っているより多くのことを、あなたは知らされるでしょう。何を求められているか明かされないことも、ものごとのつながりがわからず、途方に暮れるようなこともあるかもしれません。ただ、これだけはお忘れなきよう。これからあなたが目にするのは、過去十五代の大統領が一人たりとも知らなかったことなのです」

胃に何か重いものが入ったような感覚がして、ヘリコプターが高度を下げるのがわかった。「そんなことができるものですか？　大統領は軍の最高司令官なのに……」

エスコベードはかぶりを振った。「お知りおきください。大統領行政府よりも高位の機密もあるのです。政治家は入れ替わるものです。われわれ軍や情報機関に所属する者は、入れ替わることがありません」

「わたしには縁もゆかりもないのに」

権力中枢の一端に触れた気がして、ふと寒気がした。知りたかったことが明かされるのであれば、重荷でしかない。

特別に扱われて得意にもなれるだろう。だが、知りたくもない秘密を共有しなければならないのは、

「時には例外が必要となります」そう言うと、エスコベードは躊躇なく続けた。「正直なところ、もっと上手な言い方があればと思うのですが、もしあなたがここで知ったことを少しでも漏らすようなことがあれば、なぜ漏らしてしまったのか、後で深く考えることになるでしょう。命にかかわることになりますからな。もっとも、漏らしたところで誰も信じてはもらえますまい。笑いものにはされるでしょうが。ＴＶのお仕事もなくしかねません。これまで築いてきた地位も名誉も。それに……いや、止めましょう」

タビーは？——ケリーが最初に思い浮かべたのは、娘のことだけだった。他のことはまったく、かすりもしなかった。タビサが母親の方を選んだことは調べられているだろう。親権のための三年にわたる裁判で、別れた夫のメイスンに、無責任で母親として不適格、と中傷されて疲れ果てているというのに。**裁判長、彼女は動物に話しかけているのです。答えてくれると思っているのです。**

「私は連絡役でしかないのです」エスコベード大佐は言った。「おわかりいただけますか」

こんな会話でも、ちゃんとできていれば。普通の会話のように。いや、ここで怖じ気づいてはいけない。大佐の目を見れば、怖がらせるつもりはなく、重要なことを伝えようとしているのがわかる。正しく伝えようとした結果、自分がケリーを虐めているように思えているのだろう、恥じているのが

見て取れた。

「キューバのグアンタナモ湾で起きたことはお聞きですか」

「聞いています」声を抑えて答える。やはり脅しにかかるつもりだ。うっかりしたことを口にしたら、自分がモンタナからもロス・アンジェルスからもいなくなり、気づけば収容所にいることだろう。百六十人を超えるテロの容疑者たちと一緒に。

大佐は笑うように目を細めた。「そんなに怖がらないでください。怖い話はグアンタナモの名を出す前に済ませましたから」

あのあからさまな言葉か。こんな雨の中、この人を笑わせるようなことが言えたらいいのに。

「これから向かうところは、グアンタナモと同じ用途で作られた、もっと古いものです」エスコベードは続けた。「わが軍の捕虜収容所としては、もっとも長いあいだ、敵を拘留しています」

「長いって、どのくらい？」

「一九二八年以来になりますね」

まるで見当もつかない。なぜ自分がこんなところまで連れてこられたか、理解を超えている。専門分野は動物で、戦争の捕虜、それも第一次大戦の十年後からの捕虜なんてものとは、何のつながりもない。

「人選を誤ってはいませんか」彼女は尋ねた。

「ケリー・ラリマー。開始から今までヒットし続けているディスカバリー・チャンネルの人気番組『動物との対話』のスターで、現在は第四シーズンを収録中。動物行動学の第一人者として、珍獣を愛好する富裕層から絶大な支持を得ている。まちがいありません」

「おっしゃるとおりです」おとなしくしよう。そこまで知ったうえでの要求だ。「収容者は何人いるのですか?」それだけ長期にわたるのなら、さほど人数はいないだろう。

「六十三人です」

まるでとらえどころがない。「すると、収容者たちは今、百歳を超えていることになりますね。危険を訴えられはしないのですか。外部から釈放を求められることはなかったのですか……」

大佐は片手をあげた。「驚かせてしまったようですな。ここでお知りおきいただきたいのは、いつどのように生まれたかはさておき、すでにみな人間であることが疑わしい、ということです」

彼は背嚢からｉＰａｄを取り出し、ケリーに渡したが、その瞬間に世界が一変した。一点の画像だけで、彼女はすべてを知った。送って見ただけでも画像は十点はあったが、最初に見た一枚だけで充分だ。写っていたのは人間ではなかった。人間を戯画化したような姿。進化の過程で起きた事故のようなものだった。

「御覧いただいたとおりです」大佐が言った。「マサチューセッツ州にあった、インスマスという町のことをご存じですか」

ケリーはかぶりを振った。「聞いたことはないと思います」

「ないのが普通です。南北戦争より昔にとうに寂れてしまった、小さな港町でした。一九二七年から二八年にかけての冬、ＦＢＩと陸軍が指揮を執り、海軍の協力を得て爆破しました。公的には――禁酒法の時代だったと申し添えておきましょう――カナダからの密造酒の搬入を阻止したことになっています。実際は……」大佐は、ケリーの感覚のない手から、ｉＰａｄを取った。「説明するよりも、御覧いただいたほうが確かでしょう」

「彼らとは話すことができなかった。そうおっしゃりたいんですね」ケリーは言った。「誰も彼らと会話できなかった。そこで、私ならできると考えた人がいたのでしょう」

エスコベードは笑みを浮かべた。大佐も笑うことがあるとは、ケリーは予想していなかった。「おっしゃるとおりだと思います。あなたには特殊な能力があることですし」

「彼らは話せない？　それとも、話そうとしない？」

「いまだに、どちらとも判断しかねています。収容した当初はまだ人間らしさがあり、実際に会話していました。が、その期間も長くはありませんでした。人間でいられたあいだは。変身が進んでいったのです」彼はｉＰａｄのディスプレイに触れた。「今、御覧いただいたのは、数十年にわたる変身の過程です。収容者のほとんどは、すぐにこのような姿になりました。残った者も、追って同じように変身しました。外見だけではありません。喉もすでに変化しています。内部の構造がね。だから、会話という伝達手段がとれなくなったのか、できるとしてもしなくなったのか。だが、いずれにしても認識の共有をしています。まちがいなく、互いに意思を伝え合っていますから。発声を録音し、可能なかぎりの分析を試みた結果、彼らの声のやりとりには文法がある、という見解に至りました。ある種の鳥類のさえずりのように。鳥の声のように心地よいものではありませんが」

「収容され続けているのなら、彼らは百年近くも、自分たちが生まれた環境の文化がどのようなものであれ、触れてはいないことになりますね。すでに忘れられている可能性は？　知らないうちに外の世界も変わってしまったわけですし」ケリーは言った。「あなたたちの仕事は科学ではない。国防です。彼らとのコミュニケーションが今なぜ重要になったのでしょうか」

「収容先を海辺に移すと、変化が止まったのです。彼らは海水に入ると落ち着くようでした」大佐はｉＰａｄを背嚢に戻した。「彼らが何を話しているかは、一九二八年には問題ではありませんでした。四八年も、八八年も。緊急に知らなくてはならないのは、今なのです」

ヘリコプターが島に着陸し、ケリーは機内から出るより早く、ここまで荒れ果てた場所は見たことがない、と思った。本土から離れた、風雨にさらされた岩だらけの地表を、強い風が向きを変えながら吹き荒れ、松はどちらに伸びていいかわからないかのように、ねじくれた姿で這っている。

「いつもこんな天気ではありません」エスコベードは言い訳をするような口調だった。「霙《みぞれ》が降ることもあります」

敷地は大型のショッピングセンターほどの広さだろう。傾いだ三角形の一方にヘリパッドとボートドックがあり、もう一方には小屋がいくつか集まっている。その中には不運にもこの島に配属された職員の仕事場や宿舎もあるのだろう、とケリーは思った。どれもが大小の道とつながっている。

その中央にそびえているコンクリートの巨大な建造物は、長年のあいだ放置されていた刑務所なのだろうが、別のものであるようにも見えた。大昔の工場か発電所、あるいは日本軍の攻撃に備えて建造された西海岸の要塞のように。一九四二年に建造されたものだと、エスコベードが説明した。その当時から、何に使うのか誰も尋ねようとせず、今はそこにあることさえ気にもとめられなくなっていた。船で近づいた人は目を向けたかもしれないが、海岸線に沿って等間隔に警告表示が並ぶのを見れば、好奇心など消し飛んでしまうだろう——まして、三重に張り巡らされた鉄柵の上に、有刺鉄線が螺旋を描いているのを目にすれば。

ケリーはスリッカーコートを着ると、フードの紐を締めて、針が降るような雨の中に踏み出した。十月——まだ十月なのに。だが、ここは一月のようだ。もちろん、大佐は気にもとめていないようだった。小さな建物に向かう道を行く途中、ケリーは立ち止まり、大佐に目を向けて言った。

「ヘリコプターの中でおっしゃっていた特殊な能力なんて、わたしにはありません。わたしのしていることが、あなたにどう見えたとしても」

「覚えておきましょう」関心のなさそうな返事がかえってきた。

「真面目な話なんです。わざわざこんなところまで連れてきたのなら、わたしの個人的なことを調べる前に、どんな仕事をしているかを知っておくほうが重要なのではありませんか？」

「ですが、もうすでにここに来てもらっています。あなたを信頼している者が上層部にいるのは間違いありませんし」

そう聞いて、ケリーは考えた。たしかに、冗談でこんなまねはしない。ほとんどの大統領が知らないでいたところに、急に民間人を連れてくるようなことは、まずしないものだ——まして、役に立つか立たないかも知らないまま。やり方は想像もつかないが、自分に関する調査は広範囲でなされたことだろう。過去の顧客に意図を隠して尋ねたり、何の仕込みもなく相談に来た『動物との対話』のこれまでの出演者に確認したりしたのだろう。ならば、彼女が相談に真摯に答えていたことも知っているはずだ。

「あなたは？　番組を御覧になりましたか？」

「お迎えするにあたって、第一シーズンのＤＶＤを見ました。最初の二回を」口調から役人らしい堅苦しさが薄れて、大佐本人の気持ちが交じった。「クリーヴランド動物園のホッキョクグマの回はことに興味深いものでした。あなたは体重千五百ポンドの頂点捕食者を相手取ったのですから。それも、木の棒一本さえ手にせずに。私だったら、怖くて正気ではいられなくなるでしょう。蛮勇を揮いたがる男でなければ、よほど愚かな人のすることですが、あなたはもちろん男ではないし、愚かでもない」

「それが第一回だったと思います」ケリーは言った。「それが、わたしをここに連れてきた理由ですか。熊を相手にしたくらいだから、捕虜くらい怖れはしないだろう、と?」

「それも一つの要因かとは思います」と言うと、大佐は黙り込んだので、しばらくは砂利を踏む音だけが聞こえていた。「あなたの能力が特殊なものでないとしたら、どう理解すればいいのでしょうな。なぜあのようなことが?」

「自分でもわかりません」うまく答えられた例《ためし》がないので、こう尋ねられるのは苦手だ。「物心ついたときからできたので、特別なものとは思いませんでした。ただ、できるというだけで。一種の感覚というほかありません。でも、視覚や嗅覚、味覚とは違います。むしろ平衡感覚に近いようです。ご自分の平衡感覚を説明できますか?」

横目をちらりと向けた大佐の顔には、内心を気取られまいという気持ちがほの見えたが、何も答えられないことがケリーにはわかった。「私ですか? お察しのとおりですが」

良い答えだ。そっけなくはあるが。内心を語ろうとはしないが、会話を楽しんでいるのがわかる。

「そう」ケリーは言った。「誰も同じです。できる人はいません。生来身につけているものですから。内耳の働きによるもの、と言う人も中にはいることでしょう。さらに何人かは、内耳にはリンパ液を満たした、それぞれ向きの異なる三つの管のある前庭器官があると知っているでしょう。でも、だからといって、歩いても転ばないのはなぜか説明はできない。そう……わたしが動物たちを相手にしているときも、同じようなものです。仕組みはわからないまま、ただ使っている」

大佐は考えながら、しばらく足を進めた。「答えをはぐらかされた、と思ってよろしいですかな?」

ケリーは笑みを隠そうとうつむいた。「いつものことです」

「はぐらかしとしてもお上手ですな。実際のところ、どうお感じなんですか」

「感じているのは……」考えながら、ケリーは息をもらすような声で言葉を返した。「さまざまなものの組み合わせです。感情、感覚、知覚がとらえた印象、心象、こういったものを、動いていても静まっていても、すべて残さず受け止めているように感じています。ときには、そこまで意識しないで、ただ受け止めていることもあります。純粋な認識というべきかもしれません」

「純粋な認識、ですか」大佐はどこか疑っているような口調になった。

「今も戦っているんですね」

「たしかに」

「お気づきではないのかもしれませんが、あなたが一緒に仕事をしている人たちから、何も聞いていないとしたら、驚きます――あの建物に入るとき特に慎重になったり、何かが起こることを察知したりするような、強い感覚の持ち主が一人もいないとは思えません。その人たちも、その感覚について明確な説明はできないでしょう。ただ察知するだけのことなのですから。そして、その察知はおおおむね正しいのです」

エスコベードはうなずいた。「意識せず過程を知っているから、その先がわかる、ということですな」

「番組の企画で、fMRIで脳の活動を調べられたことがありました。番組第二シーズンのDVDに、特典映像として収録されています。わたしの脳は言語中枢が極度に発達していると測定されました。パーセンタイル値で九十八かそこらはありましたから。そこに原因があるのでしょう」

「興味深いお話です」エスコベードはそう言うと黙り込んでしまったので、彼女も移動中は会話しないことに決めた。

道は大きく曲がった先で二手に分かれ、行く先は左の収容所ではなかったが、強風の吹きつける暗い雨空の下、その建物の威容は島に覆い被さるかのように見えた。海から突然浮かび上がってきて視野を塞ぐ、煉瓦造りの氷山のようだった。収容所から吹く風は、長い年月のうちに蓄積され、消しようもない魚臭を帯びていた。

収容所の向こうを見やると、海が水平線ごとうねり、荒れているばかりだった。その先に島はない。

ここから先に行くことはけっしてない。

ケリーは水を怖れているわけではない。何かが隠れられる場所はないから、水泳プールは怖くはない。川、湖、海……それぞれの明確な違いも知っている。だが、ここの海は暗く、数限りない秘密を底に秘めている。難破船、墜落した飛行機、洪水で流された家……本来はいるはずのない世界を墓場としたものたちがひしめいている。

彼女は海への恐怖を覚えた。

管理棟のエスコベード大佐の執務室は、収容所の独房だと言われたら信じてしまいそうなものだった。窓はなく、明かりはすべて蛍光灯だ。その光の下では、大佐はさらに老け込んで見え、ケリーは自分も同じように老けて見えてはいないかと不安になった。隅では除湿器が作動音をたてているが、それでも空気は湿っぽく、重い。終日ここで仕事をしているのは、鉱山で働いているようなものだろう。

「では、現状を説明しましょう」大佐が言った。「この施設に収容されて以来、かれらの行動が変化を見せることはほとんどありませんでした。一度だけ例外があります。一九九七年の夏の終わり、一ヶ月間ほどのことでした。当時、私はまだ赴任していなかったのですが、記録によるとそれは……」ふさわしい言葉を探すように、彼は間を置いた。「集合思考とでも言うべきでしょうか。かれらが一つの生命体になったようでした。全員が正確に南西の方角を向いていたのです。当時の収容所長の報告書には、かれらが何かを待っているように見えた、と書かれています。人間のものではない根気強さで、ただ待ち続けているかのように、と。しかし、かれらはやがて待つのを止め、状況は元に戻りました」

「それが今もまた起きた、と?」ケリーが尋ねた。

「九日前まで、でした。彼らは今、元のように行動しています」

「前の一ヶ月間の出来事の理由は、解明されたのですか？」

「そう考えることにしています。数年かかりましたが。三年前にある精神科医が分析し、偶然が積み重なった結果に起きた事故のようなものと判断しました。この手の専門家はご存じのように、互いに情報を交換するどころか、言葉も交わさないものですからな。こちらが鍵を持ち、向こうが錠に手をかけていても、誰もその間をつなごうとはしない。あれから多少はましになったとはいえ、情報を共有することの利点に気づいたのは、九月十一日のあの大惨事が起きてからですし」

「その夏には、何か事件は起きましたか？」

「聞いてください？」というと、大佐は椅子を回して背後の機械に目を向けた。

それが何なのか、ケリーは気にしていた。執務室の設備とは思っていたが、それにしても大袈裟で室内にそぐわず、エスコベードは一対のスリーウェイ・スピーカーとサブウーファーを具えた最高級のAVコンポーネントの前にいるようにも見えた。液晶ディスプレイからサウンドファイルを一つ選ぶと、彼は再生ボタンを押した。

最初はくぐもった、単調な低い音がした。宇宙空間の寂寥感を演出する、映画の効果音のようだ。だが、これは宇宙空間の音ではない。海だ。あらゆるものを呼び戻そうとする海の声だ。太陽の光が届くことのない、暗い深海からの呼び声だ。

　さらなる深みから、新しい音が交じってきた。轟きが低音を押しのけるように、海底の闇から湧き起こり、じわじわと這い上がるやケリーを呑み込み、そのまま消えて彼女を静寂の中に残していった。わずかな間を置いて、深淵の咆吼のようなその轟音は再び襲来し、彼女のうなじの毛が逆立った。原初からの反応だ。が、海の脅威よりも原初的なものではない。

　ケリーが海を怖れる理由はそこにあった。目の前に現れるまでは、そこに何が潜んでいるのかわからないからだ。

「お聞きになりましたか」とたずねたエスコベードは、おずおずと頷く彼女を面白がっているようだった。「これが原因です。かれらの集合思考的な行動は、この現象と関連しているのです」

「でも、一体これは？」

「それが最大の問題です。一九九七年の夏も、私は数回にわたってこの音を録音していますが、その後は聞いていません。一九六〇年以来、我々はつねに海の音に注意を向けています。初めてこの音を捕捉したときは、ソヴィエト連邦軍の潜水艦を探知するために録音機器を使っていたので、すわ開戦か、と思わずにはいられませんでした。相手は数百フィートの、音が伝播しづらい深度に潜行していたものですから。宇宙に生命の居住が可能な領域を見つけたかのように、航行に適した領域を知っていたのです。冷戦が終わると、こういった機器は軍事的な需要をなくしたので、科学的な調査に使われるようになりました。鯨の生態調査や、海底地震や火山活動の観測などに。ほとんどがわかりやすいものです。観測者も、音の特定のパターンを確認していればいいのですし、マイクが拾う音の九九・九九パーセントはそのパターンに含まれているのですから。

それでも、何であるかわからない音は、しばしば捕捉される。既知のパターンからは外れた音が。そういう音には、愛嬌のある呼び名をつけて、わからないままにしておく。この音も〈大失敗《ブループ》〉と呼ばれていました。この呼び名、子供が風呂でおならをしたような語感でしょう」

ケリーはスピーカーを指さした。「バスタブも子供も、途轍もなく大きいようですね」

「一本取られましたな。〈ブループ〉の発生源を計算すると、南太平洋……それも、ポリネシアからさほど離れていない海域であると判明しました。偶然にも、マサチューセッツで〈インスマス面《づら》〉として知られる顔貌の起源とされるあたりです。一八〇〇年代、オーベッド・マーシュという船長がポリネシアとの交易を通じて持ち込んだ、と言われています」

「それは病気ですか、それとも遺伝障害なのですか?」

エスコベードは机の片隅に積んであった書類の束に片手をぽんと置いた。「それが何であるか、あなたならわかるかもしれません。明日の開始にあたって、ざっと目を通していただけるよう、書類に要約しておきました。インスマスという町とその歴史について、私の話より詳しいことがわかると思います。事実も噂も、地域の伝説も、その他の有象無象も縺れあって一つの塊になっていますが、どこからどこまでが事実か、私には区別できません。私にとっては自分が見てきたことが事実であり、ここに収容された六十三人の人間とも怪物ともつかない連中を世間から隠すという任務から得たものなのですから。かれらは何らかの異変の前哨なのだとは思いますが、それがどういうものなのかを知るすべもない。確かなのは、かれらが十五年前と同じ行動をし、マイクがこの地球上でもっとも大きな音を録音していること、この二つだけです」

「あの音はどのくらい遠くまで届きましたか」

「音がするたび、一地域の問題とは言えないほどの広さで観測されました。直径五千キロメートルの範囲内です」

ケリーは考えを巡らせた。あの音の陰には、途方もない力を持つ何かがいる……けっして良いことをしない何かが。あの大きな音は、大変動や滅亡のときにする音だ。小惑星と地球との衝突。クラカタウやサントリーニのような火山の噴火と、噴煙による日光の遮断。アメリカ合衆国の北西の端にいて、ニューヨークの音が聞こえることを想像した。たしかに、水のほうが大気より音を遠くまで伝えるだろうが――三千マイル遠くまで届くとは。

「だというのに」エスコベードが言った。「音響分析の専門家を名乗る連中は、分析の結果これは生き物が起こす音に酷似している、と言うのです」

「鯨とか?」いや、たとえ百万年生きたとしても、鯨もそこまでは大きくなれない。

大佐はかぶりを振った。「私もそう考えました。連中の一人が言うには、シロナガスクジラ大のアンプリファイアを設置したステージでメタリカが演奏しないかぎり、ここまで大きな音は出せない、と。初めて観測した音だと言っていました。さまざまな周波数や音質のものを観測してきた者たちだというのに」

「それが何であれ……音が発生するには、原因がありますね」

「もちろん。ただ、我々が知っているものをどう並べても、この現象とは合致しない」

「その後、この音がしたことは？」

「ありません。だから、かれらの様子が一変した原因もわからないのです」

大佐は収容所のほうを指さした。窓はないので、見えるはずもないのだが。彼はここを気に入っていないのではないか、とケリーは思った。収容所とは壁で隔てられているうえ、勤務時間のいくらかは他の仕事に充てなくてはならないのだろうから。

「だが、彼らはあのときと同じことをしている」大佐は言った。「恐ろしいことに気づいているのでしょう。かれらにそれを語らせる糸口を見つけなければ」


エスコベード大佐が「宿泊棟」と呼ぶ小屋にケリーは宿泊することになった。部屋は八室、一室に二人まで泊まることができるが、今いるのは彼女一人だけだ。あまり使われていないようなのは、外からここに来る人がめったにいないからだろう。夜更けとともに激しさを増した雨が、低い建物の屋根を強く叩く音ばかりが、自分一人しかいない宿舎に響いた。

ヘリコプターのローターが回る低い音が起きたかと思うと、空高く遠ざかっていった——ケリーがここに留まると決めるまで待機していたようだ。この文明社会の辺境というだけでなく、人間と他の動物とのあいだにいるもののいる場所に、余人にない感覚をもって一人でいることに、彼女は置き去りにされたような淋しさを覚えた。

外からは人の足音や、全地形対応四輪車の車輪の音が聞こえ続けていた。だが、外に目をやっても、暗い窓を流れ落ちる雨しか見えない。ずぶ濡れになってもかまわない、この島じゅうを走りまわってみたいと、ケリーは思った。大佐が同伴していたとしても、この宿泊棟と事務所、さらに収容所を別にしては、出入りが禁止されているのだから。さらに、大佐がいないときは見えない人であるよう、暗黙のうちに要求されているようだ。職員とは互いに干渉しないように、と。彼女から話しかけはしないし、職員も話しかけないよう命令されているのだろう。

彼らは事態を知らないのだ——納得できる説明は他にない。知る必要がないから、知らされていない。おそらくは、作り上げられた説明を信じ込んでいるのだろう。重病の後遺症か、化学工場の事故か外宇宙からの落下物の影響によるＤＮＡの極端な異変で、正気を失った患者たちを守っているのだ、というような。それぞれが少しずつ違う話を信じ込まされ、話しあうほど何を信じればいいのかわからなくなるようにされているにちがいない。

だが、自分までそれに合わせることはないだろう。

まずは手をつけられることからしよう。宿泊棟にあてがわれた部屋のテーブルに、額に入れたタビサの写真を立てる。この夏、アイダホのソウトゥース・レンジで馬に乗ったときに撮ったものだ。六歳の誕生日だった。娘がカメラの前でこんなふうに、小さな顔いっぱいに笑うことはめったにないから、貴重な一枚だ。鞍の上で馬の首にしがみついているタビサの金髪が、栗毛に縞を描いて、馬とないしょ話をしているようにも見える。

ケリーにとっては灯台の光にも等しい写真だ。

キチネットでホットココアを一杯煎れると、エスコベードから渡された書類を手に、椅子に座った。単なる記録の、感情のかけらもない文章だが、内容は怪奇小説そのものだった。大佐から画像を見せられていなければ、信じようがなかったことだろう。マサチューセッツの寂れた港町が爆破され、二百人を超える住民が一掃されたが、そのほとんどは外見に人間と魚類と両棲類の要素を兼ね具えていた。インスマス面はすくなくとも二世代にわたって、近隣の市街に知られていた。当時のイプスウィッチの新聞記事には「近親婚の住民の不幸な居住地」という冷笑的な表現が見られるが、それでもインスマスについて語ったものとしてはまだましで、むしろ慎重なほうだろう。ほとんどの住民たちは最近移住してきたのではなく、ここに根を下ろして数十年は経っており、みな高齢になっていたことも、そう呼ばれた一因だろう。

加齢とともに、人々は子供から若者だった頃の姿と共通するものを次第に失っていき、ついには人目を避けて屋敷つきの小屋や倉庫に、さらには石灰岩の蜂の巣のような洞窟に身を隠した。

報告書のあるページには、一人の人物を撮影した一連の写真が載っていた。ジャイルズ・シャプレイ、拘束された一九二八年当時、十八歳。なかなかの好男子ながら最初の一枚では目をぎょろりとむいて、こういう写真では笑うわけもないのに、不敵な笑みを浮かべかけているようにも見える。二十五歳になると、髪が薄くなり額も広がって、七年間の収容生活で拗ねてしまったような表情を浮かべている。三十歳では、髪はなくなってビリヤードの球のようになった頭は、横幅が狭くなったようだ。三十五歳の彼は、顎がたるんでどこからが首かわからなくなり、頭は尖って、どんよりした目は見るも怖ろしげだ。

人類が月面に立った頃、六十歳になった彼は、ジャイルズ・シャプレイの面影どころか、元の姿が誰、いや何であったのかもわからないほどに変身していた。だが、それでもまだ、途中経過でしかなかった。

彼はただ、親戚や友人や隣人たちと同じ過程をたどっているだけだった。この禁酒法時代の強制捜査で、彼らのほとんどがこのように何年も――あるいは何十年も拘留された。老衰する様子もなく、殺されでもしないかぎり死ぬこともなさそうだった。

それでも衰えはするようだった。年月のうちにニューイングランド内のいくつかの検疫施設に移されたインスマスの収容者から、他の収容者と同じ環境――檻房、明るい照明、運動場――にはいられないことがわかった。乾燥しているからだ。皮膚が乾いて粉をふいたようになる病変が起こり、表皮のあちこちに白いかさぶたが広がった。未知の皮膚病は怖ろしい事態を起こした。収容者から施設職員に感染し、さらに広がりかねない様子を見せたのだ。

そこから結論が出された。必要なのは収容所ではなく、かれら専用の動物園だ。その判断に彼女は目を向けた。この報告書に書かれていない、彼女に知らせなくてもいいと判断されたものがある。なぜかれらを収容したか、だ。

協力したくない、と思っていたあいだは、ケリーは想像もしなかったことだ――ひとり残らず殺してしまえば好都合だ。知られることはないし、命令は簡単に下せる。戦時中のことで、人が人らしさを失うのも、また簡単なことだった。一九四二年、ヨーロッパ全土では、数多くの人々が工場で処理されるかのように殺されていった。インスマスの住人たちを救おうという声はあがらなかったことだろう。かれらに目を向けることは嫌悪をもよおすばかりか、この世界にありうることとありえないことを問いかけ、自分が知っていると信じていたことを揺るがすほどのものだった。かれらを見た人たちのほとんどは、生きていてはならない、と思うことだろう。存在しているだけで、これまでの確信が揺らぐのだから。

だが、かれらは殺されなかった。自分たちを捕らえた者たちより長く生きた。最初の看守はもちろん、これまでのどの看守よりも。かれらを閉じ込め、何世代も隠しつづけることを選んだ人々よりも……だが、なぜかれらは閉じ込められたのか。

おそらくは、かれらを生きたまま閉じ込めておいたのは、倫理観もはたらいていたのだろうが、どれほど重きを置いていたかは疑わしい。むしろ、逆説的だが、かれらへの恐怖があったからではないのか。インスマスの奇妙な住人を二百人以上収容したが、それより多くの人数が逃亡している――そのほとんどは港から海に逃れた。自然の摂理に背いているとして収容者を殺処分してしまっては、初めて直面したこの希有な事例の研究材料をみすみす捨てることになるし、これよりさらに怖ろしい事例が、先々ないとは断言できない。

すべての情報を渡す、とエスコベードは確約した。彼自身、その心づもりなのだろう。報告書を読み終え、ココアも飲み終えたとき、ケリーは大佐が知っていることをすべて伝えたとは信じられなくなっていた。まだ半分ほどは隠しているのではないか。

表向きだけの収容所長の役割を果たすために、大佐はどこまで知らされているのだろうか。

疑問がとめどなく浮かぶ。ケリーはコートをはおると、灰色の毛布のように島を覆う夕暮れの、刺すほどに冷たい雨が降りしきる中に出た。大佐はまだ執務室にいて、職員たちが出入りしたのか、床は雨の滴に濡れていた。

「収容者たちに何があったのですか」ケリーは尋ねた。「当初は二百人を超えていた、と報告書にはあります。そして、この収容所は三百人を収容できるように建てられた、とも。収容者が増えることを想定した人がいたのでしょう。六十三名にまで減った、とあなたは言っていた。かれらは自然死はしない、とも。ならば、その他の収容者はどうしたのですか?

説明してください。この施設の目的も、ここで何がなされているかも。

動物は自分が殺されるだろうと知ることができるでしょう。狼にはわかる。檻の中の犬にもわかる。屠畜場の囲いに追い込まれれば、牛も気づくでしょう。言葉を使うものではなくても、わかるものです。たとえ自分を殺そうとする相手が遠く離れていたとしても」ケリーは額に雨粒が冷たく滴るのを感じた。「魚類や爬虫類まではわかりません。でも、ここの収容者に少しでも人間らしさが残っているのなら、自分たちが駆除されるのではないか、もっと悪いことが起きるのではないか、気づいたとしても驚くにはあたりません」

大佐は続きを待つように、ぼんやりとした目つきを彼女に向けた。言われていることがわからないようだ。

「今わかるかぎりでは、かれらを駆除するのに最適な方法を探るために、あなたがたはここにわたしを呼んだ。それが目的でしょう。どのようにして、わたしをかれらに会わせるつもりですか?」

エスコベードはしばらくのあいだ身じろぎもせず、ただ彼女をじっと見つめているだけだった。自分が何を考えているかわからず、ケリーが不安を覚えている様子を観察するかのように。大佐は怒っているのか、失望したのか、収容所に入れることなく彼女を送り返そうと考えているのか。あまりに長い凝視の意図がその中のどれなのか、ケリーにはまったくわからなかったが、大佐はその視線について話しはじめた。

「かれらの眼にお気づきですか。まばたきをしないことに。白いところがなくなって、どこを見ているのかわからないことに。かれらの眼は鏡のようにも見えます。われわれには見えないものを見透かす鏡のようにも。かれらの眼に、あなたは見えるのだろうか」彼はさっとかぶりを振ると、笑い飛ばした。「かれらが何を見るか、私にわかるわけもない」

大佐はいったいどのくらい長くこの任務についているのだろうか。このような異質な敵を相手にした経験はあるのだろうか。前任者たちがしてきたことを一からやり直しているのだとしたら。ケリーには読みきれない。

「これまでお話ししたように、私は事実から離れることができません」大佐は言った。「だから、このように申し上げれば、おわかりになりやすいかと。かれらについてこれから調べていただき、もし何か発見されたとしたら、かれらの一人や二人が〈体系〉の中に消えることも予測できることでしょう」

「〈体系〉って?」ケリーは尋ねた。「何がおっしゃりたいのですか」

「ご明察どおり、われわれは、ここでは科学的な調査をしていない。しているのは他の施設だ」大佐は言った。「われわれの調査が、かれらが這いまわるのを観察し、昼に何を食ったかを書き留めるようなものと思うほど、あなたも純真ではないはずだ」

純真？　まさか。そうは思えないから、わざわざ尋ねにきた。はっきりさせるために。事態をより良くしたいだけで、純真などと言われる筋合いはない。

その夜、眠りにつくまでの間、ケリーは考え続けていた。収容されたインスマスの住人たちは、既知の言語で発話する能力を失っているが、気持ちを現すために叫び声をあげることは、耳に堪えがたいほど明らかだった。

夜の雨は夜明け前に深い霧に変わり、島を冷たく覆った。空も海も見えず、どこまでも灰色一色に閉ざされ、二、三フィート先に何があるのかさえわからない。砂利敷きの道を見失ったら、迷ったあげく島の外れまで行ってしまいそうだ。有刺鉄線にからまって身動きもとれず、見つかったときには死んでいるかもしれない。

受容体が開き、直観が立ち上がった今ならば感じられる。こんなにひどい場所は他に知らないが、ここに来たことで誰を怨めばいいかはわからない。

朝食を済ませ、コーヒーを手にしたままエスコベードの執務室に行く。大佐は西の海に面した収容所まで案内してくれるはずだ。そこからアジアまでの間には島一つないことだろう。巨大な煉瓦造りの収容所の壁面は海からの湿気に濡れて、滑《ぬめ》るような光沢を帯び、霧の中から垣間見えるさまは難破船のようだ。

　何に見えようとも、ここに入って七十年も外に出られないなんて。精神的な影響がないわけがない。正気でいられるものだろうか。それとも、寿命の長いかれらには、ちょっとした邪魔としか感じられないのだろうか。大佐の話どおりならば、かれらは殺されないかぎり生き続けられる。だとすると、時を味方につけているようなものかもしれない。時が経てば、かれらを捕らえたものたちは死ぬ。かれらは生き続け、敵は次の世代も、その次の世代も死んでいく。障壁は時が崩していく。地球上の生命がすべて滅びても、かれらは生き続けていく。

　そんな生き物が、海から数十ヤードのここにいる。

「かれらが脱走したことは?」ケリーは尋ねた。

「ありません」

「おかしいとは思いませんか?　七十年のあいだ、一度も脱走者を出したことのない収容所なんて」

「ここはそういうところです。通常の収容所ではない。収容者は作業をしない。厨房も、洗濯物を出し入れする車もなく、脱走するのにトンネルを掘ることもできない。面会者もいない。職員たちは毎日、互いの顔を見合わせているばかりです」大佐はアーチ状の戸口にはめ込まれたドアの前で立ち止まり、中の警備員に開けさせるのだろう、呼び鈴のボタンに指をかけた。「身も蓋もない言い方ですが、この職務を負わされた者こそ、真の囚人だ」

くすんだ褐色の通路は、いたるところに検査場の設けられているほかは単調に続くばかりで、魚の臭いがしていた。いや、魚ではない、かれらの臭いだ。戦場に行った兵士が死臭を持ち帰るように、ここの職員にもこの臭いは染みついているのだろう。気の毒なことではある。一年後にシャワーを浴びたとき、この臭いがしなければいいのだが。

地球の内奥に下っていく洞窟のような通路を何度も曲がっていくと、ようやく階段が現れた。階段は収容所のほとんど最上階の監視用デッキにつながっていた。デッキには三箇所の監視哨があり、そこから見下ろすと、下は石切場を思わせる広い坑《あな》だった。暗色の海水を満たしたプールのあちこちに、岩が小島のように配置されている。プールから上がるための粗い造りの階段は、三つ並んだ部屋に続いている。どれも鉄格子のない檻房だ。

収容者の一人一人を守るように別室にしてはいない。前触れもなく始まった一方的な戦争の捕虜は、ひとまとめに収容されている。

デッキからごく近く見える屋根には鎧戸があり、開閉が可能なようだ。収容者は空を見ることができる。雨も風も感じることができる。今もかれらが望むのであれば、日の光も。

昨夜読んだ報告書によれば、水が澱むことはないようにしてある。底の排水口と、プールの内壁に設置した格子付きの配管を使って、潮の満ち引きのように定期的に水を入れ替えている。何十年ものあいだの人工の満干の痕跡は、プールの壁に太い筆で引いたように残っていた。

魚もいそうなのに、いないのはなぜ？　収容者が食べてしまうのだろう。

だが、今食べている者はいないようだ。かれらは何人かずつに分かれ、水面から出た岩の上に座ったりしゃがんだりして、ここからは見えない海に向かって、無気味なほど整然と並んでいる。

「どう思われますか」大佐が言った。

同じ方向に泳いでいた魚が、何かが起きると瞬時に反応し、一糸乱れず方向を変えるのを、ケリーも水族館やドキュメンタリー番組で見ている。「群れをなしているようですね」

監視用デッキの今立っている位置からは、かれらを背後からしか見ることができないので、ケリーはよりよく見えるよう移動した。

かれらは、だいたいの姿は人間のように見えるが、見るほどに共通項は消えていった。体色は暗い灰色のものも明るい緑のものもいるが、腹部は青白く、中には水を通した日光が描くまだら模様に似た皮膚のものもいる。ここから見ると、表皮はつるつるした、ウェットスーツのような質感で、固い鱗に覆われているようには見えない。水の中や岩場では長くはもたなかったのだろう、ぼろぼろになったかつての衣類をまとっている者もいるが、ほとんどは何も身につけていない。鰭《ひれ》のある者、刺《とげ》のある者、同じような特徴をもつ者は二人といないが、手には水かきがあり、足は驚くほどに大きい。頭は極端に幅が狭くなっているが、それでも人間らしさは残っている。だが、顔はひどく変化していた。別の世界の生き物の顔だ。唇は水を吸い込むために分厚くなり、眼は暗い水中を見とおせるように発達している。鼻はなく、痕跡のような小さな突起の両脇に、切れ目のような細い鼻孔があるばかりだ。女性の乳房は体内に吸収されてしまったか、小さな固い瘤のようなものだけが見られた。

ケリーはデッキの手すりを強くつかんだ。写真ではわからなかったものが見える。肉眼で見てみなくてはわからない。

知らなければよかった。これまで信じていた世界は、今はもうない。

「誰でもいい、会話ができそうな者を一人選ぶように」エスコベードが言った。

「どのように話せばいいのでしょうか。そこをまだ話しあっていなかったと思いますが」ケリーは答えた。「一人を選んで別室に連れていき、席につかせて、わたしたちがその向かいに座る、とでも?」

「何か提案でも?」

「取り調べのようなやりかたは、かれらには不向きです。閉ざされた場所では、意味のあるものは得られないでしょう。かれらに心を開いてもらわなくては。さらに狭いところに連れていっては、心を閉ざされるばかりです」

「だが、あなたが望んだとしても、下に降ろしてかれら六十三人の中に入れるわけにはいきません。どのような反応をするか、まったく予測不能で、あなたの身の安全も保証できませんからな」

ケリーは正三角形に配置されている監視哨に目をやった。プールは立哨が持つライフルの射程内だ。

「かれらに発砲するような状況になるのは避けたい、ということですね」

「そう、それは効果的ではありません」

「ひとり選んでください」ケリーは言った。「わたしよりあなたのほうが、かれらのことをよく知っているはずですから」


インスマスの収容者に身分の概念があるかはわからないが、エスコベードはケリーに首長と目される者を紹介した。

連れてこられたのは、まだ人間の言語で発話できた頃にはバーナバス・マーシュと呼ばれていた者だった。今では名前は収容している側の都合で残っているにすぎないのだろうが、マーシュという姓からは名門の出であることが察せられた。バーナバスは、オーベッド・マーシュ船長の孫だった。船長は海の彼方の別の世界に渡り、インスマスに新たな交易先と遺伝子を持ち込んだという、もはや伝説上の人物と言える。

マーシュは捕縛された時点でかなりの年配だったので、人間の寿命から考えると、驚くほどの長命だ。ケリーは彼を怪物のように扱いたくはなかったが、マーシュも彼の仲間たちも、他に言い表せる言葉がなさそうだ。だが、怪物の姿の中に、樽のような胴をしてふんぞり返っていた町の有力者の名残は見て取れた。

太ってひだのできた首に開いた鰓が、不機嫌そうに震えていた。常人よりはるかに大きく開いた分厚い唇は、冷笑を浮かべたまま固まっているようだ。

よたよたと歩くさまは、すでに体が地上の生活に合わなくなっているのを現していた。防弾ベストを着た二人の警備員に連れてこられたマーシュは一度足を止めると、ケリーをじろじろと見てから、侵入者をしぶしぶ容認するかのように、また足をひきずって進んだ。部屋に具えてあるテーブルと椅子に嘲笑うかのような目を向け、壁に寄りかかると、背中の刺を擦りつけるようにしながら床に座り込んだ。

ケリーも床に座った。

「あなたには、わたしの言うことがわかると信じています」彼女は言った。「もう何十年も言葉を使わないできたのでしょうけれど、こうして自分が話しかけられていることもわからないとは考えがたいのです。わたしはこれまでに神の被造物であるさまざまな生き物たちとの会話を試みてきましたが、あなたはその中でもっとも高度なのですし」

マーシュが飛び出した目を向けたとき、エスコベードが言っていたとおりだ、とケリーは思った。明らかに人間の視線ではないばかりか、哺乳類の名残すらない。擬人化できるか否かではない。犬や猫はもとより、数限りない種の野生動物でさえ、その目からは感情が感じられた。だが、彼の目には何の感情もなく、ただ見えるものをとらえ、認識しようとしているだけだった。

室温は低いうえに、ケリーは寒気を覚え、マーシュから遠ざかりたくなった。この怖れは彼には感じ取れたのだろうか。当然のことと受け止めているのかもしれない。怖れるのも無理はない。近くで見れば、ずんぐりした指に生えた鋭い爪ほど危険ではないにしても、体じゅうに鋭い刺が生えているのだ。だが、ここは収容所の職員たちが守ってくれると信じていよう。室内には職員はいないが、カメラを通して監視しているのだから。もしマーシュが危害を加えようとした場合、ガスが彼に向かって噴射されるとともに、ケリーと大佐は速やかに室外に脱出する。バーナバス・マーシュは檻房に戻され、ケリーは頭痛をこらえることになるだろう。

そうなったら、何も得るものはない。

「今、神の被造物と言いましたが、あなたをそこに含めてもいいのか、わたしにはわかりません」ケリーは続けた。「あなたがどう見られるか、わかるからです。あり得ない、自然のものではない、と。この八十年あまりの間に、あなたは自分の耳でそのような言葉を聞いてきたことでしょう」

少しは興味を惹くことができただろうか。彼の頭が少し傾いだのは、反応と見るべきだろうか。

「でも、あなたも、あなたの家族や仲間たちも、ここにいる。あり得ない存在ではない。今のあなたの姿も、自然の可能性の中にあるものです」

今このときになっても、彼に何を話しかければいいのか、浮かんではこない。これまで動物に語りかけるときは、意識することがまったくなかった。自然に声が出ていた。まだ言葉を知らない幼い子供のように、動物たちはその声に反応した。どちらかといえば、高い声のほうがわかりやすいようだった。感覚でとらえて応えていたのだ。

今は、その経験も役には立たない。

バーナバス・マーシュは、歳古りて異形の美しさを得た、力強い存在だった。ただ、語りかけながら相手との隔たりを狭める方法は、これまでに他の動物で試みている。どんな種類であれ、同調の糸口はかならず見つかる——視覚、聴覚、時には味覚、高度な感覚に動転させられ、立ち直って自分の感覚を取り戻し、そこを手掛かりにして相手に近づいていったのだから。

ケリーは海について話した。互いに異なる生き物ではあるが、認識は共有できるはずだ。すぐそばにあり、塩分を含んだ水に満たされ、互いの生命の起源となるものだ。マーシュの方がより近しいが。

彼女は潮の、遙かな深みへと引き込もうとする冷たい流れの中、水圧が押しつぶそうとするのではなく、優しく包み込むのを感じた。一千リーグの深淵のいたるところから届く知らせが皮膚をくすぐり、海水は彼女を冷たく包み込んで、繭の中のような心地よい世界になった——

この海のイメージが自分のものでないことに、ケリーは気づいた。

マーシュが意図したかどうかはさておき、彼の心の中の海を追っていたのだ。

ケリーは彼の冷たい、人間らしさの名残もない眼を見て、その奥にあるものにようやく気づいた。海のほかには何もない。海こそがバーナバス・マーシュが思うもの、願うもの、何より大切にしているもの、心より望んでいるものであり、それを掘り出した今でも、自分が見つけたものを信じられないでいた。かれらは十五年前と同じように、海で今起きていることを感じているのだ。

十五年前とまったく同じようにして、自分たちと分かつことのできない海を、かれらは取り戻そうとしている。


そのあとの終日、ケリーは二十人に及ぶ、悲しい行列のような収容者たちとの対話を試みた。何も明らかにはならず、得られるのは感覚や知覚からくる断片的な暗示ばかりで、それぞれを意味を持つように結びつけることもできず、かれらが海への帰還を切望していることを確認するばかりだった。かれらが自分に心を許さず、そこだけは明かしても何かを隠している、とケリーは気づいていた。

この生き物たちから何か聞き出せるのなら、可能なかぎり試してみようとしたが、一世紀近くも心を閉ざしてきた相手から得られるのは、失望ばかりだった。

日が落ちてすっかり暗くなる頃、ケリーは何の手掛かりも得られなかった敗北感だけを抱えて収容所を後にした。夕闇は島から色彩を取り去っていた。ひしめく収容者の臭いとともにまとわりつく霧に惑わされないよう、道に沿ってまっすぐに歩く。そのうちこの島の突端まで行かなくては、と思ううちに、目の前にいきなり人影が現れた。

この道でエスコベードに会うのも当然なのだが、後をつけられていたような気がした。収容者への聴取が終わったあと、一人で帰らせておいて、どうしたというのだろう。ケリーは頭蓋骨ほどもある石が転がる波打ち際で、フェンスに手をかけて海を見た。この島はまさに強制収容所だ。

「こう言って気がおさまるかどうかはわかりませんが」大佐が言った。「最初からうまく行くとは、われわれも思ってはいません」

「明日はうまくいくと思うだけの理由がありますか?」

「信頼関係かな」彼は手にした保温瓶の蓋を開けた、湯気が立ちのぼる。「つくるには時間が必要です」

「時間ですか」ケリーはフェンスをゆさぶった。「もう帰りたくなりました」

「本気ではないことを願います」大佐は保温瓶の蓋に中身を注ぐと、彼女にわたした。「さあ、どうぞ。寒さしのぎにはなります」

コーヒーはケリーがこれまで味わったうちで最高ではなかったが、かなり旨いほうだった。体が温まると、気持ちも上向く。「教えてください。かれらは繁殖はしているのですか。ここでも、他の収容所でも、子供が生まれたことは?　一人でもありましたか」

「ありません。なぜ、そんなことを?」

「かれらのうち二、三人から感じたものがありました。切迫した欲求です。それがどのようなときに覚えるものかは想像がつくでしょう。どのような種であれ生物がもつ最大公約数的なものです」

「何をお考えかはわかりませんが、やつらはもっていないのではないのでしょうか」

「おかしいとは思いませんか」

「おかしなことばかりですからな」

「たとえば、動物園の檻の中でも、パンダは時期がくれば妊娠できるようになります」

「その方面からやつらを考えたことはなかったな」

「あなたはここで、かれらを収容者として扱っているのはわかっています。かれらの中に女性もいますが、男性との違いはほとんど見られません。それでもやはり、人間の男性と女性とおなじように、性別はあります。両性を同じ場所に収容して、互いの接触に制限をしなかったら、結果は明らかではありませんか?」

「おっしゃりたいことはわかりますが……」口ごもったが、時間稼ぎをしている様子はなかった。ただ単に、このことを考えから除外していただけだ。想像もしていなかったのだ。「歳を取り過ぎていたから、ということは考えられませんか?」

「それは……」と言いかけて、ケリーは口を閉じた。自分の答えは出ている。かれらは繁殖しない。望んでも、本能に駆られても、できないのだ。おそらくは長期にわたる拘束が生殖能力に影響しているか、欲求が行動に結びつかなくなっているのだろう。

あるいは、途方もない自制力があるのかもしれない。自分たちの種族に何が起こりうるかを悟っているとも考えられる。種を守ろうとも、殖やそうともしようとしないのだ。子供が生まれても、生体実験をされるばかりだろうから。怪物にも親心はある。

「観察して気づきました」ケリーは言った。「明日も、明後日も今日と同じでしょう。あなたが同じ方法をさせるかぎりは。かれらは殻にこもったままになります」彼女はコーヒーを一口飲み、蓋ごしに大佐に目をやった。彼が唇を読むことはできない。「続けましょうか」

「ああ、聞いていますよ」

「あなたが言うとおり、信頼関係を作るには時間がかかります。ですが、かれらの意思を読み取るには、もっと時間がかかります。収容者たちは人間の感覚を超えた何かを持っていながら、人間の知性も残している。多少なりとも。何かにおさえつけられているけれど、かれらは人間であることを放棄してはいないし、人間としてあつかってほしがっている。かれらは動物ではないのです」

ケリーは言葉を切って大佐に目をやり、彼がこれまでの話についてきていると察した。だが、まだ本題には入っていない。

「もし、かれらの見た目がもっと人間らしかったら、人間らしい扱いをして、信頼関係を作りやすくしたのではありませんか？」彼女は続けた。「わたしは新聞を読みます。TVを見ます。拷問への抗議の声を聞いています。反対意見だけではなく、賛成する声があることも知っています。かれらが何者であるか、わたしは知りました。まず最初にわかっていただきたいのは、収容者から有用な情報を得ようと、外部の助言を求めれば、かれらを人間らしく扱うように、とまず言われるでしょう。かれらが必要とするものや、好きなものが得られるように、とも。第二次大戦で捕虜になったドイツ軍将校の中に、チェス好きな人がいました。その人は尋問が終わると、係官を相手に一局指したといいます。ここの収容者も同じです」

「かれらがゲームに興味を示すとは思えないが」

「ゲームではないでしょう。でも、何か求めているものはあるはずです」ケリーは言った。「かれらにも、この世界の中でかけがえのない、欲してたまらないものが」

それが、わたしが怖れているものだったら？

どうすればかれらを反応させることができるかを話したとき、エスコベードはにべもなくはねつけるだろうとケリーは思っていた。だが、五分もの沈思黙考のあと、彼はその申し出を受け入れた。「気がすすまなくはあるが、急がなくてはならない」彼は言った。「並んでじっとしているだけのかれらを観察するだけでは始まらない、ということだな。レーザーで測定しよう。かれらがどれだけ正確にその方角を向いているか。昨夜とは向きが違う。かれらを惹きつけているものは北に移動した」


翌朝、昨日までと同じように夜は明けた。空は霧を吹き払ったかのように晴れ、水平線から太陽が昇っている。二日間も周囲十五フィート足らずの視界しかなかったので、ケリーはこの光景をいつまでも見ていたくなった。霧の二日間、あらゆる楽しみが抑えつけられていたように思えた。

だとすれば、八十余年ぶりに海を見て、バーナバス・マーシュは何を感じているのだろうか。汲み上げられ濾過された海水を満たした水槽でない、本当の海を。ありあわせのロープで拘束され、さらに三人の狙撃手が海岸でいつでも撃てるように待機し、さらに収容所の胸壁にも三人が配置されている……が、それでも彼は今、海を目の前にしている。

この実験に起用するのはマーシュを置いて他にいなかった。安全とは言いきれないし、チャンスは一度かぎりだ。彼は狡猾だ、とケリーは思っているが、収容者の中で最年長であり、インスマスにこの運命をもたらした男の直系の子孫でもある。きわめて深い知識を持っているはずだ。そして、その知識を披瀝したくて、ほくそ笑んでいるのかもしれない。

ケリーが浅瀬のそばで待っていると、鎖につながれたマーシュが四輪の全地形対応車で連れて来られた――鎖の一端を持つ男たちを引き倒すのは簡単だろうが、おとなしくしている。

鎖の長さには余裕があるのに、彼は浅瀬から二、三ヤードのところで足を止め、波のきらめく広い海をじっと見つめた。護送してきた兵士たちは、彼がためらっているとも、時間を稼いでいるとも思った様子だが、どちらも正しくはない。海との再会を確かめているのだ、とケリーは思った。まちがいない。

鎖を引きずったまま水際に近づいてきたマーシュは、フェイスマスクとシュノーケルを手にした青いウェットスーツ姿のケリーに、好奇心を浮かべた目を向けた。そしてまた足を止め、信頼してもいい相手だ、とわずかに残った人間の部分で理解したのを、ケリーは見てとった。

だが、それは感謝にまでは至らなかった。海に入るやいなや、マーシュの姿は見えなくなり、音を立てて岩に当たる鎖だけが彼の存在を示していた。

しばらくは海で彼を一人にしておくのが賢明だ、とケリーは思った。その最中に、エスコベードが着いた。

「大丈夫ですか?」彼は尋ねた。「あなた自身の発案だとしても、気に入ったやり方ではないでしょう」

ケリーは動かなくなったマーシュの鎖に目をやった。「気に入らないのは、自分の境遇を悲しんでいるかもしれない相手を拘束していることです」

「そういう話ではありません。あなたは水に入るのが得意ではないことを隠しているが、われわれに隠す必要はありません。二日前、本土を離れた時点で、もう知っていましたから」

彼女は自分のフィンを見下ろし、気恥ずかしげな笑みを浮かべた。その場に坐り込む。「ご心配なく。無理ではありません」

「たしかに、シュノーケリングは知っているだろうが……」

「恐怖を乗り越えるのに、他に方法がありますか?」ケリーは声をあげて笑った。自分をささえるために、そうする必要があった。「屋内温水プールでは限界がありますから」

マスクをつけ、シュノーケルをくわえて、マーシュの後を追う。ふくらはぎ、膝……一歩一歩、挫けそうになるのを、タビーのことを考えて自分を励ます。この仕事が終わったら、まっすぐ帰ろう。

腿、腰……とうとう彼の領域に入った。あの鋭い歯と鉤爪が、容赦なく切り裂こうと待ち構えているのではないか、と思うと、恐怖に身がすくむ。

だが、彼の姿は見えなかった。顔を下にして浮くと水を軽く蹴り、鎖の行く先を目で追い、海岸から下る斜面をたどって井戸のような深みに降りていくのを確かめた。あっちだ。漂いながら、ふんだんにある水に身を任せているマーシュを見下ろした。恍惚とした表情としか言えないものを顔に浮かべている。身をひねり、躍らせ、回転しているさまは、鎖はちょっとした邪魔にしか見えず、水面に向かって浮き上がったかと思うと翻って海底に急降下し、暗がりを掻き乱し、飽きる様子もなく水と戯れた。夢中になっているさまは、まるで子供のようだ。

ケリーに気づいたマーシュは、海中に浮かんだまま止まった。その姿は海の中にあっても、悪夢の中から出てきた別の世界の生き物のようで、鮫よりも怖ろしく見えた。

だが、彼女はさほど不安を覚えなかった。シュノーケルを通して深く息を吸うと、間合いを保ちながら底に向かって潜っていった。

長く見て二分間——潜っていられるのはそれが最大限だ。

ケリーは浮かび上がらないように岩に身を寄せると、大きすぎる腕時計のようなダイビングコンパスを確認した。波で滑らかになった岩に膝をかけ、足を組んで座ると、マーシュと六十二人の収容者が惹きつけられた南西の方角に、正確に位置を合わせた。海底に身を落ち着けて、さまざまな生き物が耳をかすめ青緑色の靄の中に消えていくのを見ながら、マーシュよりも怖ろしい相手が自分に向かってまっすぐ泳いでくることに、彼女は気づいた。

背後の、自分より上の方で、彼は見ている。

肺に痛みを覚えるまで岩に留まったが、離れて海面に浮かび上がり、呼吸をしなおしてまた潜った。今度は、マーシュにさらに近づいた。コンパスはもう必要ない。方角は自然にわかり、時間の流れは緩やかになり、鼓動を早めていた恐怖も消えて、彼女は誘惑するような水流に身を任せた。

水流の中で浮き沈みしながら、水の中にいられるのも、息が続くのも長くなったように感じた。ケリーは外見だけを残して、水中でも陸上でも生きていけるあの驚くべき生物——両棲類となったかのようだ。無限の今、息の泡の中で、肺は満たされ、ケーブルのように海底に向かって長く延びていく意識をたどっていけば、生命の始原の秘密さえ明らかになる——。

彼がいた。バーナバス・マーシュは彼女と共に漂っていた。冷たく動かない顔や、奥底の知れない眼には、好奇の色が浮かんでいた。同じ種族の他は敵しか知らない彼にとって、目の前で変わっていくケリーは、初めて出会う者なのだろう。

彼女はマーシュにまっすぐ目を向けた。間を隔てているのは、プラスティックのマスクと数インチの海水だけだ。

何が起きようとしているの？　彼女は尋ねた。**教えて。知りたいから。理解したいから。**

本心からの言葉だった。なぜ、これまで尋ねられなかったのか、わからない。おそらく、生きている間じゅう、思い出してはなぜか考えることだろう。知らずにはいられない。

この深みに何がいるの……

ふと、それがわかった。囁きほどだった考えが声になり、大きく響いていく。人間の文明が築いた言葉の海と、大海とを峻別するものが、そこにあった。あまりにも大きな、あり得ないほどに大きなものが——潜水艦さえ水圧で潰れそうなほどの深海に、誰がそんなものを建てることができたのか、たとえ夢でも、誰がそれを見ることができるというのか——今、彼女が目にしているのは、鉄道の貨車ほどの石材を積み上げた巨大な壁の、ほんの一部だった。地上にはここまでの建造物は存在しない。この小さな収容所島がこの中に沈んだとしたら、小石一つの痕跡も残すことなく、完全に消滅してしまうことだろう。

息継ぎしなくてはならない、という気持ちに、ケリーは我に返った。

重しにしていた石を膝から下ろし、遠く太陽の輝く水面に向かって浮上する。バーナバス・マーシュのそばを通ったとき、足をつかまれるのではないかという恐怖に、ふと襲われた。

そうなったとしても闘えるとは思っていたが、マーシュがしたことはケリーにも、地上で銃を手に待機している兵士たちにも予想できなかった。彼は高い声を発した。それは水を通して衝撃波となって彼女の耳を聾し、全身を打ちつけた。その力に海中で体が回転し、上下がわからなくなったが、なんとか安定させてマーシュに目をやると、彼はケリーなど眼中にない様子だった。余計な傍観者でしかないのだろう。彼は今、偉大なる深淵に呼びかけ、眼を向けている。

海面に浮上し、息を喘がせたとき、エスコベード大佐の命令と、島の西端の岩だらけの斜面を駆け上がる全地形対応車のエンジンの唸りが聞こえた。ぴんと張った鎖が跳ね上がり、泡と波飛沫の中からマーシュが飛び出すと、浜辺に引きずり上げられた。一人が発砲し、さらに一人がその発砲に続き、百フィートあまり遠くからのケリーの叫びは波に阻まれて届くわけもなく、過ちを止めようとする声は三挺の銃声にかき消された。誰一人尋ねることもなく、まず発砲したことに、彼女は気づいていた。マーシュの血は赤かった。それを見て自分が驚いたことに、ケリーは気づいた。

エスコベード大佐はケリーに報告を聞かせる前に、午前中いっぱい時間を取り、静かに休ませた。彼女は体を温め、そしてバーナバス・マーシュの射殺を目の当たりにした衝撃を鎮めなければならない。彼は避けたかったのだが、ケリーは話したかったようで、マーシュが死ぬ一分前まで地球上の最古の生物と接していたことを、彼を相手に繰り返し囁いた。

マーシュの声が作った衝撃波で、ケリーの全身は、筋肉や臓器が輪ゴムになって弾かれたような震動を受け、痛みを覚えていた。耳にも受けて頭がずきずきする。

ようやく立ち上がれるようになると、ケリーはエスコベードの執務室に行き、後ろ手にドアを閉めて、海底の巨大な遺跡について話した。

「いったい何を意味するのでしょうか」彼女は尋ねた。「わたしにはわかりません。この目でたしかに見たように、そのときは思いましたが……あれはマーシュが見た夢なのかもしれません。彼が正気だったかどうかも、もうわかりませんし。正気か狂気か、知る手立てさえないでしょう？」

机に両肘をついた大佐は、自分の手を見つめて眉をひそめたまま、かなり長い間、身動きもしなかった。ケリーのことは聞いているのだろうか。しばらくして、引き出しの錠を開けると、一冊のファイルを取り出した。何枚かの写真を出したが、一枚は戻し、残りを彼女によこした。八枚ある。

「さっきの話だが」大佐は言った。「この中に見覚えのあるものは？」

ケリーは写真が一枚の画面にならないかと、パズルのように四枚ずつ二列に並べた。そして、自分が見たものと同じだとすぐに気づき、頭を一撃されたような衝撃を覚えた。果てしなく続く壁。塔がありそうな気配。無傷のところもあれば崩れたところもある。緑がかった色をした石材は、剃刀で切りそろえたようにぴったりと積み重ねられていた。光が届くところは狭く、写真の縁はコバルトブルーにぼやけて、漆黒の背景に溶け込んでいた。窓や門、さらには人間が行き来するために造られたようにしか見えない、階段の一部と思われる張り出しもあった。周囲に比べるものがないので大きさはわからないが、今朝ケリーが見たあの壁のように、途方もなく巨大で古いもののようだった。

空間も時間も超えた、冷えきった海底の闇に待ち受ける、悪夢そのものの光景だ。

「光量が少ないうえに遠くから撮影したので、よく見えるよう多少は画像を調整してある」大佐は言った。「タイタニック号のようだった。光といえば遠くに待機していた潜水艦からのものだけだったから、なおさらそう見えたよ。調査に踏み込んだ海軍の連中は、誰一人として帰ってこなかった。消息を絶って、それっきりだ。この画像は……彼らが送信してきた最後のまとまった動画から、プリントアウトしたものだ」

ケリーは顔を上げた。ファイルは引き出しに戻されている。「一枚だけファイルに戻しましたね。それを見せてもらえませんか」

大佐はかぶりを振った。「事情は察してもらいたい」

「この八枚には見られないものが写っているんですね?」

返事はない。彼自身が石の壁になってしまったかのように。

「その一枚には生き物が写っている」三千マイルを超えて響く海の音について大佐が言ったことを思い出しながら、彼女は尋ねた。**これは生き物が起こす音に酷似している。**「図星でしょう?」

「お答えするわけにはいかない」言葉を選ぶようにしながら大佐は言った。「もし、あなたがマーシュと海に出たときに何かつかんでいたら、この九番目の写真について話し合えるかもしれない」

ケリーは知りたくてたまらなかった。今朝、海深く潜った中で目覚め、息継ぎをしたくてたまらなくなったように。

「他の収容者は？　昨日に続いて試してみることはできます」

大佐はかぶりを振った。「この実験は終了する。あなたにお帰りいただく手配も済ませてある」

予測はしていた。だが、切り捨てられるのは納得がいかない。実際、彼らが知らないことをまだ話してもいないというのに。今はわかっている。この世のものとは思えないあの音を出したものは何か、インスマスの収容者たちが何を待っているのか――そして、このあと何が起きようとしているのかを。

「まだ始めたばかりです。結論を急ぐわけにはいかないでしょう。収容者は六十二人もいるし、その中の一人でも――」

大佐は机を強く叩いてケリーを黙らせた。「その六十二人は今、大変な騒ぎだ。マーシュに何が起きたのか知りようもないのだから、知覚を共有しているのだろう」

「射殺の命令は早すぎたようね」

「あなたのためだ。我々には人命保護の義務がある」大佐はまた手を上げかけ、下ろした。「実験を続けたいのはわかる。私もだ。だが、仮にかれらと良好な関係の中で進められたとしても、先は見えない。かれらを我々の側には連れてこられないし、あなたをかれらの側にやる危険を冒すこともできない。実際にマーシュがあなたに危害を与えたかどうかは問題ではない。あのときに想定された危険を他の者で繰り返すわけにはいかないのだ」

「同意できません」たしかにあのときの不安は繰り返し感じたいものではないが、生命の危険はほとんどなかった。

「彼があげたあの声のことを、ずっと考えている」大佐は言った。「何度考えても、あれは救難信号だという気がしていてね」

早くこの島から出ていきたかった。終わったと伝えてからの大佐は、ヘリコプターを待っているばかりだ。出発までには待つことになるが、島を後にしさえすれば、ケリーは自宅に送り届けられ、自分のベッドで娘を抱き寄せて眠れるだろう。タビーは母のそばにいたくてたまらないだろうが、それ以上に彼女は娘と一緒にいたかった。

うとうとしながらもどこか目覚めたまま、ケリーはそこに向かっていた。深夜から明け方にかけて天候はひどく荒れ、雷鳴は砲撃のように轟き、雨は銃弾のように激しく屋根に打ちつけた。

夢を見ていた気がするから、眠っていたのだろう。たしかにベッドに横になっているのだが、午前中に潜水したときよりも深く、海の中にいるようだった。日光の届かない冷たい水の中、なぜ光っているのかわからないが、燐光を放つ巨大な壁に沿って漂っている。外側にいるというのに、迷宮の中で行く手を見失ったかのようにたどりづらい。外側に向かっているように見えるところを曲がると、内側に入っていく。下に引き込む力に捕らえられ、酸素タンクがほとんど空になり、彼女はパニックに襲われる……。

経験もしていないことを夢に見るなんて。

目覚めて、宿舎の中を見渡し、ケリーは身をすくめた。

マーシュ。浮上するときにその声に打たれた。死んでも夢を見続けている。死んではいても、あの声の響きと共に、彼女の中に生きている。死んでも夢を見続けている。

突然、サイレンが響き、何か一大事が起きたのだとケリーは悟った。サイレンの音は野蛮な神の叫びのように響いた。兵士であれば、緊急時の対応に準備はしているだろうが、彼女には経験がない。

毛布の中でうずくまって静まるのを待て、と本能の声がする。

だが、その結果、死ぬこともありうる。

二分で着替えて部屋を出ると、冷たい雨を透かして収容所に目を向けた。職員も車輌も、すべて収容所に向かっているようで、自分もその中に加わらなくては、と思いかけた——大勢に合わせておけば安全だが、島の東側から何かに追われていることはないだろうか。

だが、望楼からのサーチライトが海を向いていることから、それは違うと気づいた。夜の闇の中を行き来する光は、雨を受けて巨大な白い棒のように見える。「救難信号」とエスコベードは言っていたが、それに何かが応えたのだろうか？　インスマスの血族が海底から殺到して島に攻撃を仕掛けてきたとでも？　だが、そのような気配もなかった。サーチライトは地上を照らしてはいない。外に向かっている。

　ケリーはその場に立ち尽くし、雨に踏みこたえ、風に打たれ、怖ろしいものが近づいてくる不安に震えていた。島がとても狭く思える。収容所も小さく、海と空と夜の力の前ではあまりにも無力に見える。

　サーチライトの光と雨が作っていた、島と海を区切るカーテンが静かに開かれ、闇の中から生まれ出るように、船の舳先が現れた。明かりはなく、甲板には人影もなく、エンジン音さえケリーの耳には届かない――難破船が、夜に潜む何かに押されて、漂着してきたようだ。遅れて、船体の金属が岩に擦れる、苦悶するような音が、サイレンの音が弱々しく聞こえるほどに響いた。舳先は海から浜辺へと乗り上げ、鼻先だけ見せていた鮫が這い上がってきたかのように、船体がすべて視界に入った。

　雷鳴を聞いたかと、ケリーは思った。貨物船が収容所に突進すると、足元の地面が震え、建物は斧で断ち切られたように砕けた。煉瓦が雪崩《なだれ》を起こし、サーチライトが一台落ちて消えた。彼女のいるところからも、兵士たちがもがき、落ちていくのが見えたが、やがて船は止まった。だが、突き刺したナイフで抉るように船は傾き、金属と瓦礫が擦れあって、またも苦しげな音を轟かせた。収容所の右翼は折れ曲がって外側に崩れ落ち、サイレンの音が途絶えて二台目のサーチライトも消えた。ライトの最後の一つは、収容所の屋根を照らしたまま動かない。

　今は、兵士たちの叫び声と銃声しか聞こえなくなった。

それはすぐに絶え、悲鳴にとってかわった。

地面は震え続けていた。

事故とその余波は、いったんはおさまったようだった。が、すぐに収容所が、ゆっくりねじ切られるように崩壊しはじめた。残っていた左翼が滝のように崩れ、ちらついていた屋内の光が左右に漏れた。

巨木の幹のような、しかし軟らかくぬらぬらと光るものが立ち上がるのが見えた。それは残っていた壁を朽ち木のように踏み砕いた。大海蛇だ、とケリーは思ったが、瓦礫の隙間から、とぐろを巻いていたり伸びていたりしている他の部分が見え、さらにその向こうに、胴体とも頭ともつかないものがあるとわかった。

地面は震え続けている。

地震ではない、とケリーは気づいていた。象の大群に遭遇したときのことを思い出した。近辺数マイルの別の群れに呼びかける象たちの声が、人間の耳には捉えられない周波数の低音なので、地面が揺れることで言葉を交わしているのがわかった。

これは、あの生き物の声だ。

この声をニューヨークやバーロウ、あるいはアラスカやカリフォルニア湾で聞いたとしても、驚きはしなかったことだろう。

声は大地を、岩を震わせ、靴底を通してケリーの骨に、筋肉繊維の一本一本に、脂肪細胞の一つ一つに響いて体内を満たして視界さえ乱し、彼女は自分が溶け崩れてしまいそうな恐怖を覚えた。響きは耳に伝わり、氷河があげるような呻きとなった。音の高まりに堪えきれず、両手で耳を押さえ、亀のように頭を体の中に収めてしまえたら、とさえ思う。声は騒擾《どよめき》となり、咆吼となり、終末の日に天が裂け、神の降臨を迎えて天使が吹き鳴らすファンファーレもかくやの爆轟となった。

だが現れたのは、人ならざるものが神を嘲笑おうと作り出したような、怪物と呼ぶにふさわしい巨大な存在だった。インスマスの忌まわしい住人たちが呼んでいたものだ――かれらが祈りを捧げる神であり、かれらが面《おもて》を向ける聖地《メッカ》だ――が、胸のうちのどこかで、それが間違っていたら、とケリーは思った。ここまで巨大で怖ろしい姿をしていながら、その役割は、なにかひどく邪悪なものに仕える洗礼者ヨハネの役割を果たし、来る道を開いているだけではないか、という想像が浮かんだのだ。

身震いしながら彼女はへたり込んだ。あの巨大なものが、インスマスの収容者六十二人が瓦礫の山を登るのに気づき、かれらを連れて海に帰ってくれるよう祈った。

このインスマスに来てから、過去の何世代かにわたってこの町に何があったかに、自分が強く興味を惹かれていることはまちがいない、とケリーは感じている。

州間高速道路、ケーブルTV、観測衛星、インターネットと経験しながら子供時代を過ごし、大人になるといつもカメラを持ち歩き、北米大陸の中だけ見ても行く先がどれだけ遠いかを忘れてしまう彼女にとっても、それはけっして大昔の話ではない。たった十マイルしか離れていない町でも、何が起きているかは知らないし、知ったところでたやすく忘れてしまう。行くこともないし、行ってみたいとも思わないからだ。まして、そこが余所者を嫌い、自分たちを守ることしか考えていない、と聞くと同時に、関心を向けなくなるだろう。

今のインスマスはかつてのような寂れた町ではないが、周囲から、そして時代からも取り残されているようで、ときどきは人で賑わう商店街も、たいていは人通りもなく、静まり返っている。余所者には見せない、長く住む者たちだけの側面があるかのようだ。

自分は違う、とケリーは思った。クリスマスの二日後からここに来て、もう一ヶ月近く滞在しているが、いつ帰るかは考えもしていないからだ。余所者を歓迎していないような態度を取るのは、ここの伝統のようなものだ。挨拶は互いに無言で済ませ、見慣れない者が商店に来るだけでなく、昼日中に通りやマニューゼット川に沿った遊歩道を歩いているだけでも、万引きを疑うような目を向ける。だが、この町には貸家も多く、ケリーの厳しい要求にかなり応えてくれる物件も見つかったし、六歳の娘を連れた離婚したばかりの母親にとっては、安全な環境だった。

ＴＶで見た人だ、と彼女に関心を示す住人はいなかったが、知っていても話しかけないだけかもしれない。人々の顔を見ても、昔から余所で忌み嫌われる〈インスマス面〉を思わせるものは、兆しさえなかった。ただ、いずれ本能の呼び声を聞き、遠いところに帰っていくことに、すでに気づいているように思われた。

町の目抜き通り、エリオット街で商店と並んでいるのは何だろう？　ガラス窓に古雅な書体で「インスマス保存修復協会」と書かれている。

ここが開いているのを見たことはない。

だが、人は出入りしているようだ。

ここの前を通るたび、誰かいないかとケリーは窓からのぞき込むようになっていたが、そのたびに五分前に誰かが出ていったような気がしていた。壁にかかった額入りの、セピア色の写真に目をやると、過ぎ去った時代が偲ばれ、もう少しで何か大切なことを思い出せる、という気持ちになってくる。

それは望郷の思いなのかもしれない。

ニューイングランドの一月、言葉にできないほど寒い毎日、通りから七段上がった自宅に入るまで、ケリーが警戒を緩めることはなかった。ラファティ通りに建つ、切り妻壁のあるヴィクトリア朝様式の、見るからに古い四階建てだ。最上階は鉄の手すりのついた望楼になっていて、寂れた港から堤防、さらに遠くの〈悪魔の岩礁〉と呼ばれる岩まで、遮るものなく海を一望できるので、ここに居を構えることにした。

帆船の時代にはよくあったように、この家の望楼も、煙突を囲んで造られていた。下で火を焚けば煉瓦が温まって、雪が降っても二時間かそこらの見張りのあいだ寒くはならないので、何か見えはしないか、ケリーは双眼鏡を手にしばしば海を見渡した。

「つまんない」と、タビサはよく口にするようになった。つまーんなーい、と伸ばして言う。「なんにもないいんだもん」

「そうね」言われるたびにケリーは答えた。「まだみたいね」

「いつくるの?」と、タビーはいつも尋ねる。

「もうすぐよ」と、ケリーはいつも答える。「きっとね」

だが、本当のことは言えなかった。かれらの旅は長くかかるだろう。危険を冒してもパナマ運河の水門を渡るだろうか。それとも、太平洋と大西洋が出合うアルゼンチンのホーン岬をまわる安全なルートで、故郷を目指すのだろうか。

かれらにはかれらの、人間がするより確かな旅のしかたがあるだろう。そこまでしかわからない。たしかなのは、島でのあの事件以来、彼女の予想に反して、世界が静かであることだけだ。バーナバス・マーシュは死んでしまったのではなく、彼の声のうちのいくらかが、同じ種族の心に分かたれ、遺されているのではないか。自分たちを虐げた人間を嘲り、罰し、見下そうとして。収容所島の崩壊から何週間かが過ぎても、彼女はどこに行けばいいのかわからなかった。モンタナ、ロス・アンジェルス、ニュー・オーリンズと、中断した『動物との対話』の収録に足を運んでも、行くべきなのは違うところだと思うばかりだった。

　ケリーはかれらと泳ぐ夢を見た。自分の冷たい血の味に気持ちが悪くなって目を覚ました。海底の泥にうつぶせになった感触が残っていた。娘の頬に触れるとき、自分の指が冷たく濡れているのではないか、と思うこともあった。夜の暗さに、海底の洞窟に身を躍らせる自分を想像した。

　行く先はインスマスしかないと、彼女はようやく気づいた。

　来てからは、ほとんどの時間を望楼の上で海を見張って過ごし、煙突の下の火が燃え尽きて、体が冷えきってしまっても気づかないでいたときもあった。

「ここ、きらい」タビーが言った。「ママ、ここにきてから、おおきなこえでねごとをいうんだもの」

　どう答えればいいのだろう。たしかに、長くいる場所ではない。

「パパにあいにいっちゃだめ？」と、タビーがよく尋ねるようになった。パーパー、と娘は言う。できるのなら、むしろそうしたい。娘を引き渡すという屈辱を受け入れられるのなら。**わたしの手には負えない。ただ止めたいだけ。かれらに止めてもらうしか手はない。**わかっているのはここまでだ。この子の父親と恋におちたとき、彼は他の動物と会話のできる、なかば野生動物のような彼女に心惹かれた。だが、結婚してみると、その能力を嫌って使わせないようにした。ケリーのすべてを認めることができなかったのだ。

　わたしのものはあなたのもの、と、ケリーは彼に言った。**わたしと話すことができても、動物たち**

はあなたを邪魔にはしない。

「あたらしいおはなしをして」タビーがせがんだ。誰もが永遠に生き続ける海の底の王国の物語の新しい章を、彼女は母と一緒に作っている。王国の人々は巨大な魚やタツノオトシゴに乗り、敵が攻めてきたときは、雲を突くばかりの巨大な守り手が深海から立ち上がり、追い払ってくれる。

その守り手を見てみたい、とタビーは言った。

写真はあったが、娘に見せるどころか、その実在を認める気にさえ、ケリーはなれなかった。瓦礫の下から生存者を何人か救いだしたとき、エスコベード大佐の執務室が雨で水浸しになる前に、机の中から取ってきた写真だ。救出された者たちは写真には気づかなかったし、その存在を知る者は死んでしまったことだろう。

写真のうちの八枚は、タビーには面白くもないだろう。九枚目は、何を撮したものか六歳児を相手に説明できないし、彼女自身わからない。そのもののどこが口でどこが眼なのか、そのようなものが存在しうるのか、見ても理解できないのだ。

それは今、海底で眠っているのだろう。

ようやくその時が来たのは二月のはじめ、静まりかえった港の、凍って雪の積もった黒い水面に罅《ひび》が走りだす頃だった。遠い青灰色の海に、海藻の色をした小さな斑紋が浮かんで動きだすのを、ケリーの双眼鏡が捉えた。それらはアザラシのようにカワウソのように身をよじった。それらが〈悪魔の岩礁〉によじ登るさまは、時とともに失われたかつての王国を調べているようだった。

さらに、それらは岩礁の上で何かを始めた。

倒錯的なようにも見えたが、彼らの自然の摂理に従っているのだろう。遊びなのか、儀式なのか。本能の命ずるままに、自分たちもわからないままましていることなのだろうか。ケリーにはわからない。鮭が産卵のために川を遡るように、八十年を超える年月のあいだ抑えてきたものが、かれらをここに呼び戻したのだ。

港までは六ブロック、歩いて十五分はかからない。タビーを連れてウォーター通りに出ると、使う者もいない倉庫が並ぶさびれきった波止場は、凍った飛沫まじりの海風と雪を受けて、いちめん白くなっていた。

これまでもしてきたように、小さな倉庫のドアをあけ、手漕ぎのボートを捜した。前に見たときと同じところにあった。積もった雪の上を引きずってボートを浅瀬に出し、タビーを乗せると、自分も乗り込んだ。そして、錆びたパドルロックにオールを差し込むと、漕ぎだした。

「ママ……?」ボートが防波堤を過ぎ、港から海に出ていくあたりで、タビサが声をかけた。「ないてるの?」

波が荒れはじめ、ボートを揺らした。ケリーの頬や睫毛や髪に、雪がくるくると舞い落ち、解けもせずに積もった。雪は冷たかった。彼女も冷たかった。

「ちょっとね」

「どうして？」

「風のせいよ。目が痛いの」

岩礁に向かってオールを操る。行く先に誰もいなかったとしても、それは波間に身を隠しているだけで、彼らがこれまでの怒りと飢えを、今の喜びを歌う声は今も聞こえている。悪夢の中の歌が、目覚めた後も聞こえているように。

ボートを漕ぎながら、ケリーは海の底の王国の話をタビーに聞かせた。人々は永遠に生き続け、鯨を駆り、イルカと踊る。その人たちは見た目はちょっとこわいけれど、波のはるか上からやってきた小さな女の子を歓迎し、王女にする。

タビーはそのお話が気に入ったようだった。

かれらは海の中から岩礁に上がり、鱗と刺に覆われた、鰭のある体を堂々と露《あらわ》にした。ボートのそばまで泳いでくる者もいた。かれらはケリーが誰なのかわかっていたし、彼女もかれらのことがわかった。あのときもすぐそばにいて、何度も何度も試みたが、入口がわからなかったのだ。

かれらはケリーを仲間として迎えていた。

捧げ物をするわ、と彼女は言う。かれらの歓声が聞こえる。**だから、わたしを自由にして。**

三時十五分前

キム・ニューマン

A Quarter to Three

Kim Newman

夜には奇妙なことが起こりがちだ。あの夜は、誰もコインを入れていないはずなのに、ジュークボックスがペギー・リーの歌を繰り返した。曲は『フィーヴァー』。指を鳴らす音が頭の中に響き続ける。人生の残り時間を刻む鼓動のように。深夜過ぎから明け方まで客が来ないようなオフシーズンの夜、マス――この町は年じゅうオフみたいなもんだ（そうだろ？）なんて、一人でぼやいていたときのことだ。客が来ないのはしかたがない。塗装が剥がせそうなカフェオレと、防水コンクリートみたいなドーナツを出す店だからな。〈コッド船長の二十四時間ダイナー〉の夜勤なんて、夜どおし店番すれば（それだけで）金がもらえる楽なもの、と思っていた。ウィップル教授の授業で単位を落とさないよう、『白鯨』を読み終えるにはちょうどいい、なんて高をくくっていたんだ。もっとも、そうはいかなかったが。

午前二時になると、人間の顔なんか見やしない。十一月も末で、浜に向いた見晴らし窓がそよ風にかたかた鳴った。ジュークボックスよりも波のほうが音が大きい。マスは観光客の来るような町じゃない。死体置き場みたいに陰気な、魚臭い町だ。店にいるのは、ボール紙で作った〈船長〉の等身大の看板だけで、その顔ときたら客を笑顔で迎えているのか、脅しているのかわからない。だいたいは外に立てているから、しょっちゅう波飛沫をかぶって染みだらけだ。この〈船長〉がどこの誰だったのかは見当もつかないが――店の今の持ち主はコッドじゃなくて、マーレーとかいうぎょろ目の太った男で、よこす給料はどういうわけか魚臭かった――今はボール紙の幽霊となって、姿だけ残している。

　この店は海辺によくある、テーマを設定してそれにふさわしい内装をしたダイナーだ。天井には漁網が張ってあり、壁の額には魚の剥製がおさまり、食器は樹脂製《フォーマイカ》で、床に敷いた砂は浜辺よりも多い。うるさい音を立てるコーヒーマシンは、他の店では味わえない最低のコーヒーを淹れるし、ガラスケースの中の食材は先月から入れ替わっていないように見える。友といえばジュークボックスだけだというのに、ペギーの歌がポカホンタスのくだりに来る前に転調するのを聞き逃した。ちょうど『白鯨』の厄介な「白鯨の白さについて」の章を読んでいるところだったからだ。よくあることだが、それだけ本に集中していたんだ。

　レコードが変わるまで、その女が入ってきているのに気づかなかった。デビー・レイノルズが「それは月明かりのせいね」と歌いだすまで。しまった。たぶん、まばたきしたほんの二十分かそこらの瞬間に来たんだろう。ジュークボックスの横で壁を背にして座り、カウンターの中、つまりぼくを見ていた。若くて、たぶん美人のうちに入れていいだろう。細く編んだ金髪がスカーフから幾筋かこぼれている。着ているコートは妊婦向きでないから、ベルトは締められないようだ。ぼくがM大学で専攻しているのは英文学だから、医学なんか縁もゆかりもないが、臨月に入っているのは見てわかった。それも、五つ子が産まれるんじゃないかというくらい、大きな腹だった。

「いらっしゃいませ」と声をかけた。マーレーからは、どんな客にも丁寧な言葉をかけるようにと言われていた。なれなれしかったり、くだけすぎていたりしてはいけない、と。まあ、ここで働くにあたって言われたのは、それだけだったけれど。

彼女はこっちを見た——目は真っ赤に充血していたが、瞳は薄茶色だ——が、何も言わなかった。疲れているようだったが、夜も晩《おそ》いし、今にも超人ハルク級の巨体《バルク》を出産しそうな腹をしているんだから、それも当然だろう。

「コーヒーはいかがですか」と言ってみた。「もし、すべて終わりにしたいのなら、ストリキニーネよりはお安くお出しできますよ。お好みでしたら、ピクルスつきアイスクリームもございます」

「いらない」その声で、若いというより幼いのがわかった。妊娠していなかったらベッドに誘ってもいいが、そうしたら最後、警察のお世話になるのはまちがいない。十六、七歳というところか。ハイスクールのチアリーダーみたいにかわいいが、顔に浮かべた困惑は、フットボール選手のボブからデートに誘われて、受けようか断ろうか迷っているとか、金曜日の家政学の試験が心配だとかいうものではなさそうだ。「食欲なんかない。もう何も食べたくない。でも、何か食べないと、死んでしまいそう。寄生虫みたいなやつが取っていってしまうから。食べても食べても足りない。栄養は胎児がみんな持っていく」

たーいーじ、と彼女は伸ばして言った。悪くない響きだ。

「では、おなかのお子様のために、何かお召し上がりになりますか」

「チーズバーガー」

「すみません、うちはシーフードの店なもので。フィッシュケーキにチーズを載せて、パンに挟んでお出ししましょうか」

「しけてんの。でも、食べるのはあたしじゃなくてミュータントだから……」

レコードがジュリー・ロンドンの『クライ・ミー・ア・リヴァー』に替わった。「川ほど泣けば《クライ・ミー・ア・リヴァー》あんたも泣けば《クライ・ミー・ア・リヴァー》　あたしは泣いたのよ《アイ・クライド・ア・リヴァー》、あんたのために《オーヴァー・ユー》」英語で書かれた詩の中でも、もっとも美しい韻律をもつもののひとつだ。「恋なんてくだらない《ラヴ・ワズ・トゥー・プレバイアン》」から「もう一緒にいられない《ユー・ワー・スルー・ウィズ・ミー・アンド》」と言った男が「今さら愛してるなんて言うのね《ナウ・ユー・セイ・ユー・ラヴ・ミー》」

冷凍のフィッシュケーキを鉄板に載せ、まだ賞味期限の切れていないチーズをひっぱり出した。チーズはカビがつかないかぎり新しいものを仕入れない。

「お酒はある?」

「身分証明書は?」

「なによ、この州じゃ未成年者のセックスよりお酒のほうが規則が厳しいの?」

鉄板の上でフィッシュケーキが爆ぜた。ジュリーは胸の痛みを歌っている。人生は辛いものだ。

「ぼくが作った規則じゃありませんから」

「あたしが飲みたいんじゃないの。胎児が飲ませろって言うのよ」

「でも、お子様も未成年です」

「もう大人なのよ。調べたらわかったの」

「えっ？」

「ジンジャーエールちょうだい」

「かしこまりました」

「……強いのをちょっと入れてね」

折れることにしよう。スコッチのボトルを出した。銘柄も知らない酒だ。ラベルのスコットランド男の顔は擦れたうえにこぼれた酒が滲みて、何者なのか見当もつかなくなっている。グラスに適当に注ぐと、あとはジンジャーエールを満たした。彼女はあっさり空けて、もう一杯注文した。それに答えてから、鉄板のフィッシュケーキをひっくり返す。食べられなくはなさそうだ。

「結婚はしていないの」彼女は話しだした。「高校は中退したわ。大学に行きたかったのに。この町から出るたった一つの方法でしょう。出ていけばやり直しもできるから」

「どうなんでしょうね。お客が来ないものだから、ぼくはここがどんな町か知らないし。店主も二十四時間営業は来年までにやめる気みたいです。古くからの常連も溺れちゃったのか、顔も見かけなくなった、って言ってたし。エントロピーってやつかな。どんなものでも徐々に終わっていく。予想したとおりに」

　溶かしたチーズを載せて、フィッシュバーガーを仕上げると、テーブルに運んだ。彼女は興味を示すそぶりもしなかった。手元に二十五セント硬貨が積み上げてある。ジュークボックスは使い慣れているようだ。

「あたしのことよ」ローズマリー・クルーニーの『ユー・トゥック・アドヴァンテージ・オヴ・ミー』だ。

「あの人でなし、あたしを利用したの《トゥック・アドヴァンテージ・オヴ・ミー》」

　予想していたとおり、彼女はおしゃべりだった。深夜を過ぎると、人は饒舌か寡黙かの、どちらかになる。相手をしたかったわけではないが、黙っているのも気が重かった。

「あなたの彼氏が、ですか」

「そうよ、あの両棲類野郎がさ。じきに来るわ。ここで会う約束なの」

「どうか、穏やかに」

「わからない。あっちは人間じゃないから」

　彼女は乱暴にトレイを引き寄せると、フィッシュバーガーにフォークを突き刺した。気持ちはわかる。食べるよりはそうしたほうがいい代物だと、自分でも思う。ぼくが料理できるかどうか、マーレーは尋ねもしなかった。

「ほら、光ってる……」彼女は海の光に目を向けている。マスではよく見る現象だ。浅瀬の向こうの緑がかった光。誰でも初めて見たときは心を奪われる。「もうすぐ来るみたい。ジンジャーエール、ちょい足しでもう一杯お願い」

すぐに持っていった。彼女は気だるい手つきで受け取った。カウンターに置いたままの、背の割れたペーパーバックが開き、白い鯨に執念を抱くあまり、正気の失せた目になったエイハブ船長の挿絵が見えた。この男は狂ってる。グリーンピースの活動家と議論させたらどんなことを言うか、聞いてみたいものだ。

浜辺から誰かが来た。彼女はカウンターに席を替えると、スツールに座ったまま、突き出したおなかが縁に触れないよう、居心地悪そうに身じろぎした。来る人に興味を持っているようには見えない。

「来たわ」

「浜から来るなら、濡れているでしょう」

「そう、いつも濡れてるの」

「かまいませんよ。掃除はぼくの仕事じゃないし。早番がすることになっていますから」

今度はシナトラの『ワン・フォー・マイ・ベイビー（アンド・ワン・モア・フォー・ロード）』がかかった。ヒットナンバーだ。「今は三時十五分前……」

「ここにはきみとぼくしかいない」かの大スターを真似て歌ってみた。彼女は笑った。歯の色が緑がかっていた。

ドアが開いて、彼がよたよたと入ってきた。これほど変わった客が来ていたら、忘れることはないだろう。呼吸が苦しそうで、カウンターに着くまでにけっこう時間がかかった。ずぶ濡れで、足取りはチャールズ・ロートン演じるノートルダムのカジモド（『ノートルダムの傴僂男』一九三九年　米映画）にちょっと似ていた。彼女が話していたことが本当だとわかった。床の砂に足跡が、濡れたものを引きずったように残る。ようやくカウンターに着いたときには、彼女のグラスは空いていた。

苦労してスツールに座ると、濡れた革手袋のような手が、カウンターの縁をつかもうと、せわしなく動いた。頬から首にかけての皮膚が、笑うようにぴくぴくと動いた。

「……たくさん話したいんだ《アイ・クド・テル・ユー・ア・ロット》」フランクの声がした。「でも、きみはいつも自分の規則を守ってる《バット・ユー・ガッタ・ビー・トゥルー・ユア・コード》……」

彼女はグラスを置くと、笑顔でまっすぐぼくを見た。

「もう一杯、あたしの赤ちゃんに《ワン・フォー・マイ・ベイビー》、それから、この蛙にも《アンド・ワン・モア・フォー・ザ・トード》」

斑《まだら》あるもの

ウィリアム・ブラウニング・スペンサー

The Dappled Thing

William Browning Spencer

〈女帝〉号が密林を転がり出し、黒い川のほとりで停まると、黄色と緑の鸚哥《いんこ》の群れが、いっせいに木々から飛びたった。サー・バートラム・ラッジは上部のハッチを開き、川の上空に色鮮やかな布を広げたような鳥たちの群舞を見ようと外に出たが、この絶景も無骨な彼の心をさほど動かしはしなかった。密林の奥を目指し急いでいるサー・ラッジには、美しいものに心を向けている余裕もなかったのだ。この未開の地で探検家ウォーリスターの一行が消息を絶ち、その中にはアディスン卿の孫娘であるラヴィニアがいた。サー・ラッジは彼女が十二歳のときに会ったきりだが、その後の噂を聞くかぎりでは美しくも勝ち気な女性に育っているのはまちがいない。そのラヴィニアが、飛行船〈雲の王〉号の大西洋横断飛行に参加する、と宣言して、社交界の惰弱な若僧どもを驚愕かつ意気消沈させたのはつい最近の話だ。この冒険飛行のリーダーこそ、有名な探検家にして王立地理学協会の会員でもあるヘンリー・ウォーリスターだった。もっともこの男、アディスン卿に言わせれば、ならず者の山師だということだが。

「ラヴィニアはよい娘《こ》だ」アディスン卿は断言した。「活発で、頭も悪くないのだが、ウォーリスターのような無頼漢には幼子も同然だったのだろう」閣下は顔を真っ赤にし、野火のような光をおびた目でラッジをまっすぐ見据えた。「あの子を連れ帰るのだ、バーティ。手段は選ぶな」

ハッチを開くと同時に、銀色に輝く巨大な球体は、表面から金属製の手すりを伸ばし、水蒸気を噴き上げながら固定した。ラッジはその手すりから身を乗り出し、はるか下を流れる川を見下ろした。高いところはあまり得意ではなかった。
「暑いですね！」
その声に振り返ると、遠征隊員の一人、博物学者のトミー・ストランドが汗を拭いていた。鸚鵡《おうむ》のような横顔の額に、金髪が張りついている。日は西に傾き、大きな鳥が一羽、川面を低く飛んでいる。そのさまを見たストランドは、鸚鵡になって飛びたとうとするかのように両手を広げたが、飛ぶのは心の中だけのことにしたようだ。彼は朗唱した。
「我ひとり往く旅の空
胸に秘めるは里心
夜に見《まみ》えしかの鳥は
星に歌詠《よ》む梟《ふくろう》か
月に翼の影さして
いつ帰るやと問うて啼く」
若い男というものが、教養があるほど詩を詠みたがるのはなぜだろうか、とラッジは思った。今のはたぶん、鼻持ちならない〝湖の詩人〟ことワーズワースか誰かの詩だろう（それにしても、詩人が湖にいるのはいいとして、川や池や沼にはいないのだろうか）。

ストランドがワーズワースもどきを大声で詠い続けているあいだに、ラッジは持ってきた縄梯子を手すりに掛け、固定できたかどうか引っ張って確かめると、慎重に降りはじめた。靴を下ろした地面がぬかるんでいるのは気に障ったが、それでも揺れない大地に自分の脚で立てるのは嬉しく、安楽椅子での居眠りに安穏とし、たまの発汗に風邪を懸念しているほどに年老いたかつての戦友たちを思うと、神に感謝せずにはいられない。

あたりは魚臭く、腐敗した植物の臭いも交じっており、ラッジは水際まで行って川を見下ろしてみた。ピラニアも毒蛇も、アナコンダも小狡い鰐もいない。ただ、泥からは蚋《ぶゆ》や蚊が飛び出し、雲のように群をなして彼を囲んだ。別の密林で同じ経験をした若い頃のように、まるで無視するつもりでいたが、歳月は彼の忍耐力を低減させていた。悪態をついて叩き潰すと、ここまで乗ってきた救助用の新鋭機を見上げた。

テラスハウスを数軒は収められるほど巨大な銀色の球体、〈女帝〉号は、夕日を受けて金色とピンクに輝き、周囲（異国の植生からなる、密林の緑の渾沌）から浮き上がって見えた。今はエネルギーを補給中で、その奇妙な動きはいつ見ても飽きないものだった。ヤスデの体節のように装甲された巨大な機械の触手が、木々の梢に伸びては枝をつかんでへし折り、回転する小さな刃で切断する。触手の細い先端が枝を把ね、赤い光の灯るハッチに運び込む。そこは分解炉で、どのような植物でも——牛の胃のように——この機械の燃料に加工することができる。

〈女帝〉号は奇人として知られる富豪、ヒュー・エドマンズの驚くべき発明だ。彼には一度だけ会ったことがある。アディスン卿の車に同乗してその邸宅まで行ったときのことだ。庭師の一人と熱心に話していたのを覚えている。

エドマンズは世捨て人のように暮らしていたので、ラッジの友人たちは彼がどんな人物であるか知りたがり、彼がクラブに顔を出すとあれこれ尋ねてきた。そのたびに彼は、博識でよくしゃべるとか、小柄で蒲柳の質であるとか、並外れた巨根の持ち主であるとか言って煙にまいてきた。あまりに信心深いため、「人が衣類を身につけるのは蛇から教わったことだ」として、日頃は裸で生活している、と言ったら、真に受けてしまった者さえいた。

イギリスで奇人と呼ばれる者には珍しくないことだが、エドマンズは独学で科学者になった。そして、自ら発見した新たな原理にもとづいてこの巨大な動く球体を考案し、建造の指揮をとった。アディスン卿の孫娘を救出するために造られた機械ではないが、折良く完成し、その機能も最適なのは天佑であるとして、初めての旅に出た次第である。

ラッジは分解炉がハッチが閉ざすのを見守った。触手が球体におさまり、アイリスの花のような格納口が閉まる。彼は機械に背を向け、夕日に目を向けた。もうこんなことをする歳じゃない、と思いながら。

機械の中に戻ると、早くもマロリーは操縦席に着いて、たくさんの計器を見ながら触手の収納に取り組んでいた。口髭をたくわえた赤ら顔にはいつも汗が浮かんでいるが、操縦しているとすぐに流れるほどになる。いつも——たぶん眠っているあいだも——どこの国のものとも知れない汚れた兵隊服を着ていて、泥はねのついたゲートルを脚にはもちろん、腕にまで巻いているのは、ミイラの扮装をしている途中のようにも見える。

機内は暑く、二台きりの換気扇が懸命に回っている。操縦士がバルブを操作すると配管が音を立て、機体が揺れた。

椅子も機器も円形の床にボルトで固定された部屋に、五人の乗員がいた。この遠征には二倍の人員を予定していたが、それだけ乗せると機内はかなり窮屈になる。ウォーリスター隊の面々を見つけだすのは困難だろうが、ラッジは——当然だが——全員の生存を信じていた。長い経験から、悲観的な見方をするよりはむしろ、希望を持ち続けることにしていた。

六週間前、宣教師の幕舎からほど遠からぬところに、煙が一筋立ちのぼった。宣教師たちがそこに行くと、飛行船の残骸がくすぶっていた。骨組みはまだ原形をとどめていたので、飛行中の火災で墜落したのではないと見受けられた。乗員の死体はなかった。残骸から見てとれた特徴から、それが豪華遊覧飛行船〈雲の王〉であることがわかった。乗員に関する手掛かりはなく、どこに行ったかは推測するほかなかった。ウォーリスター一行はおそらく、ネグロの北部に住む先住民の集落のどれかに身を寄せているのだろうが、森に居住する攻撃的な部族ヤミに捕らわれ、殺された可能性もある、と宣教師は言った。「彼らは凶暴です。他の部族の者の肉を食べるのです。頭蓋骨は細工して瓶《かめ》にします」

食人種がこの地域にいることは、ラッジも話には聞いていた。熱帯雨林に住み、歯を削って尖らせ、周辺の部族に戦いを挑み、子供たちは攻撃的になるよう育てる。兄弟を打擲した子供は褒められるのだ。そして、彼らは殺した敵を食う。

「準備完了」マロリーが言った。「出発だ」

ラッジが自分の座席について安全帯を締めると同時に、機体が震え、動きだした。操縦席の真後ろなので、計器とともに、窓ごしに森も川も見える。

機体の外殻が揺れ、内殻と擦れあって鼠が走るようなワイヤブラシの音を立て、ラッジは鳥肌を立てた。微弱なファラデー効果のせいか、窓がちかちかしてきた。この機械が前進しだすと、外は直接ではなく、無数の窓を通して鏡が捉えた映像で見えるようになる。

外洋に出た船のように床が揺れたが、機体の動きを考えれば、かすかなものと言えるだろう。〈女帝〉号の外殻は唸りをあげて光を放ち、回転しながらぬかるむ川岸を乗り越えて、黒い川の流れに飛び込んだ。換気口から川の水が流れ込み、副操縦士のジョン・ベインズが悪態をつきながら、操作盤を叩いて換気口を閉めた。見るからに船乗りらしい彼は、この機械が動いているさなかも、苦もなく長身を操ることができる。機体が黒い流れに潜行していると思うと、ラッジは肺が縮むような気がした。

ファラデー効果によって発生した弱い光が、乗組員たちの影を伸ばした。外が見えなくなったので、航行を機械の触手に任せながら、方角だけは羅針盤で確認した。

「空気注入開始」マロリーが言った。レバーをいくつか操作すると、送気チューブが作動しはじめる音がした。彼は計器に目をやり、うなずいた。「あとは彼女がやってくれる」そして、ベインズに指示した。「バルブ四、五、六、解放。分解炉稼働！」

換気扇から滴が落ち、動きだすと、新鮮な空気が操縦室に満たされ、ラッジは息苦しさが消え去るのに気づいた。

機械は外殻を回転させず、下部から伸ばした複数の脚が、水を掻いたりスクリューのように回転したりと自在に動くのにまかせて航行した。床にゆっくりしたギャロップのような揺れが伝わる。

水中は暗く、時間が止まってしまったような感覚がある。夜道に迷った愚か者が膝を抱えて座り込み、淋しさを身を揺すって紛らわせているように、機体が泥に脚を取られて動いていても前進はしていないのではないか、と浮かぶ疑念を振り払った。

爆発音が頭蓋骨にまで響く。外殻を引き裂かんばかりの轟音は、水棲の巨獣がこの金属の卵を割って中身を食おうと襲撃してきたのではないかと思い、ラッジの脈拍は早まった。

「心配無用！」マロリーの大声がとどろく。「沈んでいた木に衝突しただけだ」

そして顔色一つ変えず、額に汗を浮かべたまま、幽霊を手中に収めんとするかのように前に両手を突き出し、機外の触手はそのパントマイムにあわせて動きだした。機体は流れに逆らって動き、自分を拒む意中の人に追いすがるようにからみつく枝を振り払った。ラッジはそのさまがどう見えるか想像してみた。見るものもいない闇の中で、内部に人間（折れやすい骨を軟らかい肉で包んだ体の生き物）をぎっしり乗せた金属製の烏賊《いか》が、沈んだ木と激しく闘っている。川面を見ている現地人も動物も、その下で何が起きているか、思いもつかないことだろう。

サー・バートラム・ラッジは、この言いようもなく珍奇な状況に考えを巡らすうちに、そんな空想にふける自分の無邪気さに気づき、落ち着きを取り戻した。

つかんでは突き放し、脱出に苦闘しているうちに、綱引きの相手が急に興味をなくして綱を取り落としたかのように、機体は自由になり、浅瀬に向かうと、停まった。

日はすっかり暮れていたが、川べりでの野営を避けるため、一行は先に進んだ。その夜は機械の外にテントを張り、中には蚊帳《かや》を吊って、銃をかたわらにして眠った。金属の堅牢な球体である〈女帝〉号の中であれば、野獣に襲われる心配もないが、よしんば外が湿度の高い密林であっても、彼らは冒険旅行らしいひとときを過ごしたかったのだ。

テントでくつろいでいたラッジが、ランプを消灯しようとしたとき、小さな丸いものがテントの天井から落ちてきて跳ねた。蜘蛛か何か、咬んだり刺したりする毒虫ではないかと警戒し、手を引っ込めたが、それは白っぽい小さな蛙だった。ほとんど考えることなく、そっと手を伸ばして捕まえる。ゆっくり手を開いて、眼の飛び出した小さな生き物を観察する。大きさは胡桃の実くらいで、皮膚はほとんど透明なので内臓が透けて見えた。ランプの光の下では、小さな心臓の鼓動や、水に落ちた虫のような腸の蠕動や、繊細な緑の骨までが見て取れた。テントの外に腕を伸ばし、手を広げる。蛙は跳ねて去っていき、ラッジはまた横になった。緑なす愛しきイングランドに思いを馳せながら。

乾期だとは聞いていたが、この秘境の「乾期」が、人間の皮膚に黴《かび》を生やし、怪物が潜んでいそうなほどに深い霧の立ちこめる時期であることに、ラッジは悪態をついた。

〈女帝〉号は轟音を立て、荒々しく進んだ。密かに動くようには造られていないのだ。枝を薙ぎはらい、切り落とし、木々をへし折り、撓むのもかまわず不格好な蜘蛛のようによじ登って乗り越えた。樹上に棲む猿たちが何日もつきまとってはあげ続ける、住処を奪ったものへの怒号とも、破壊の祭典の歓声とも聞こえる叫びに、ラッジは戦場で熱狂する兵士たちの声を思い出した。

彼は〈女帝〉号に魅了されながらも、心のどこかで嫌悪を覚えていた。思うにこの機械は、悪魔の発明とまではいかないが、どこか自然に背いているようなところがある。だが、一定不変の物理法則にのっとっているようでいながら、神が定めたもうたこの世界の理《ことわり》には拠らず、あえて倒錯し、破壊さえしようとしているような気がしてならない。この感覚は誰にも説明することができず、語ったとしても彼の不安に耳を傾ける者はいないだろう。時代とともに進む技術の革新についていけない老人の繰り言と思われるのが関の山だ。

たしかに自分は頑迷な年寄りかもしれない、とラッジは思う。だからそのように感じるのだろう。

飛行船の残骸のあった場所を発って十一日目、ようやく幸運が巡ってきたようだった。丸い小屋の並ぶ小さな村が進路上にあり、その住民たちは異国人に敵意を持たず、衣服を身に着けているばかりか、イエス・キリストへの信仰を掌に木の刺で傷をつけることで示していた。ラッジの従者であるジェイコブスには、数カ国語の心得があるのに加えて、人と接することに長けていた。日焼けした小柄な男で、灰色の口髭は猛々しく見えるが、実のところは猫のようにおとなしく、どんな人の声を聞いても何を言おうとしているかわかるという異能の持ち主でもある。

村の長老としばらく話したのち、ジェイコブスは手掛かりを得た。ウォーリスター一行はこの村を出て北に向かったという。「ヤミがいるから危険だ、と伝えたが、気にする様子もなかったそうです」と言うと、彼は付け加えた。「このあたりでは子供でも知っていることを知らないようなので、彼らは土か水の精霊にちがいない、と長老は言っています」

何を知らないのか、とラッジは尋ねた。

「自分たちが死ぬことを」

翌日、一行は澄みきった小川の流れる小さな空き地で昼食をとった。川べりには明るい緑の葉をつけた木々と、暗緑色の葉の羊歯が繁っている。ラッジが森の奥に踏み込んで膀胱を空にすると、小さな青い蝶の群が甘露に集まる蟻のように、放尿の跡を覆った。

戻ると、トミー・ストランドが川のほとりに腰を下ろしていた。すぐさま詩の朗唱を始めたのは、聞き手を待っていたのだろう。先日聞いたものとは違う詩だ。

「斑《まだら》あるものを造りたまいし神を称えよ
雌牛のぶちの如き染め分けの空を
川を昇る鱒を朱に彩る斑紋を
熾したての炭火に爆ぜる栗の実を、花鶏《あとり》の翼を
耕され、畝を起こした畑地の、区切られた眺めを……」（ジェラード・マンリー・ホプキンズ「美しき斑」より）

朗唱は続いた。詠われているとおりだ、とラッジは思った。密林もまた斑あるものに満ちている。葉のそよぎや川のせせらぎに揺れる日の光は絶え間なく移り変わり、斑の影を生きもののように動かしている。空を雌牛に喩えるのは想像力の飛躍にもほどがあるとは思うが。詩人にはありがちなことだ。熱情を詠おうとするあまりに言葉の手綱を取り損ねてしまう。

　ストランドによると、この詩を詠んだのはマンリー・ホプキンズという男らしいが、ラッジは勇壮《マンリー》な詩人といえばキプリング一人しか知らない。彼は行間のきらめく詩を詠み、物語をかたる術《すべ》も知りつくしている。

　続く九日間、北への旅は遅々として進まなかった。密林の中には川の大小の支流が縦横無尽に走っており、どれもたいした深さはないのだが、〈女帝〉号を羅針盤が示す方角にまっすぐ進めさせない迷路をなしていた。士気は落ち、地面は濡れた海綿のようで――これで乾期だというのだ！――一行は夜も機内で過ごさなければならなかった。狭く居心地の悪い環境で過ごす時間が長くなり、ジョン・ベインズとトミー・ストランドが喧嘩をしても誰も驚きもせず、驚くまでもなく年長で筋骨逞しい副操縦士が勝った。ストランドの受けた傷はたいしたものではなかったが（鼻血と目の周りの青あざに加え、唇が切れたくらい）、隊長としてラッジは看過するわけにはいかなかった。そこで口論のきっかけが何かを確認することにした。

　ことの起こりは、ある女性についてベインズが語るとき「なお助《ドキシー》」と言うのを、ストランドがたしなめたことだった。ベインズが言うには、自分の女房をどう呼ぼうが勝手だろう、ということだ。妻を愛しているからこそこんな呼び方もできるわけだし、日頃から夢ばかり見ていて、女といえば詩の題材（だとしても、詩に描かれた女こそ夢そのものだが）としか思っていないような若僧よりも、彼は女のことなら身をもって知っている、だから余計な口出しはするな、と。

両者が落ち着いたところで、ラッジは厳粛に言い聞かせた。「私がこのような喧嘩を大目に見ることはない。ここまで来たのは遭難者の救助のためであり、見解の相違など議論している場合ではない」そして、悲しげに付け加えた。「今度同じようなまねをしたら、私は君たちを二人とも撃つ」そう、古き良き時代の英国人らしく。

さらに数日が過ぎ、傾いた日が木々の影を長く伸ばすようになり、木漏れ日は天界の穀物倉から神聖な麦粒がこぼれるように、金色の輝きを散らした。神の御加護で、行方不明の一行を見つけだし、緑なすイングランドに連れ帰ることができると、とラッジは信じた。

もっとも、神は安易な楽観も、たやすく傲りになりうる確信も、許しはしないだろう。翌日の正午過ぎ、外での昼食を済ませて地面に敷いた防水布を畳んでいたラッジの前に、原住民の男が一人現れた。股間を黒い布で覆っているほかはほとんど裸で、十ヤードも離れていない二本の木の間から、鋭い石の鏃《やじり》をつけた矢を弓に番えて彼を狙っている。

文明社会の中で生存本能が鈍っていたラッジは、逃げるより話しかけるほうを選んだ。「おい、君！」そのあと「やめなさい！」とか何とか言ったような気がするが、矢は手にした防水布を射貫いて背後の木の幹に止めた。

この攻撃に古強者の心が目覚めた。逃げれば背に矢を受けることになりかねない。ラッジは男が二の矢を番える前に突進し、殴り倒すとそのまま組み討ちになった。ラッジは雄叫びをあげた。「この野郎！」

男は大柄ではなかったが力強く、動きは素早く、肌には汗とも獣脂ともつかないぬめりがあるので、取り押さえられない。ラッジはさらに拳をくらわせ、泥と落ち葉の上で取っ組み合った。格闘が続くうちに、男は敵意に満ちた豚のような唸り声をあげてラッジに馬乗りになり、膝で胸を押さえつけたので、彼は息ができなくなった。尖った石を振り下ろすその腕に向かって、ラッジは必死に腕を突き出した。

敵を退けたラッジは呼吸が楽になると同時に、両頬を傷痕で飾ったその顔をはっきりと見た。原住民の男は急に目を見開いた。

そして、鳥が啼くような奇声を短く発すると、身をよじらせ、脚をばたつかせ、叫びながら木々の梢にどんどん小さくなっていった。銀色に光る太い蔓のようなものが胸にからみついているのにラッジは気づいた。その蔓が空に描く曲線をたどると、金属の球体が太陽の光を受けて鏡のように輝き、その触手が男を捕らえ、木々の間高く差し上げているのがわかった。

ようやく何が起きたのか理解できた。マロリーが機内から襲撃を目撃し、〈女帝〉号の触手を空き地にまで伸ばして、男をラッジから引き離して宙づりにしたのだ。

ようやく状況を把握したラッジは、肩をぽんと叩かれて驚いた。ジェイコブスだった。「ご無事でしたか、サー・バートラム」

「ああ」ラッジは立ち上がり、脚についた泥を払った。「ちょっと息が苦しいが――」

原住民が触手から落ち、木々に体をぶつけながら落ちていくのを見て、彼は言葉を呑んだ。マロリーが操作を誤って落とすのも、男が身を捩って、マロリーが巧みに操る触手から脱してそのまま転落するのも、考えがたい。

男は目も口も大きく開けて、仰向けに倒れていた。これまで経験したことのない出来事に、声も出せないほど驚いた表情のまま、死んでいる。

「あれは！」ジェイコブスの声に顔を上げると、槍や弓矢を手にした半裸の男たちが、森の暗がりから陽光の下に続々と現れてきた。

「おい、こっちだ！」新たに起きた叫びにラッジが振り向くと、ジョン・ベインズとトミー・ストランドがいた。ベインズは旧式のエンフィールド歩兵銃を原住民の一人に向けているが、彼はもとより人を殺せる柄ではない。それに、一週間前にラッジはこの銃を手入れしかけて、もう使いものにならないのに気づき、彼にも話している。ストランドが手にしているのは、ラッジが前線で苦労を共にしてきたリー・メトフォード小銃だ。もっとも、この博物学者が銃を扱えるかはわからない。マロリーが機械の触手で何人絞め殺すことになるのか、ラッジは懸念した。

だが、原住民たちは誰一人、ラッジ一行には目も向けなかった。死んだ男を取り囲むと、何か話しはじめたようで、ときどき声をあげたり、互いの背を平手で叩いたりしている。一人が手足を投げ出して地面に仰向けになり、大声をあげはじめたが、ラッジにはそのさまが喜んでいるように見えた。

「面白い連中ではありませんか」森から現れた男は、テニスかクロケットでもしてきたような出で立ちだった。黒縁の片眼鏡を左目にかけ、さも暢気そうに葉巻を吹かしている。

「ウォーリスター！」その名が思わずラッジの口をついて出た。顔を合わせるのは初めてだが、どんな男かは前から知っていた。

「いかにも」男は答えた。「どなたかは存じませんが、ラヴィニアを捜しに来られたのでしょう。あの娘《こ》はいつでも、誰かに追いかけられていますからな」


ヤミ族の村はそこから一マイルも離れておらず、ラッジ一行はウォーリスターの案内でそこまで歩いた。マロリーだけは〈女帝〉号に乗って後に続いたが、数百ヤード離れているのは、機械が前進するさいに木を倒したり枝を折ったりするのは避けられないので、徒歩の先行者に怪我をさせないよう配慮したからだ。村人たちはウォーリスターの前を歩いていく。

「あいつが矢を射かけるとは」密林を抜けながら、ウォーリスターが言った。「もっとも、あの機械が近づいてくるのに、私も気づかなかったのですが。悪いことをしてしまった。先に気づいていれば避けられたことです」彼はラッジをまっすぐ見た。「こんな機械が近づいてくるのですからな。まったく、初めて見ました」

しばらくは黙って歩いていたが、ウォーリスターがまた口を切った。「アディスン卿の御下命で来られたのでしょうな」ラッジはうなずき、ラヴィニアの祖父が彼女の将来を心配したため、無事を確認して報告するため、捜索に志願したことを話した。飛行船の燃え残りを見てからは、一行揃って大いに心配している、とも。

飛行船の残骸に燃えた跡があったと聞いて、ウォーリスターは驚いていた。「私たちが後にしたときは、火の気などなかったのに」だが、そう言いながらも、動転する様子はなかった。眠たげな目つきと厚い唇に似合った尊大な態度で、どこか気ぜわしげなのは、人に見下されまいと思っているからだろう。肩と腰を大きく左右に動かして密林をすり抜けるさまは、混雑したパーティ会場で、バーに酒のグラスを取りにいくようだった。ラッジは、アディスン卿がなぜウォーリスターを嫌うかがわかったので、ラヴィニアを英国に連れ帰ることに躊躇はなくなった。

村に近づくと、小さな子供たちが十数人も小道を走り出てきて、白い異邦人たちと、その後から密林を揺らし小枝をはね飛ばして歩いてくる〈女帝〉号に好奇の目を向けながら、周囲を駆けまわった。近づいては離れ、また駆け寄って、身を揺すり手をはためかし、騒々しい声をあげては逃げて、と繰り返している。

村に入ると、広場に集まる男たちや女たちや、子供たちまでもが、歓迎してはいないが何か期待しているように見えた。ラッジが広場に踏み込むと、群衆は左右に分かれ、中央にある小屋から若い女が現れた。細い蔓を編みピンクや紫の蘭の花を飾った帽子から、鴉の濡れ羽色の髪がこぼれ落ちている、驚くばかりに美しい娘だ。日差しの強さに目が眩んだようだったが、両腕を胸元まで上げ、ラッジに目を向けたが、その青い瞳を見て、口先までその名が出かかった。十二歳の「おませさん」を、月日がこのように育てていたとは。

呼びかけようとした刹那、「ヴィニア！」と叫ぶ声がした。ラヴィニアは、信じられない、と言いたげに目を大きく見開き、こちらに駆けてきた。ラッジは、彼女が駆け寄る先にいるのが自分ではない、と気づき——年甲斐もない、とは思いながらも——胸に痛みのようなものを覚えた。走ってきたラヴィニアを抱き上げ、くるくる回して笑わせられるのは、若者だけができることだ。

トミー・ストランドとラヴィニア・アディスンは泣き笑いを浮かべ、人目もはばからずに——若者らしく——固く抱きあい、唇を重ねていた。互いに夢中になっている恋人たちのさまは、いかな名優であれ、演じることはできないだろう。

翌日の夕方。太陽はまだ中天に高いが、一時間もしないうちに湖面に沈んでいくだろう。ラッジは崩れかけた桟橋に立ち、これは年古りて朽ちたのではなく、もともとこのように造られていたのではないか、と考えていた。目の前には湖水が広がり、水面《みなも》は（奇妙なほどに）細波《さざなみ》も立てず、鏡のように流れる雲を映している。生き物のいる気配はなく、ただ水のにおいが立ちこめるばかりだ。だが、ラッジは短い間とはいえ、ヤミ族たちのやけに大袈裟に響く話し声から遠ざかって、安心していた。原始時代から変わっていないようなこの部族を見ていると、思いは沈むばかりだ。迷信、無知、暴力、冷酷といったものは、人間という動物がもとより持っているものばかりで、文明などと言うものも結局は、その邪悪な下地を安直に覆い隠しているにすぎない。

トミー・ストランドの嘘についても、怒らないでおくことにした。あの青年が実は博物学者などではないことは、ラッジはうすうす気づいていた。産業界の大物アーサー・ストランドが、この不肖の息子を捜索隊に加えるよう、アディスン卿を説得したのだ。トミーとラヴィニアが相思相愛であるとは、ストランドもアディスン卿も夢にも思わなかった。若者にはありがちなことだが、誤解や思い過ごしで起きた仲違いがラヴィニアの背中を押して、求婚者との距離を海ひとつぶんあけてしまったのだ。

ラヴィニアはすぐに後悔した。ウォーリスターは不愉快どころか、卑劣な男だった（ただ、彼女が言うには、ウォーリスターはたとえ二人きりになろうと、ラヴィニアの貞操に手出しをしないだけの道義は守っていた）。だが、密林に入っては独力で帰国することもかなわず、ヤミ族の集落に着き、股間を小さな黒い布で覆っただけの裸の異民族に囲まれ、けたたましい声をかけられては、気丈な彼女もさすがに限界に達した。もっとも、彼らは臍を守るために（臍から悪魔が入り込むのを防ぐということだが、馬鹿馬鹿しい迷信だ）蝸牛《かたつむり》の殻かナマケモノの皮か、どちらが欲しいか尋ねただけだったようだが。

このような出来事を越えて再会した恋人たちは、幸せそうに見えた。

空が暗くなり、落ちてくるような気がした。冷たい手がラッジの心臓をつかんだ。彼は膝を折り、くずおれた。体が粘土か何かになってしまったようだ。この感覚のなさはまぎれもなく死の前触れだが、怖くはなく、ただ悲しい。もし、知り合いの中で死をひどく怖れている者がいたら、実際はどんなものか話してやりたいところだ。邪悪なものが真実を連れて、彼の心に死の恐怖と苦痛を運んでくる。逃げろ、と自分に言い聞かせても、何もできない。

どうにかしてふらつきながら立ち上がり、そこから邪《よこしま》な気が昇ってきたのでは、と湖面を見下ろす。清澄な水を通して見た湖底には、いくつもの影が揺らぎ、その黒い斑は強い風にそよぐ木の葉のように踊った。この桟橋の先にいても湖が深いことは見て取れ、彼はめまいを覚えた。いったい深さはどのくらいあるのか――？　だが、すぐに気づいた。見えていたのは湖底ではなかった。人知を超えた、巨大な生き物の背中を見ていたのだ。滑るように泳ぐ、平たく透きとおった、体形を変えることのできそうな卵形の輪郭の、鯨ほども大きな水母《くらげ》に似た生き物だ。インクのしみのように黒い斑が収縮しているが、その脈動は今までに知られている生き物のものとは異なっていた――ただ、ラッジにはそれをどう言い表せばいいのかわからない。わかるのはただひとつ、その斑が口であり、神話の怪物もジャングルの野獣も経験したことがないほどの激しい飢えに駆られて、閉じては開いている、ということだった。

桟橋から岸に、そして小屋にと、どうやって移動したのかはわからない。ベッドに倒れ込んでそのまま意識を失ったが、それは恐怖に堪えきれなくなった自我を守るために潜在意識がもつ機能がはたらいたのだ、と、心理学者なら言うことだろう。

翌朝、ジェイコブスがお茶を運んできたとき、目覚めたラッジはまだふらついていたが、昨夜の恐怖をはっきりと覚えていた。

村には英語を話せる老人がいた。彼は四年間を宣教に費やした結果、この密林で生きるには神はひとりでは足りないと気づいた。ラッジの話を聞き終えると、老人は深くうなずいた。

「湖に潜むものは大きい。途轍もなく大きいばかりか、邪悪だ。やつは湖で生まれたのではない。どこかから来たのだ。こちら側に飛び込んできて怒りやまず、目についたものは殺し、喰らいつくす。やつは夜を待ち、日が沈むまでは身を隠している。私たちはやつを滅ぼそうとした。だがそのたび、やつに喰われた」元宣教師の呪術師は、そう言って笑うと、膝を叩いた。「槍で突いた。矢で射た。やつは槍を喰らい、矢を喰らい、人も喰らった」村人が餌食にされたことを口にしたとき、老人の顔は険しいものに変わった。

「やつは人を捕らえ道具として使う。他の人を欺し連れてこさせて、喰らうのだ。道具にされた者は私たちにもわかる。魂を抜かれているからな。そんな〈魂《たま》抜け〉は、見つけたらすぐ殺す」

ヤミ族は弱くも愚かでもない。湖の怪物を研究し、多くを知った。陸には上がれず、湖から出ることはない。喰い続けていなくては生きていけないから、やがて餌は尽きる。鳥も魚も、蛙も亀も、何もいなくなる。死んでしまった湖で、やつも死ぬだろう。

「他に滅ぼす手立てはないのだ」老人はまばらな黒い歯をむき出して笑った。

〈魂抜け〉について尋ねようとしたとき、甲高い叫び声が聞こえてきたので、ラッジは立ち上がり、外に駈け出た。

叫びは湖のほうから聞こえてきた。ねじくれた木々の間を抜けたとき、何が起きたか見てとれた。怪物は日光を避ける、と呪術師が断言した。が、やつはまちがいなく、ここの環境に適応している。

ウォーリスターとラヴィニアが栈橋に座り込み、朽ちかけ蔦のからみついた木材にしがみついている。栈橋が岸から離れ湖の真ん中に向かっているのは、怪物の背に載っているからだ。白い水飛沫をあげて、急流に乗った筏のように遠ざかっていく。

トミー・ストランドが走ってきた。勇を鼓して泳ぎつき、最愛の人を救う気なのだろうが、ラッジは一喝して止めると、〈女帝〉号に立つマロリーに目をやり、ストランドに急いで乗るよう促した。

マロリーはすぐに操縦席に着き、ストランドが近づくより早く、銀色の触手で彼を持ち上げ、搭乗口まで運んだ。マロリーの腕にラッジは舌を巻いた。さすがはエドマンド老人の研究室にいた技術者だ。

〈女帝〉号は転がるように湖に入り、岸辺を波で騒がせた。数本の触手の間から伸びる、先端の丸い通気管の先を水面に残して、機体は水中に没した。通気管だけが航跡を残していく。航跡は桟橋のあとにぴたりと付き、触手が水面上に飛び出して、ラヴィニアの腰に巻きついた。怪物につかまったと思った彼女はまたも悲鳴をあげ、触手は彼女を放した。波間に触手も、ラヴィニアも消えた。岸では、手の出しようもない自分に苛立ったラッジが、大声をあげた。水面からラヴィニアが肩まで浮かび上がり、トミー・ストランドが背後で彼女を支えている。目を閉じているラヴィニアを、トミーの腕はしっかりと抱きとめていた。力強く水をかいて、彼はラヴィニアを岸まで運んだ。

ラッジが振り返ると、桟橋は湖の中央で止まっていた。ウォーリスターの姿は見えない。〈女帝〉号をしても、救助はできなかったのか。

時間だけが過ぎていく。ヤミの男たちや女たち、子供たちもが、おそるおそる湖畔に集まってくると、しばらくは静かにしていたが、次第に騒がしく声をあげはじめた。

ラッジはトミーとラヴィニアに目を向けた。トミーの腕に支えられ、ラヴィニアは上体を起こして咳き込んでいた。湖に目を戻すと、水柱が上がって〈女帝〉号が浮かび上がり、十二本の触手を伸ばして陽光にきらめかせ、踊るように動きだした。そして、あっというまに岸辺に戻ると触手を振りまわしはじめ、村人たちは叫び声をあげて逃げまどった。一本一本がばらばらに動いている。マロリーでもこんな操作はできないはずだ。触手は男も女も、子供もかまわずに絡め取り、叩きつけ、内蔵した刃で引き裂いた。古参の戦士の首が飛んで、ラッジの足元に落ちてきた。慌てて身を引いたが、ブーツに血がしぶいた。

〈女帝〉号は六本の触手で直立しており、残りの触手の一本がぐったりとしたウォーリスターを絡め取っているのに、ラッジは気づいた。それ自体が知性を持つことを主張しているかのような無気味にゆっくりとした動きで、機械は轟音をあげ、木々をへし折り草を踏みにじりながら密林に分け入り、消えていった。五分もしないうちに、機械のたてる音も、枝が折れ幹が軋む音も聞こえなくなった。

トミーとラヴィニアのいる湖畔に戻ると、あたりにはパイプや弁の断片、打ち砕かれた計器といった、〈女帝〉号の内臓といえるものが山をなしていた。怪物にとって〈女帝〉号は、外殻としてのみ使い道があったのだろう。

終わり良ければすべて良し。帰国したラッジは自分に言い聞かせた。アディスン卿は、孫娘の無事の帰還を心から喜んだ。

だが、本当に終わりなのだろうか。六週間後、行方不明だったウォーリスターは密林から奇蹟的に生還した。彼は探検家を辞め、事業に専念することにしたという。だが、それでこの一件は結末を迎えたのだろうか。シェーフィールドにある彼の工場では、中空の金属球を造っており、ヒュー・エドマンドの発明を改良したものというが、〈女帝〉号よりも小型になるらしい。改良の目的は何だろう？

ウォーリスターは派手好きや見栄っ張りで周囲を辟易させることがなくなり、控えめで真面目になった、と噂されている。魂が抜かれたのではないか、と考える者が、この国にはいないのだろうか。

金属球の次には、分解炉やエンジンや計器が造られている――そんな知らせをラッジは待っている。でなければ、この外殻を必要とする異世界の生物を待っているのだろうか。もし後のほうであれば、結末を迎えたのはこの一件ではなく、もっと大きなことだろう。

非弾性衝突

エリザベス・ベア

Inelastic Collisions

Elizabeth Bear

球《ボール》を落とすのは簡単だが、妹に何か食べさせなくては。

タマラはつややかな白い球体に向かって頭を低くし、その先の黒い球体を見据えていた。シャツの上から背骨の列が盛り上がって見えるほど身を屈め、このままフェルト張りの台《テーブル》に乗ってしまったら、祭壇の犠牲《いけにえ》そのものだ。ボールが転がることは物理法則にすぎず、彼女が祈りを込めるようなものではない。

すべてはボールの転がる方向にある。

つまんない、とグレッチェンがつぶやく。キューがまっすぐタマラの手元から伸びる。**つまんない　つまんない　つまんない　つまんない　つまんない　つまんない。**

キューが手球《キューボール》を突く。キューボールはまっすぐ転がり、エイトボールに当たると、そこまでの動きを触れたボールに移すかのように、ぴたりと止まった。非弾性衝突だ。木製のボールがぶつかる音が響く。エイトボールはコーナーポケットに滑り込んでいき、タマラはテーブルから身を起こすと、かぶりを振ってレザーカットの髪を首から払った。彼女は笑顔を向けた。ゲームの相手ではなく、妹に。

グレッチェンはテーブルに肘をついていた。骨が艶やかな肌を押し上げ、指を曲げると腱の動きも見える。白い肌のしなやかな細身が寄りかかっているのは、飢えのせいだ。それも、単なる飢えではない。

「負けちゃったわね」彼女は獲物に言った。

男は金の指輪を外し、テーブルに置いた。内側は脂汗で曇っている。グレッチェンは爪をひっかけて指輪を取ると、縁《へり》をつまんで擦った。人の体についていたのだから、皮脂もつく。触れて快いわけもない。

グレッチェンは指輪をポケットに入れた。小声でぽつりと言う。**おなかすいた。**

キューにチョークをつけかけていたタマラは手を止め——体で音をたてることには慣れないのだが——ため息をつくと、キューで床を突いた。「もう一ゲームしないか」人間は言った。「その指輪を取り戻したいんでね」と、グレッチェンのポケットを顎で指す。

髪は黒く、脂の浮いた褐色の肌は筋肉で盛り上がっている。だが、そんな男を見ても、自分が脂ぎった人間の肉体の、脂ぎった骨と、言葉と、名前に閉じ込められているのを、タマラは忘れはしなかった。だが、妹に食べさせておかないと。

「いいけれど」人間に向かって、彼女は歯を見せた。つられて唸る——いや、笑うかも、と思いながら。「その前に、何か食べておきたいの」

グレッチェンは怒っていた。タマラは尾の先と、尖った耳のそよぎでそれを感じ取っていた。仮に人間の姿をしてはいても、もともと持っていた犬の感覚をなくしてはいない。グレッチェンは膝を曲げて足を踏まえ、レザーカットの髪は獣の耳のように左右に逆立っている。

怒っているのね。しかたない、と言うようにタマラはつぶやいた。なぜ、とか、どうすればいい、とか尋ねるものではない。姉妹同士、ともに怒りの天使、通じ合っていなくては。

グレッチェンは黙っている。

さわやかな五月の夜。自分の肩に手を触れると、肉の下の骨を感じる。その感触に、タマラははっとした。

グレッチェンは十歩ほど離れて歩いていたが、引き綱を引かれた犬のように急に立ち止まった。非弾性衝突そのままに。駐車場の砂利にヒールが食い込んだ。

タマラは待った。

おなかが空いてるって、わかってたくせに。グレッチェンは言った。**なのに、あの男をみすみす逃がした。**

わざと逃がしたんじゃないわ！

グレッチェンは振り向き、緑の瞳を炯々と光らせて、瞬きもせずタマラを見下ろした。ちがう、ちがうんだったら。だが、妹が何を考えているか、心の声が聞こえない。**わざとじゃない、**とタマラは繰り返した。

咬みつこうとしてたくせに。

笑っただけよ。

姉さん、とグレッチェンは悲しげに呼びかけた。**獲物は気づいたら逃げるわ。**

金の指輪を質屋で現金に換えると、もう一軒行くことにした。グレッチェンがプレイ中のテーブルに首をつっこむたびに、タマラは心配した。心配というのは、新しい感情だ。妹と離れてしまうような気がしてしまう。ボールを転がして渡り歩くうちに、お互い変わってきている。彼女はこの変化をボールの扱い方とともに知り、人間が「時間」と呼ぶ絶え間ない蕩尽が、主の時間とは違う理解しがたいものであると知った。

かつて彼女は時間を守っていた。天体の動きが作る不規則で乱雑な、人間という生身の木偶《でく》がありがたがるガラス玉ではなく、ダイアモンドのように完全な、真の時間を。だが、彼女と妹は、時間を乱した魔術師に裁きを下そうとして失敗したので、主の加護を失って地上に降り、他の姉妹たちのいる天上に戻るために失地を回復しなくてはならなかった。

地上は苦痛に満ちている。生きていては汚《けが》れ、死んでは腐る肉の体は、何も食べないでいてずいぶん痩せたというのに、まだ重く動きづらい。よじれ、もつれた根や蔓も、花も、その身をゆっくり蝕む毒だ。

タマラは帰りたかった。今は妹さえも重荷だ。

バーにかけて、ライムの皮を飾ったジントニックのグラスを片手に、グレッチェンがボールをラックでまとめるのを見ていた。二軒目は煙草のけむりが漂い、音楽が流れるこぢんまりとした店で、さほど込んではいない。人間の男が数人、バーでビールやボイラーメイカーのグラスを前にし、連れがプレイしていて手持ちぶさたな女は、カクテル・グラスとホットウィングの皿を前にしてボックス席に収まっている。グレッチェンがラックを持ち上げるとき、ボールが当たって鳴った。人間の手が震えたのだろう。彼女はその場で彫刻のように立っている。

そして、ラックを片付けると、バーの姉に向かって歯を見せて笑った。

妹の言うことなど気にはしない。タマラには違いがわからない。ライムの皮を噛み、その苦みをジントニックの違う苦みで洗い流す。戻ったら二杯目をおごると言いだす人間がいるかもしれない、と思いながら、グラスを残したままグレッチェンのいる方に向かった。

今度は苦戦になった。一打も失敗できないほどに。引き締めた唇から舌先を出し、目を細め鼻先に視線を凝らして、狙いを定める。グレッチェンが歩み寄り、タマラの背に手を触れた。

タマラは舌先を引っ込め、キューに笑いかけると、シュートした。

ゲームの相手が自分たちに興味を持たないうちに、タマラはグレッチェンと二ゲーム勝っておきたかった。ゴムが床を擦る音は聞こえていたが、咳払いが聞こえるまでは姿勢を変えなかった。身を起こして振り向くと、妹の姿勢から、何かが起きたことを悟った。

目の前にいたのは、人間の男で、車椅子に乗り、手を膝に置いていた。髪のない頭、火傷の痕のある髭面、ふくらんだ頬、レンズの曇った眼鏡ごしにこちらを見る潤んだ眼。人間の目から見たとしても、お世辞にも褒められる容姿ではない。他の人間のように、脂や腐肉の臭いはせず、海水とビールの匂いがした。タマラと目が合うと、男は「やあ、ぼくはピンキー・ギルマン」と名乗り、手を伸ばした。**障害者ね、**とグレッチェンがつぶやく。**勝つのは簡単そう。**タマラは笑顔を向けたが、歯は見せないようにした。**都合のいい獲物だわ**と答えると、妹が人間の体の中で不自由ながら笑うのが伝わってきた。「わたしはタマラ」彼女は手を伸ばし、男の分厚い手をおそるおそる握った。「そこにいるのは、妹のグレッチェンよ」

「よく似てるね」男は言った。「じゃまだったかな」

「とんでもない」タマラはキューを置いた。「休憩しようとしていたところなの」

彼女は生身の木偶の手を放し、一歩下がった。鋭い歯が並んだ上顎に、舌先をぴたりとつけて。「一勝負……」

「喜んで」グレッチェンがテーブル越しに差し出したキューを、男は腕を伸ばして受け取った。

グレッチェンは去り際に姉の手を叩いた。「ビールはいる？」

タマラは人間の体という檻の中で、新たな感情が増えていくのに気づいていた。心配を覚え、不満を感じ、そして今、驚いていた。

それは、ピンキー・ギルマンをあっけなく負かしてやろうと思えない自分への驚きだった。これまでのやり方と違っていたせいもあるだろう。

最初のゲームでは、タマラは男にブレイクショットをさせたうえ、自分はキューにチョークをつけず、手加減していた。ピンキーが両手で車椅子をあやつるので、彼のキューを持ってやる時間がけっこう長くあった。

彼はブレイクでボールを三つポケットに沈めると、車椅子の位置を定めては、あざやかなキューさばきで続けざまにテーブル上を空けていった。いよいよエイトボールを狙うというときには、タマラにウインクさえした。

グレッチェンがビールを手に戻ってきた。髪を掻き上げ、姉にボトルを渡す。**信じられないわ。木偶にできると思う？**

ビリヤードが？

わたしに勝つなんて。痛みだしたタマラの肩に、グレッチェンは自分の肩を押し当てた。タマラはため息をもらした。

できるやつがいたみたいね。

車椅子でキューを構えている人間の男は、姉妹には目もくれなかった。眼鏡の奥で目を細め、舌先のようにキューを閃かす。その先は白いボールをとらえ、ボールは転がりクッションに跳ね返り、黒いボールに衝突した。

エイトボールがポケットに沈んだ。

ピンキーはキューをテーブルに置くと、車椅子を六インチほど後退させ、タマラに顔を向けた。「名人だわ」彼の汗ばんだ手を握り、ビールを渡す。

ピンキーは笑顔になって、グレッチェンがタマラにもう一本のボトルを渡すのを見ると、ビールをぐっと飲んだ。タマラも喉がからからになっていた。いや、いつも渇いている。「もう一ゲームしてみる?」

ビールの冷たい苦みと、はじける泡が喉を降りていく。舌を上顎につけて飲みくだし、もう一口流し込む。歯に滲みるほど冷たい。「グレッチェン」と声をかけ、テーブルから離れた。「あなたの番よ」

グレッチェンは彼に勝ったが、それは先攻が取れたからにすぎなかった。彼女が黒いエイトボールを滑らかにポケットに沈め、ピンキーの手からキューを取り上げると、彼は大笑いした。その手の爪は、爪やすりの跡が見てとれるほどに分厚く、タマラは彼の前腕に腱の動きを見てとった。「さて」彼は言った。「もう一ゲーム、付き合ってくれないか」

グレッチェンが浮かべた笑みは、タマラがこれまで見たことのないものだった。「何か賭ける?」

人間はキューを立て、肩をすくめた。「ぼくが負けたらディナーにご招待、というのはどうかな」タマラの視線に気づき、彼は片手を上げた。「心配しないで。下心はない。ご招待はもちろんきみたち二人ともだし、ぼくは一人暮らしだ」

タマラはグレッチェンに目をやった。見返すグレッチェンの目は光を帯び、瞳孔が針穴のように小さくなった。「車椅子の介助はいるの？」タマラは尋ねた。

「手助けはご無用に」彼は答えた。「ぼくが勝ったら、食事を作ってくれないか」その手のキューが前に傾き、先がテーブルに載った。

タマラは答えるかわりに笑顔を向けた。

タマラはバスルームで白い石鹸をひっかくのに手間取っていた。壁越しに皿のふれあう音や、人間の男の声と、それに答えるグレッチェンの声が聞こえる。水道の水を掌で受け、口まで運ぶ。かすかに石鹸の味がする水の冷たさが歯に滲み、喉がかすかに痛んだ。

人間がグラスに注ぐアルコールの匂いが、キッチンから漂ってくる。彼女は内なる空虚を満たすためにさらに水を飲んだ。痛みなどかまわずに。

身を起こして水を止め、爪の下の石鹸を確かめる。きれいにマニキュアをした爪。その指先をポケットに突っ込んで、階下に降りた。

グレッチェンはキッチン・テーブルに身を屈めていた。シャツとジーンズのベルトの間から青白い肌が見えている。男は、両手に肘当てつきの杖をついて、体を支えている。車で帰宅してからは、彼は車椅子から降りていた。車椅子に乗るのはキューを操るときだけだから、と彼は言った。

タマラは車まで食材を取りにいくと言った。グレッチェンはそのままキッチンに残りたかった。自分たちにとっては数日ぶりの食事なのだから、落ち着いて楽しみたい。

タマラは出ていくとき咳払いをした。グレッチェンはきまりの悪さを覚え、後に続いた。タマラは何も言わないが、思いは同じようだった。わたしたちはこんなふうに生きてはいけない。そう、わたしたちは。

わたしたちというものに意識を向けたとき、タマラの目に涙が浮かんだ。それは神性を、確かなものを、そして自分たちに科された使命を思い出すことだった。

おなかがすいたわと胸の内でつぶやき、グレッチェンが身じろぎするのを感じた。妹は笑い、歯の縁を舌先で撫で、姉と共に歩きだした。血と筋肉、骨と皮膚で作られた身に必要なことをするために――心地よく飢えと渇きを治める、朝食という行為のために。

朝の空気は涼しく、よい香りがした。足取りも軽く、タマラはキッチンに戻った。

ベーコンが焼けて脂がはじける音越しに、ピンキーの声が聞こえた。「もし、ぼくがきみたちだったら、もっとよく考えるな」

グレッチェンは立ち止まり、タマラも次の一歩をためらった。男が焼けたベーコンをフライパンからトングで引き上げ、広げたペーパーナプキンに置き、焜炉の火を消すのを見据えながら、彼女は歯の間から息を漏らした。だが、男はその後、杖に体重を預けただけだった。

タマラ? 息を切らせている姉にグレッチェンは呼びかけた。その名前は、キューボールが他のボールに当たる音のように谺《こだま》した。姉妹ともに名前はいらない。互いを名前で呼ぶ必要もない。名前は人間が作ったものにすぎないのだから。

タマラ?! グレッチェンにまた呼びかけられて、彼女は頬の内側を血が出るほど噛んだ。

人間の男が言った。「彼は帰らせてはくれない。飢えてかりそめの体が痩せさらばえ、心臓が停まっても、許してはくれないだろう。時間はチャンスを二度は与えてくれない。歴史はやり直しがきかない。エントロピーの天使に戻ろうと、どれだけがんばっても無駄なことだ。きみたちはもう堕天使なんだよ」

この男――見た目から侮っていた男が人間ではなく、自分たちと同じ天使、それも、自分たちの知らない闇の神に仕える天使であることに、タマラは今ようやく気づいた。男は続けた。「この世界で生きていく術を学ぶんだ」

今すぐにとびかかり、男を爪で切り裂き、歯で咬み殺そうとした。が、その肉の、脂肪の、汗の味を思い、ためらった。尖った爪を掌に固く握りこんだ。グレッチェンがそばで身を屈めた。「あなた、主に仕える者じゃないわね。犬でもない」

「ああ」男は両手の杖に身をゆだねた。杖先のゴムが床に擦れて音を立てた。「元は蛙の父に仕えていた。今は誰も守ってはくれない。きみたちと同じだ」

「過ちを犯して落とされたのね」

「ああ。なんとか這い上がってきたよ」

男の匂いが腐肉でなく海風に似ていたわけがわかった。深く息をつくたび、自分の体が腐敗しているように、タマラは感じていた。

腐っていく。脂じみている。すべてのものが汚《けが》れていく。タマラは涙をこらえ、爪先についた血を舐めた。石鹸の味にまぎれて、自分の血の味もした。目の前で笑みを浮かべるこの怪物の血は水っぽい味がするだろう、と彼女は思った。

「汚れたくない。飢えに苦しみたくない」グレッチェンは手を膝を床についていた。「汚れてたまるもんか。絶対に」

男は穏やかな顔をしていた。彼女たちを救おうとするように。虫唾が走る。彼はうつむいて言った。「汚れていくだろう」主のように、躊躇のない言葉だ。「いずれは死にもする。人間であれば、いつも飢えていることにもなる。かれらの我慢強さがわかるかい?」

グレッチェンは後込みした。タマラは親指を口に押し込んで吸いはじめた。爪の下の石鹸を落とすために。一本一本、指を口に入れて、落とした石鹸を飲み下した。喉を下りていった石鹸は、胃液とアルコールに混ざっていく。

男はまだ語り続けていた。指で耳をふさいだところで、止めはしないだろう。「人間として生きるというのは、そういうことなんだ。この不快な世界で生きるのはね。

あえて好きになることもない。

ただ、もう天使には戻れない。だから、よく考えて、互いに話しあって、学んでいくんだ」

知りもしないくせに

そう言ったのが自分なのか、グレッチェンなのか、タマラにはわからなかった。身を起こしたグレッチェンがちらっと自分に目を向けたのは、同じことを考えたからだろう。切れ切れのぼんやりした声だった。

「いや、知ってるとも」ピンキーは手入れをしてはいるが分厚い爪の、無骨な片手を広げた。指の間には緑がかった、血管の透けてみえる皮膜が張っていた。「ぼくも落ちた天使だから」

石鹸、言葉、よごれ、血。喉からこみ上げてくる。グレッチェンのかたわらに手と膝をつくと、タマラはスレートの床（滑らかで、固く、平らだった）を叩いた。彼女は嘔吐した。歯の間から、泡立つ胃液が細い流れになって滴った。グレッチェンが泣いているのが聞こえる。

誰かが自分を抱きとめ、顔にかかった髪を掻き上げてくれるのに、タマラは気づいた。アルミニウムの杖が見えた。「落ち着いて」怪物の、堕天使の、人外の男の声がした。「落ち着いて」彼女がまた屈み込み、腹を痙攣させながら、酒と石鹸の泡を床に嘔吐しているあいだ、男はその身を支えていた。「石鹸なんか食べるものじゃないよ」吐き気が治まるまで、彼はタマラの背中を撫でてくれた。「そんなもの食べちゃいけないよ、天使さん」

黄色い胃液の逆流が止まり、タマラはなんとか顔を上げることができた。目の前にピンキー・ギルマンの柔らかく弛んだ喉元があった。痛む顎のすぐ前に。妹に目を向けると、彼女も同じようにこちらを見ていた。

息をつき、かぶりを振る。静寂が形を得たように、音が消えた。

グレッチェンは何も言わないが、タマラはすでに、答えを知っていた。

残存者たち

フレッド・チャペル

Remnants

Fred Chappell

1

エコーの低い囁きを聞き、すぐにベッドから起きてそばに行ってやらないと、この暗がりの中で叫びだすのではないか、とヴァーンは思ったが、耳をそばだてても聞こえるのは言葉にならない囁きだけだった。

「しーっ、しーっ、しーっ」

「しーっ、しーっ、しーっ」彼が言葉をかけるたび、妹はいつものように、同じ言葉で返事をする。

「静かに」小声で呼びかける。「大声をあげるな」

エコーは聞いたままを繰り返した。まだ目が覚めていないようだ。

「何か見たのか?」小声のまま彼が言う。「光ってるのか。ちらちらしてるのか。眩しいのか」

彼女はおうむ返しに答えた。

「おい」彼が言った。「何か言えよ」

「おい、何か言えよ」少し間を置いて彼女は言った。「ごみ。壊れごみ」

「壊れたごみ、だろ」兄が言った。妹が長く答えるようにして、繰り返す言葉の中から引き出すものを増やそうとしている。ヴァーンはエコーより四歳年上だ。十六歳の今、体得したのは不屈の忍耐力だけかもしれない。妹の不安を察して目を覚ましはしないか、と目をやったが、母さんは顔を反対側に向け、衣類や麻布をごった積みにした木の葉の山の上で熟睡しているようだ。母さんは少し身震いした。滝の裏の洞窟では、毛布がわりのぼろをどんなに集めたところで、温かく眠るのは難しい。

「壊れごみ」エコーが言った。

「壊れごみって何？　何のためのもの？　どこにある？」

「しーっ、しーっ、しーっ。静かに。大声をあげるな。何か見たのか？　光ってるのか……」

エコーは最初から、兄から聞いたままを、聞いたとおりに繰り返したが、声を高めなかったのは、彼女が目覚めたのが〈古きもの〉がたびたび無作為にする、思考探査のせいではないからだろう。コリーまじりの黒犬クイーニーは、寝そべって前肢に鼻面を乗せたままで、嬉しそうに兄妹を見上げている様子はいたって落ち着いている。妹が近くに危険を察知していれば、それを聞き止めて唸り声をあげるものだが。

眠ろう、とヴァーンは決めた。エコーが何に気づいたとしても、朝まで待てないものではないだろう。起きている間のほうが、妹は少し扱いやすくなるが、会話が落ち着きを必要とするのに変わりはない。

根気がなかったらどうなるだろう、と、ぼろ布と木の葉の上で横になりながら、彼は思った。食べるものを探してただ走りまわっているほうが、妹から話を聞きだすより楽なのは確かだ。

暗がりを見ながら思いを巡らせた。今住んでいる洞窟の上を流れている川には、上流に棲む小さな鱒など魚が取れる。夏になれば漿果《ベリー》が実り、兎など獲物になる小さな獣も多いが、今は木々が競いあうように葉を落とす季節だ。冬支度といえるほどのことはできていなかった。このあたりでは夏の間、〈古きもの〉と奴隷生命体ショゴスがうろつきまわっていたので、母もヴァーンも食料を充分に集められなかったのだ。それに、クイーニーが遊び相手になりながら守ってくれているとはいえ、エコーを一人にしておきたくはなかった。

それが理由で、クイーニーにも食料を分け与えている。この犬はエコーと同じような考え方をしているようだ。言葉でなく、視覚で考えている。聴覚や嗅覚も見えるものとしてとらえているようで、そこはエコーと同じだった。〈古きもの〉が捜索しても、エコーは人間でなく、犬かオポッサムかアライグマと認識しているにちがいない。もしヴァーンや母が感情を動かさないようにし、「気候」や「時間」、「昨日」や「未来」といった概念を思考から締め出して、クイーニーやエコーがしているように映像を思い浮かべていれば、二人がいることを連中は気づきもしないだろう。

もちろん、〈古いやつ〉――とヴァーンは呼ぶ――が本気で探索をしてきたら、隠れようもない。身を守る術もない。捕まったら検査され、解剖され、心まで〈古いやつ〉の生体機械の記録装置に書き込まれたうえ、死骸は捨てられるのではないか。

だが、その可能性はほとんどないだろう。家族の中でただ一人、父親のドナルド・ピースリーだけは、〈古いやつ〉にとって有益なことを知っていた。それが何かは知らないが、連中はそれを手に入れるために、まず父の正気を、そのあとで命も奪った。

ヴァーンはそのことを考えはしなかった。父という人のことや、父が遺していったもののことを思い出そうとしても、浮かぶのは最後に見たとき、〈古いやつ〉が自分を捕まえにくると知った父から立ち上がる、高く掲げた赤い旗のような気迫だけだった。自分たちを捜すとなったら、連中はあの愚かで気味の悪いショゴスどもをよこすにちがいない。ショゴスは人間を捕まえても、持ち帰る間に〈古いやつ〉が調査できないほどに損壊してしまうだろう。

だが、何かが眠っているエコーの心に、ヴァーンが知らない力で呼びかけたのだから、それがどういうことかは、知っておかなくてはならない。

朝になって、もし妹が忘れていないようだったら、尋ねてみよう……。いや、「もし」はない。エコーは忘れることができないのだから。これまでに自分に何があったか、何を見聞きし、何に触れ、何の匂いを嗅ぎ味わったかを、すべて心に収めている。だが、まったく整理していないので、どう引き出せばいいのか本人にもわからない。関わりのありそうな映像を思い出させるまで、一つ、一つ、また一つと、心に浮かぶ映像を彼女に話させなくてはならない。

ヴァーンはため息をつき、眠り直そうと横になった。気になりはするが、あの囁きも空耳かもしれない。きっと気のせいだろう。エコーの持っている鋭敏で繊細な感覚が、彼にはなかった。

朝になって三人で顔を合わせたとき、ヴァーンは妹に尋ねようとしたが、機会がなかった。エコーにとって日常のことは、毎日同じように行われなくてはならないものだ。まず、母さんの許可を得てヴァーンが外に偵察に行き——とはいえ、おしっこをしにいくのだが——、水を汲んできて、危険はないと報告する。その間、母さんはエコーを身ぎれいにし、髪を整えて、エコーらしい見た目にする。人に触れられるのを嫌うエコーも、このときばかりは楽しそうにしている。クイーニーと遊んでいるときや、兄と一緒に砂の上に絵を描いているときのように。

ヴァーンはまだ暗い、冷え込む明け方に外に出ると、空にいくつもの筋を引いて、隕石が落ちていくのが見えた。エコーの不安だけでなく、自分もぼんやりとではあるが、何かが起きるのではないかと感じて、危険はないかとあたりを注意深く見渡した。仕掛けておいた小さな罠を見てまわったが、獲物はかかっていなかった。このあたりにアライグマがいて、滝の落ちるあたりで魚を獲った痕跡を見つけて以来、もうすぐ捕まえられる、と思っている。肉と毛皮が手に入れれば、母さんもエコーも喜ぶだろう。今朝は川には罠を仕掛けなくてもいい。昨夜、柳の小枝を編んだ罠にかかった川鱒は、まだ引き揚げずに生かしておいてある。燻製にしたのが二尾あり、朝食と夕食に一尾ずつで足りる。

四十日ちょっと前に、ブラックベリーをたくさん採ったことを思い出した。果汁たっぷりの甘い漿果を、エコーが口いっぱいに頬張って喜びに身もだえするさまを、母さんは涙ぐんだ目で見ていた。思い出を胸の奥にしまい込む。連中が探索できるほど感情が高まらないうちに。〈古いやつ〉め……。

帰る頃合いだ。洞窟では、母さんが腕をふるってエコーをめいっぱい可愛く仕立て上げていた。妹はクイーニーの首に抱きついて、朝の歌をうたっていた。「ひとばん、ひとばん、ひとばん……」

手頃な長さの金属棒――二フィートほどの長さの、一端が平たいバール――を取って、火を焚いている穴まで行くと、石板の覆いを持ち上げて、細長いアルミフォイルの包みを一つ取り出した。残りは夜のぶんだ。石版を戻すと、母さんとエコーが座っているところまで鱒の燻製を持っていった。

ヴァーンの目には、母さんは昨日より疲れているように見えたが、エコーはこれまで見たことがないほど嬉しそうだった。鱒の燻製は妹の大好物だからだろう。あぐらをかいた膝を両手で叩きながら、笑顔で歌い続けている。「ひとばん、ひとばん」

「ありがとう、ヴァーン」鱒の包みを受け取ると、母さんは言った。「ちゃんと眠れた？」

「エコーが何か聞きつけていた」彼は答えた。「ずっと起きてたんじゃないかな」

「だと思った」腰のベルトからナイフを抜くと、母さんは鱒を切り分けた。森に置き去りにされていたテントを切って、釣り糸で縫い合わせて作ったズボンをはいている。衣類にできる布をもっと見つけないと、先々は裸で暮らすことになりかねない。そうなったらエコーは面白くないだろう。ぼろきれを糸やピンやペーパークリップや何やらでつないだ、色とりどりのローブがお気に入りなのだし。着るものに不自由したら泣きわめくにちがいない。

「エコーはきっと、何か知らせたいんだと思う」

「〈古きもの〉のこと？」

「わからない。話すかどうか試してもいいかな？」

「そのほうがよさそうね。〈古きもの〉が森の一角を縄張りにして、人間を寄せつけないよう獣を集めて守らせていると、ずいぶん前に聞いたものだし。このあたりなら、灰色熊か森林狼か、ジャガーでも連れてきたんじゃないかしら」

「僕も聞いた」と答えはしたが、ヴァーンは何も知らなかったし、尋ねようとも思わなかった。「ずいぶん前に聞いた」と、いつも母さんは言うけれど、母さんに話したのは父さんだ。だが、父さんの名前を口にしてはいけない。悲しみや、もっと強い感情が起きたら、〈古いやつ〉は自分たちにないものを感知して、遠くからでも狙ってくる。

父さんは何でもよく知っていた。歴史も科学も、音楽も数学も、遠い星のことまで。星のことはいちばん詳しかった。いや、何にでも詳しすぎるほどだった。その知識が悲しみをもたらすことになるなんて……湧き起こる思いをヴァーンは抑え込んだ。

でも、母さんは父さんのことを思い出していた。父さんが言うには、この山脈の中でも今いるあたりにはかつてチェロキー族が住んでいて、連邦政府の兵士たちが村に攻めてきたとき、彼らの略奪や放火、強姦や虐殺から自分たちと蓄えを守るため、洞窟に隠れたのだという。隠れなかった者たちは捕らわれ、〈涙の道〉（一八三八年、当時の合衆国大統領ジャクスンにより実行された、チェロキー族の強制移住）をたどる強制移住の行進のあいだに、大勢が苦しみ、荒れ地に命を失った。先住民たちの暮らしの跡や、使っていた道具はヴァーンもこの洞窟でいくつも見つけている。薔薇色の燧石のナイフは彼の宝物になった。

三人が朝食をとるあいだ、クイーニーは洞窟の外に出た。ヴァーンよりも遠くまで偵察して、餌をもらいに帰ってくる。それが日課でもあるし、人間の食事中には見張りも必要だ。エコーが食べている間は、犬特有の朝の儀式に集中できる。帰ってきたクイーニーに、ヴァーンは燻製のオポッサムをやった。彼は小川で汲んできた水を母と妹に配り、三人で飲んでいるところだった。それから三人とも手と顔を洗った。エコーは母さんの仕草を見たとおりにまねた。

ヴァーンには次にすることがあった。罠を作るための柔軟な素材を調達する。在庫はそこそこ森にある。捨てられているものは、今やこの家族には有用なものばかりだ。薪や道具の材料にできるよう、木を乾かしておく。だが、ゆうべエコーが気づいたものが気がかりでならない。今なら話しかけてもいいだろう。食事の後の妹はおとなしく、素直だ。

隣に座ると、ヴァーンは声をかけた。

「エコー？」

妹はうつむいて、兄を見ようとはしなかった。ときどきエコーは、こんなふうにひどく引っ込み思案になる。内気なふりをしているのではないか、と思うときもあるが、家族であっても、人とふれあうのが苦手なのだ。

「エコー?」顔を上げるまで呼びかけると、ようやくきらきらした灰色の瞳を兄にまっすぐ向けたが、今度は逸らしもしない。

「壊れごみ。覚えてるかい?　ごみ、壊れた。覚えてる?」

もちろんエコーは覚えている。忘れることがない。だが、ある特定の記憶を話すことは、過去の概念のない彼女にはとても困難だ。どんなことでも、今しがたのことになる。

「壊れごみ」兄が言うと、妹は訝しげに同じ言葉を繰り返した――小声で、三度。

「壊れごみって、何だい?」

エコーはしばらくその問いを繰り返していたが、急にその連続を断ち切った。「飛ぶ。壊れごみ、飛ぶ」

「どこへ?」

そう聞いても妹にはわからないだろう、と思い、ヴァーンは失敗を悔やんだ。言葉はしばしば意味を失い、エコーはそのたびに、数時間も身動きせず、ただ沈黙する。

彼女が何を思い、何を言おうとしているのか、ヴァーンは気づいた。家族三人で〈壊れごみ〉まで行く、と言いたいのだろう。しばらく間を置いて、彼は尋ねた。「絵を描くかい?」

エコーは真顔でうなずいた。

「砂場で絵を描こう」と兄が言うと、妹はまたうなずき、二人は洞窟の入口に近い、日光の入るところに行った。母さんも来て、エコーが落ち着くようにと、隣に座った。

三人が囲んでいるのは直径四フィートほどの円形の平場で、ヴァーンはそこから小石を取りのけると、川底から取った細かい砂をまいて平たく均した。ここで文字や絵をかき、母さんがエコーに代数や幾何、ときどきは地理も教えた。ヴァーンはエコーの思っていることを知ろうとして、二人で絵を描いた。頭の中にあるたくさんの言葉を、エコーはどうすれば言えるのかがわからない。抽象的な概念が持てないのだ。彼女の世界に存在するものは、それぞれが個別だ。エコーは分類という考え方が理解できない。たとえば彼女にとって、クイーニーは犬ではない。クイーニーはクイーニーであって、たとえ犬であっても他に同じようなものはいない、とエコーは考えている。だから、頭の中は個々の小さな概念でいっぱいになり、それぞれを表す言葉を見つけることができないのだ。

そのせいで不自由もしているが、〈古いやつ〉を感知するには最適だ。エコーはクイーニーと同じくらいに音を聞き分けられるし、犬には色が見分けられないのだとしたら、視覚はさらに上だろう。もっとも、嗅覚ではクイーニーに並ぶことはできないが。クイーニーは〈古いやつ〉の臭いには特に敏感で、強く感じたときには怖がって、手に負えないほどに吠えたてる。怯えるあまりエコーにさえ咬みついたこともあった。

「壊れたごみを描いてみよう」ヴァーンが言った。「どんなふうになるのかな」砂場のわきに置いておいた木の枝を右手に持った。二フィートほどの、ゆるく曲がった楓の若い枝で、先を削って細くしてある。

少しして、エコーは小さな、磁器のように白い手を兄の手の甲に乗せ、弱くはあるがためらいなく動かしはじめた。その動きが砂に描く線は、何をあらわすものかわからなかったが、ヴァーンは妹が描き終えるのを待った。はじまりは彼女の膝のすぐ前だったが、だんだん広がっていき、ついには砂場からはみ出すほどになった……自分ではこんなふうには描けないし、エコーが描き終えたあとにはきまって、彼は妹の絵に驚いていた。

エコーが描いたのが〈壊れごみ〉なのかどうかはわからないが、妹が手を離して母さんの肩に顔を埋めたとき、描き終えたのではなく途中でやめたのだ、とヴァーンは気づいた。描かれたのがひっかき傷のような不規則な線だけだと気づいて、彼は恐怖を覚えた。エコーは描いている間、目を閉じはしなかった。記憶にある映像を砂に映そうとしていたにちがいない。ヴァーンは屈み込んで絵をよく見た。

生き物でも人でも、〈古いやつ〉のどれかでもなさそうだ。もし〈古いやつ〉だったら、エコーは恐怖のあまり泣きだして途中で絵を描くのをやめ、そのあとしばらくの間、一人でじっとしているから。ヴァーンが知っているような機械の類を描いたにしては、描線が少ない。〈古いやつ〉が建てたか、建てている途中の建造物か記念碑だろうか。連中はいつも忙しく動きまわり、自分たちのまわりを作り変えていて、一度見たときは、吐き気がするほど気味が悪かった。エコーの絵はそのようなものでなく、目的はわからないが高い空を行き来する、怪物めいた飛行機械のように見えた。

空でなく、川を行くものなのだろうか。二本のまっすぐな線に挟まれた空間は、波に見える線で埋めつくされている。彼はその線をじっと見た。二箇所に空白があり、波がそこだけ途切れている。

兄の様子を見ているエコーの顔は無表情だった。ヴァーンが空白を指さして「これは動かないところかい」と尋ねると、彼女は母親の肩に顔を埋めた。そしてまた顔を上げると、絵をじっと見ている兄に目を向けた。

空白が何かはわからないが、そこには風にも波にも動かないものがあるようだ。この光景の中で、そこだけが違うから、エコーは目を向けたのだ。

「まぶしかった？」

エコーは興奮したように何度もうなずいたが、無表情なままだ。

何かが閃光を発したのか、輝いていたのか、光を反射していたのか。だが、人工的な光があるはずもない。自然の中にある、断続的に光るものとは、何だろう。

思い浮かぶのは、水の流れが反射する光、川面のきらめきだ。夏の暑い盛りには、川で水浴びをして、そのたびにエコーは水にきらめく日の光に目を奪われていたものだ。妹は揺らぎきらめく光が暗号で、それを解こうとしているように、目を離そうとしなかった。

波線は川で、両脇の長い線は川岸。その外側の曲がりくねった線や何かは、茂みや草地なのだろう。エコーは描いたものを自分で説明することができない。絵を描くときは兄の手を借り、自分が見たものをできるかぎりそのまま砂の上に写そうとする。だが、ヴァーンの解釈が間違うことも、彼がその形を理解できないこともありうる。

あるいは――

あるいは、エコーは自分の心の中にあるものを、そのまま描いたのかもしれない。ある場所の略図なのかもしれない。妹の心に直接、誰かが――〈古いやつ〉でも連中の奴隷でもない誰かからの伝達として。〈古いやつ〉が何か伝えたとしたら、それは妹への危害になるはずだ。そんなものを受けたら、エコーは洞窟の壁に向かい、膝を抱えて泣き続けることだろう。

今、母さんに抱きかかえられたエコーは、まっすぐヴァーンを見ていた。怯えてはいない。自分たちの知らない誰か、あるいは何かが交信できる相手を探していて、エコーを見つけたから連絡してきたのかもしれない。このようなことは妹には珍しくはない。このような事例は自閉症の子供にはとくに顕著で、〈古いやつ〉の侵攻以前から知られており、人間は本来、多かれ少なかれこのような能力を持っていると考えられている。一人か、何人かの集団が、エコー一人か、彼女を含む家族に、接触を試みているのだろうか。

ヴァーンは絵をもう一度よく見ることにした。地図だろうか。切れ切れの線はどこか特定の場所を示しているのだろうか。エコーに尋ねることはできない。彼女にとっては「場所」という概念さえ意味を持たないのだ。絵がどこかを示しているのだとしても、描いた本人は認識できないだろう。どれだけ線を連ねて描いたとしても、エコーにはそれは砂の上の線でしかない。

どういう相手かはわからないが、テレパシー能力を持つ何ものかが、エコーの心に地図を送ってきて、彼女が砂の上に描ききれなかったところはヴァーンが正確に読み解くと期待したとして、まぶしい光は何を意味するのだろうか？　能力者はエコーの心を知り、彼女がものごとをどう経験し、どう反応するか理解したうえで交信してきたのだろう。だが、他人が心に直接触れてきたことでエコーが怯えて取り乱し、母親と兄が警戒するところまでは、予想してはいなかったようだ。

だが、もし能力者が、自分が接触する相手の心がどのようなものか知っているのなら、わざわざ親しくする必要もない。それが男でも女でも、他の何かでも、自閉症とはどういうものか認識していたり、実際に自閉症者に会っていたりすれば、どう接すればいいか、苦痛を与えずに意思を伝えるにはどうすればいいかはわかるはずだ。エコーは不安を抱いてはいる。接触に反応し、眠っているあいだもしゃべっていたが、それを苦痛と感じている様子はない。能力者は、今のところは怖ろしい相手ではないように思える……その意図が善意によるものかどうかは、まだわからないが。

ヴァーンが考えてきたことに根拠はないが、状況が示しているのは、何らかの存在が目的を持って自分たち家族に、とくにエコーに接触してきて、ある範囲を示す地理的な情報――地図を送ってきたことだ。その存在はおそらく、受け取ることができるのはエコーだけだということを知っていた。

なぜ、そのようなことをするのだろう？　地図の場所まで旅をしてほしいのだろうか。

ヴァーンは砂に描かれた絵を指さし、こちらにまっすぐ目を向けているエコーに言った。「行きたいか？」

しばらくのあいだ、妹は答えることなく、ただ歌っていた。「ひとばん、ひとばん、ひとばん……」

「クイーニー、エコーと遊んでやってくれよ」ヴァーンに声をかけられ、大きな黒犬はエコーの腕に鼻面をすりつけ、撫でてくれるよう求めた。エコーに話をさせる一つの手段なのだが、いつも思いどおりにいくわけではない。

答えはない、とヴァーンは気づいた。エコーにとって、砂の上の線はただそれだけのものでしかなく、地図などではないのだから。だが、描いたものを消してしまいたくはないだろう。兄の手を借りて頭の中にあるものを砂の上に写すことに、彼女は誇りを抱いているのだから。

「わたしが描いた地図の示すところに行きましょう。誰かがそこに行くように伝えてきたから。それはとても大事なことだから」などと、エコーが言いだすこともない。だが、自分の空想が洞窟にこもっていることへの不満から来ていることも、それを指摘されたらかえって不安になるだろうことも、わかっている。

この接触には別の解釈もできる。他の人たちも、〈古いやつ〉の攻撃を逃れるために、この洞窟に隠れてきた。自分たちが住んでいた小さな大学町では、住民たちは連中の怖ろしい武器か、ショゴスという感情をまったく持たない奴隷生命体によって殺された。〈古いやつ〉は人間を大量に、それも時間をかけて殺し、苦しんで息を引き取るさまを音楽を聴くかのように楽しんでいた。さらに大勢が、〈古いやつ〉が造った巨大な研究施設に攫われていき、どんなものであれ連中が役に立つと思った知識を、頭脳から抜き取られていった。

そのうち住民たちは、かつて迫害されたチェロキー族が逃れたこの山中の洞窟に、身を隠すようになり、洞窟に入った頃から、エコーだけでなく他の自閉症者も、超感覚的な能力に覚醒した。

問いの答えは出てこない。なぜ地図を送ってきたのか。招待したいのか、それとも召集なのか。

この洞窟を後にして旅に出るとなると、準備は念入りにしておかなくてはならない。母さんとヴァーンは、旅に必要なものを一つ一つ挙げていき、集めた。「いつか〈古きもの〉は、わたしたちの住処に来る」母さんは言った。「領域を広げて、わたしたちの土地を壊し、自分たちが住みやすいように変えていく。だから必要なものを集めておいて、そのときのために洞窟に収めておかなくては。準備をしておくのが最善の策と、昔から言うでしょう」

まずは糸から始め、寒さを防ぐ衣類や寝具に使えそうな布はなんでも集めた。さらに、手頃な大きさの金属片を叩いたり刃を付けたりして、道具を作った。食料を確保しなくてはならないので、ヴァーンは魚獲りの罠を滝の下にいくつも仕掛けた。初秋の雨が二つ流してしまい、三つは無事だったが、その日に獲れた鱒は一尾だけだった。

長旅にはならないだろう、とヴァーンは思っていた。今、自分たちが役立てている、森に捨てられているさまざまなものが、なぜ捨てられたのだろうと考えた。そして、かつては物があふれていたが、もうそんな時代は戻ってこないのだ、と気づいた。

だが、旅といっても、伝えられた地図の土地まで、どう行けばいいのだろう。

彼はあらためて絵を見た。二本の線の左側は波線にごく近いが、右側は離れている。波線が水を表しているなら、左の岸のほうがここに近い、ということになるのだろうか。この場所を見たものは、どこに立っていたのだろう。右側の岸が遠く描かれているのは、谷川を挟んで右を臨んでいたからだろうか。住処のそばの流れは南に向かって山をつたい、何千年もかけて山肌に深い川を彫りつけている。もしこの地図の書き手に応えるのなら、流れに沿って山を下り、描かれているような場所を探すことになるだろう。

ヴァーンはため息をついた。これが自分にできる最良の判断だが、あまりにも不確かだ。夜になったら母さんと話そう。食料と薪を集め、生きるために役立ちそうなものを探そう。これからどうするかは、今晩話しあえばいい。

その夜は一日のうちでもっとも良い時間となった。もっともエコーは、今日は疲れていたのか、母さんの膝に座るのを待たされて不機嫌な様子ではあったが。ヴァーンと母さんも疲れてはいたが、長い一日の仕事を終えて体を休めるのは心地よかった。言葉を交わす時間は、計画を立てるだけでなく、共に持っている思い出を甦らせることもできた。

この間に、どのように移動するかを話し合い、エコーが描いた場所をどうやって見つければいいか、ヴァーンは母さんに尋ねた。

「知らない人たちが呼んでいるのね」母さんは言った。

「僕はそう考えてる」

「エコーは心配している。怖いみたいね……あの伝達が」

二人はエコーに目を向けた。彼女は地図を描いた砂場に座り、片手でつかんだ砂をもう一方の手に移してまた戻すのを繰り返していた。飽きもせず、言葉にならない歌をうたいながら。

「だから見つけに行きたい、というのもあるんだ」

「一人で?」母さんは言った。「それは無理よ。三人一緒でないと」

「一人で行けるよ。見つけたら帰って、母さんとエコーを連れていく」

「もし帰ってこなかったら?　わたしもエコーも生きていけなくなる」

「でも、三人で行ったら、三人とも死ぬかもしれない」

「そのほうがまだいいでしょう」母さんは目に涙を浮かべ、顔を伏せた。落ち着こうと深く息をつくのが、ヴァーンの耳に届いた。

「でも、三人で旅をするのは辛いと思う。ぼく一人なら早くそこを見つけて、すぐに戻れる」

「エコーがいなければ、見つけられないでしょう。あの子ならきっと、どう行けばいいかわかるはずよ」

「そんなことないよ」

「誰が連絡してきたにしても、エコーがその場に着いたら、何か言ってくるでしょう」

「でも、それが〈古いやつ〉の罠だったら?」

「その考えは最初から外していたでしょう。それに、〈古きもの〉らしいところがあれば、エコーにはわかるから。あの子はわたしたちよりもずっと敏感よ」

「正体を隠して接触することもあるんじゃないかな」

「その考えには無理があるわ。わたしたちが〈古きもの〉の心がわからないのと同じで、かれらにはわたしたちがわからないから。一度、かれらの考えを理解することができないか、試してみたことがあるけれど、わかったのは人間を軽蔑していることだけだった。自分たちが作ったあのアメーバ奴隷、ショゴスほどにも考えていない。昔聞いたことがあるけれど、自分たちはこの星だけでなく、全宇宙でもっとも強く優れた種族だと思っているようね。自分たちから逃げたり隠れたりするような生き物のことを考えることはない。わたしたちを相手にしようなんて考えもしないでしょう。ただの邪魔な生き物でしかないのだから」

「そうだね」ヴァーンは星形の頭部をもつ怪物が心に侵入し、自分の感情をすべて奪い去っていくことを想像した。連中が造っている巨大な塔や、斜面に隆起のある鋭角的な大ピラミッドはどれも、この地球では見ることのない超幾何学による角度を持ち、見ただけで怖れずにはいられない――彼はこういったものを目にするたびに、覚えて忘れまいと心に決めていた。ただ立っているばかりで、近くに棲む動物が目にするほかは、何者も注意を向けそうになかったから。「そうだね」ヴァーンは繰り返した。「やつらにとっては、僕たちは虫みたいなものだろう。でも、やつらにだって手強い敵がいる。大昔にクトゥルーと戦い、一度は勝ったが負かされて、次の戦いでようやく勝ちをおさめたくらいだから。昔聞いたことだけどね。だから、この呼び声は、招待なのか召集なのかわからないけれど、人間よりもずっと強い、やつらが怖れている敵に仕掛けた罠かもしれない」

「もしそうだとしたら、わたしたちにはまったく理解しようのない方法で伝えるでしょう。それをエコーが感知するのは無理じゃないかしら」

ヴァーンはまた妹に目をやった。外は暗さを増し、入口を隠す滝の音が大きくなったようだ。きらきらした長い髪と、白磁のような肌のエコーは、洞窟の薄闇の中でおぼろな光を放っているようだった。今、彼女は砂を手から手へ流すのではなく、等間隔に並ぶ小さな山にしていた。五つめの山を作ると、あぐらをかいて手を膝に置き、洞窟の入口に目を向けた。

「じゃあ、どうすればいいと思う？」ヴァーンは母さんに言った。

「もう眠らないと。ヴァーン、少し外を歩いて落ち着くといいわ。今晩、エコーは眠っている間に次の連絡を受けて、もっと詳しい地図が書けるようになるかもしれない」

きっと母さんはそう言うだろう、とヴァーンは思っていた。慎重に越したことはないが、心配でもある。誰かが、あるいは何かが、自分たちの存在を知ったのだから。〈古いやつ〉に気づかれないように苦しい生活をおくり、行動範囲を可能なかぎり狭め、心の動きさえ極度に抑えているというのに。静かでいることが身を守る唯一の術なのだ。もし旅に出たとしたら、エコーを連れていることで注意が疎かになり危険も増すだろうが、誰か、あるいは何かが近づいてきているのなら、この洞窟を後にするほかない。

辺りは暗かった。五つの斑点のあるオレンジ色の忌まわしい月は、今は中天にない――ヴァーンは安心した。滝のまわりの岩をたどって歩くのには慣れているが、流れに沿った細い道を下る。足を止めて、この時季にしては冷たい夜の空気を吸い込む。彼は身震いした。母さんが帆布やビニールシートを縫い合わせて作ってくれた、つぎはぎのマントのような服は風を通し、寒さを防げない。思わず胸元を寄せる。

いつもは夜に聞くことのない音がするのに気づいた。遠くかすかな、悲鳴のような高い音。〈古いやつ〉がまた、余所からこの森に獣を持ち込んだのだろうか。狼か、あるいは自分たちで作った生き物を。

音は聞こえなくなり、想像力が働きすぎないうちにヴァーンは洞窟に帰ることにした。母さんとエコーはもう眠る支度をしている頃だろう。

心配を抱えていたというのに、ヴァーンは眠くなっていた。今日は日頃ほど動いてはいないから、心配で気疲れしたせいだろう。横になって、しばらく耳を澄ましていた。母さんは眠っていないようだったから、話をしてもよかったが、寝つけないのはさっきの話し合いについて考えているからだろう。エコーは眠っているようだが、ときどきヴァーンは、妹が本当に、自分や母さんやクイーニーと同じように眠っているのかどうか、心配になる。クイーニーはといえば、その大きな鼻面を大きな前肢に乗せて眠っていた。

目を閉じると同時に、夢が始まった。体がなくなり、見えない風船になったように空に浮かんで、〈古いやつ〉の都市《まち》――と呼ぶほかない場所――の上空を回っている。大きく開いた、扉のない入口から、地下に入っていく。その中には、もし生身でこんなところに入ったら神経から震えあがるような、怖ろしい光景が広がっている。得体のしれない黒い液体で満たされた、数限りない五角形のプール。何に使うのかわからない道具が、際限もなくびっしりと並べられた、無数の部屋。機能も用途もわからない、異様な機械に満たされた、巨大な洞窟。機械は近づかないかぎり動きだそうとはしない。一つ一つが大きすぎて、洞窟の天井を貫いて別の世界にまで届いていそうだ。機械は規則的に前後に折れ曲がっているような形状をしており、くすんだ灰色の表面があちこちで規則的な、見ているとめまいを起こしそうなほど揃った動きで開閉し、そのさまはどこか別の世界とつながる出入口であるかのようだ。機械は笛を鳴らすような高い音をたて、外に出たときに川べりで聞いたかすかな高い悲鳴のような音はこれだったか、とヴァーンは気づく。

目が覚めた。

クイーニーも目を覚まし、危険を察知したときはいつもするように、聞こえないほど低い声で唸っていた。エコーも起き、母さんは身をまっすぐ起こして、目を暗がりに向けていた。三人とも笛が鳴るような音に耳をすましていた。滝の流れと、夜の森の音に紛れていたものの、それは気味が悪いほどにはっきりと聞こえた。

「テケリ・リ　テケリ・リ」

2

「〈船〉よ」

「はい、〈船長《キャプテン》〉」

「異状はないか？」

「ありません。任務は予定どおりに進行しています」

「よろしい」と応え、私は体の底から安堵を覚えた。「私は命令を下せる状態にあるか?」

「まだ完全にお目覚めではないようです」船が答えた。「しかし〈船長〉は理性的な人格ですし、身体は覚醒しているので、まずは他の乗組員にも推奨している体操をお勧めします」

「各員が覚醒し、健康状態が良好であれば、船長室に来るように伝えてくれ」私は言った。「船医、航宙士、探索士――みな良好《フェア》か?」

「各員、良好《フェア》、健康《ウェル》です……訂正します。適切ではありませんでした。〈さようなら《フェアウェル》〉は別れにのみふさわしい言葉です。各員、健康状態はきわめて良好《フェア・グッド》です。全員、覚醒しはじめています」

「顔が揃ったら、まず集めて挨拶をしないとな」

「訂正させていただければ、揃うのは乗組員の全身であり、顔だけではありません」〈船〉が言った。

「おいおい、大丈夫か?」

「確実性は八四・〇二パーセントです」

「目的地の言語は難しそうだな」私はぼやいた。

「目的地の言語は英語《イングリッシュ》と呼ばれています」〈船〉が言った。「他の惑星にはさらに複雑な言語も、もっと単純な言語もあります。問題があるとすれば、この言語についての知識を、わたしたちは遭難した宇宙船数隻の資料室の収蔵データから得ていることに原因があると考えられます。機器が原始的なだけでなく、データは経年をはじめとする要因の損傷を受けていましたから」

「まあ、努力するほかないだろう」私は答えた。「この任務が順調に進めば、現地の住民との会話が必要になるからな」

「乗組員は全員、通常睡眠だけでなく低温睡眠中も、この言語の脳内学習をしていますが、発話訓練まではできません。練習が必要です」

「本件の報告書はイングリッシュで書いてやろう」私は言った。「私にも〈同盟〉にも、良い訓練になるはずだ」

「ご判断に敬意を表します」〈船〉のこの発言は〈同盟〉を慮ったものだろう、と私は推測した。

〈船〉が乗組員たちの覚醒を促す間、私は処方された薬を水とともに服用し、体操にはげんだ。ストレッチとランジをする間に、任務の内容を確認した。〈星頭族《スターヘッド》〉が太陽系第三惑星を占拠し、攻撃の要害と建築の実験場にしている。かれらは占領した惑星の首位をなす知的生命体を全滅させるので、わずかに逃げ延びた残存者がいるだけになってしまう。私と同胞《はらから》たちのように。私の母星は滅ぼされ、たった四人の残存者が、〈スターヘッド〉に太古から敵対する〈光輝同盟〉の科学者団によって救出された。〈同盟〉はきわめて高度に進歩した種族で（かつて任務で赴いた星域では、かれらは〈支配者〉と呼ばれていた）、危機に瀕した生命体の種は可能なかぎり救うことを願っている。〈スターヘッド〉（〈古きもの〉として知られている星域もある）は、他のあらゆる知的生命体を、どんなものであっても敵視する。敵だと思う、それだけの理由で殺す。かれらの虐殺から種族を守るために〈支配者〉は観測装置を送り込み、〈スターヘッド〉の追跡を逃れた生存者がいるかを確かめる。残存者がどこにいるかを船上で突き止め、救出要員を送り込む。

その任務を負うのが私たちだ。一人でも多くの残存者を〈古きもの〉から救い出すのだ。

総員四名と〈船〉だけの私たちに、任務の完遂はけっして容易ではない。〈同盟〉との連絡も直接はできない。〈スターヘッド〉が通信を傍受して本拠地を突き止め、報復攻撃をしかねないからだ。

私は体操を終え、それぞれの低温睡眠機から出て操縦室に集まってくる仲間たちを迎えた。

最初に来たのは、〈船〉が航宙士《ナヴィゲーター》に指名した同胞だった。この任務の間は、お互いを元の名でなく目的地の言語で呼ぶことにしているので、彼は〈航宙士《ナヴィゲーター》〉と呼ばれることになった。役割を名前にしたのだ。私よりだいぶ若いうえに逞しいので、格闘技の訓練のさいには相手をしてもらっている。船長に任命された私の命令に従ってくれるが、時には反論することもある。彼の職務は〈船〉に協力して、航路を確かめ、船内環境を管理し、目的地となる惑星での残存者の状況を確認することだ。

私よりほんの少し年下の妹は、他の三人の乗組員の健康管理をする役割を持つので、〈船医《ドクター》〉と呼ばれている。彼女は私たちの健康状態だけでなく、感情が不安定になったり精神状態が急変したりしないか、常に気を配っている。〈スターヘッド〉の思考探査に任務が中断されたり、私たちがかれらに操られて判断力を失い、互いに反目したりしないように、注意してくれている。彼女はいつも、〈船〉

が集めた私たちの体調のデータを映すスクリーンを見、〈船〉が録音した私たちの体内の音を聞いている。

もっとも若い妹は〈探索士《シーカー》〉と呼ばれているが、この呼び名は本名ほど美しくはない。あまり脱線してはいけないと承知してはいるが、私にとって彼女は宇宙でいちばん好きな人であるし、他の二人も思いは同じなのだから。〈航宙士〉と〈船医〉は大柄で髪が黒く、肌の色も濃いのだが、〈探索士〉の肌はある種の鉱石のように白く、光ってみえるほどだ。瞳はふだんは緑だが、他者と精神的に接触するときは菫色に変わる。髪は銀の糸のようだ。私たちにごく近い身体構造と性別を持つ種族であれば、どこの星で棲息していても、精神感応力を持つ女性はこのような特徴を持つ傾向がある、と〈船〉は言う。が、〈探索士〉ほど美しい姿の者が他にもいるとは、私には考えがたい。

彼女の役割はもっとも重要な、残存者たちとの交信だ。まずは私たちは危害をなさないことと、救助に迎える場所を知らせる。そして、自分たちも同じように〈古きもの〉たちから逃れ、今は反撃する力を得ていることと、この宇宙には〈スターヘッド〉とその奴隷アメーバだけでなく、私たちのように思考力と感情を持った知的生命体がいることを伝える。

その三人が、低温睡眠から目覚めたばかりでまだ少々意識がはっきりしないまま、私の前に集まった。が、無事な覚醒を私が祝うと、揃って明るい顔になった。「これからの任務については理解しているな?」

三人は諾と答えた。

〈船〉の案内で食堂に行くと、点滴でなく固形食と新鮮な水で栄養を補給し、私たちはすっかり目覚めた。

食事を済ませると、私たちは操縦室に戻り、日課をはじめた。

私たちは何百万光年もの旅をしてきた、と〈船〉は〈航宙士〉に伝えた。流星を装った外装の〈船〉は低速で第四惑星の軌道を横切ると、間もなく第三惑星の唯一の衛星の脇を通り過ぎた。

この第三惑星を〈テラ〉と呼ぼう、と〈航宙士〉が言った。この星ではもう使われることのない、ラテン語という古代の言葉だという。「〈地球〉という名もあるが、呼ぶには落ち着きがよくない」と、彼は言った。「生命体のいる惑星はみな、大地が球をなしている。どの地球のことを言っているのかわからなくなるだろう」

「テラか。いい響きだ」私は言った。「間もなくテラの引力圏に入る。〈探索士〉も残存者の精神感応を察知できるようになるだろう」

「接近したら交信を開始します」〈探索士〉が言った。「船内から地表を探索するのに、精神信号を増幅する必要があります。増幅は〈スターヘッド〉に感知されるほどの強さになります」

「テラに上陸したら、〈古きもの〉と呼ぶようにしよう」私は言った。「残存者と接触したときに、相手が理解しやすいように」

「了解、〈船長〉」こう返事するとき、彼女はいつも笑顔になる。内心は笑ってはいないだろう。乗組員の中でもっとも繊細で小柄なのに、もっとも危険の大きい、困難な役割を背負っているのだから。数百万光年の距離を亜空間を通って移動する間のあるとき、彼女は現地の単位であるヤード、フィート、インチ、さらにはインチの分量単位まで理解しようとしていた。そのさまは、目も眩む高さの塔の上から、地上の砂の一粒を見分けようと努力しているようだった。そうしている間にも、テラでは破壊が続いていたのだろう。

他の三人ともが、〈探索士〉に代われるものなら、と思っていたが、精神感応の能力は彼女にしかなかった。知的生命体であれば、どの個体もこの能力の萌芽を持っているから、必要なときは自分を通して〈探索士〉と私たち三人とを（かすかに、ではあるが）つなぐこともできる、と〈船〉は言うが、かすかとはいえ精神をつなぐことがそれぞれには負担になる、とも言う。誰も〈探索士〉の代わりにはなれないのだが、私たちはそのぶん彼女を支え、可能なかぎり力を貸す。

私は〈船〉がスクリーンに表示する計画書と、問題点の長いリストに目を通し終えると、就寝時間までを乗組員たちとともに、これ以上の細部はない、というところまで検討した。

検討が予想より早く済ませられたので、あとは休憩時間に充て、ゲームを楽しんだが、その間も〈探索士〉と〈船〉は交信を続けていた。

　当直時間に〈探索士〉が、〈古きもの〉とは異なるものの精神活動を捕捉した、と報告した。三、四個体からなる知的生命体の小集団が潜伏していると予想される、と彼女は言った。三個体の存在は確実だが、一個体ははっきりしない、ということだ。三個体のうちの一には精神感応力があるが、発信は不規則で内容も明確でなく、もちろん〈探索士〉に向けたものではなかった。「この能力者は精神的に不安定なところがあるようです」と彼女は言った。スクリーンに身をかがめ、観測機と音声再生機を見やりながら、眉をひそめた。当惑を隠せず、機器を不安げに操作する。彼女の指先は風に吹かれるように、細かく震えていた。

「相手は混乱しているのか？」私は尋ねた。

「わかりません」と〈探索士〉が言うと、〈医師〉が見解を述べた。「混乱してはいないでしょう」せわしく周囲の機器を操作する。〈船〉は〈探索士〉の機器が集めた情報から医学に関連するものを抽出し、〈医師〉の機器に送った。

「何かわかったことは？」私は尋ねた。

　少しの間を置いて、〈医師〉は答えた。「このテラ人は、自閉症者だと思われます」

「自閉症とは？」

〈医師〉はまたも沈黙した。〈船〉がスクリーンに送信した情報から、言葉を拾い出しているようだ。「ある種の精神状態で、抽象概念を理解したり、状況に合わせた的確な判断や行動をしたりするのに困難を生じることを指しています。その状態は主観に強く拘束されるようです。自閉症者の多くは、強力ではないにしても、精神感応力を持っています。中には優れた能力者もいるといわれているようです」

「主観性に強く拘束される、というと、混乱もしていそうにも思えるが」私は言った。「その能力者は、現在地から私たちの着陸予定地点まで移動できそうか？」

〈医師〉はしばらく考えてから答えた。「可能かとは思います。が、彼女一人では困難かもしれません」

「その能力者は女性なのか」

「はい」

「彼女は自分の能力を知っているのか？」私は〈探索士〉に尋ねた。

彼女は考えた。「距離がありすぎます。まだわかりません。奴隷生命体と感応している可能性もあります」

「不安は否めないな」私は言った。

「接近してみましょう」集中するときのくせで〈探索士〉は眉をひそめ、彼女がこれまでの交信で精神構造の異なる相手の感応を読み解いてきたことを、私はそれを見て思い出した。「光子に指を触れたとき感覚があるかどうか、というようなものね」〈医師〉と私は、彼女のその考え方に驚嘆した。〈航宙士〉は苛立たしげに頭を振った。彼を見ていると、〈探索士〉の能力をやや羨んでいるように思えるときがある。彼が激することがないのを私は感謝した。もめごとが起きれば、全員が集中力を失うからだ。

遭難した宇宙船の資料室からは、テラの衛星である月についての資料が数多く見つかっている。資料によるとこの衛星は、テラから三八四、四〇三キロメートルの距離にあり、公転にテラ時間で二七日と八時間を要する。表面は硅素に覆われているため、太陽の光を受けてテラの表面からは明るく輝いて見える。その輝きについてテラの知的生命体は多くを記録しているが、どれも同じような些末な内容である。〈古きもの〉が再来したとき、この衛星に基地を置いたことの方が、重要なはずなのだが。この衛星は〈詩人〉と呼ばれる言語表現者たちによって頻繁に称賛されていたようだが、天文学的な意味を持つ表現はほとんどないと言ってもよさそうだ。表現者たちはこの衛星の輝きを、金属の一種である〈銀〉に喩えている。たとえば「銀月の輝く夜道をそぞろ歩けば」とか、「静かな湖上を照らす銀色の微笑みよ」とか。

かの惑星に〈詩人〉が今もまだ存在したとしても、もう「銀色の球体」を賛美することはないだろう。〈古きもの〉はこの衛星を五つの頂点をもつ不規則な多面体に改造し、その色彩を怒りを表すかのような赤に変え、尖った多面体の住居をびっしりと建造した。そのさまは〈古きもの〉自体の頭部のようでもあった。この大規模な改造工事で出た廃棄土は、今も大小の隕石となって、テラの表面を穿っているという。〈船〉の外装が隕石を模している理由の一つはそこにある。テラに着陸しても〈スターヘッド〉には、また隕石が落ちてきた、としか見えないだろうから。

計画の第一歩を託すには、いささか頼りないような気もするが。

私は心配性ではない。だが、頼るべき経験もない四人を、銀河系のはずれにある一点の染みのような太陽系の、その中の未知の惑星に、偽装のためとはいえ瑕だらけのでこぼこな宇宙船で派遣し、そこは私たちが暮らしていた水の惑星の千分の一の大きさもない……。それを重大な任務として科するとは、〈支配者〉は正気なのだろうか。

結局、私たちの無知や未経験こそが、選ばれた理由だったのだろう。他の捜索隊とは違い、私たちは消耗部隊なのだ。危険を脱し、残存者たちを救出しても、帰ればすぐにまた前線に立たされ、さらに困難で重大な任務を負わされる。今回の派遣先の小さな、変わった惑星も、紛争の一端にすぎない。〈古きもの〉が私たちを全滅させても、その損失が重視されることはない——とはいえ、私たちが不注意で、あるいは任務の重荷に堪えかねて逃げ出したとしても、〈同盟〉の首脳陣にすぐに行方を突き止められるだろう。

このような逸脱がないように、私たちの行動はあらかじめ計算されているのだ。

かつては月だった、奇怪な赤い構造物が、〈船〉の十二面のスクリーンすべてを埋めつくしているのを、私たちは凝視した。その表面は脈動するように不規則な明滅を見せ、幻惑されるような色彩が神経に障った。

「〈航宙士〉、通過できるか？」

　彼は計器を見てため息をついた。「変化が完全には予測できないものの、危険はないと考えられます。衛星との間隔はこちらの速度とは関係なく変わってはいますが」

「〈探索士〉はどう考えている？」

「〈スターヘッド〉――〈古きもの〉は、この宙域の空間構造に適応できず、苦しんでいるようです」

彼女は答えた。「地下に巨大な動力源を建造して、この衛星ごと移動するつもりなのでしょう。ただ、あまりに大きいので、建造には時間をかけざるを得ません」

　たしかにその様子は推察できる、と〈航宙士〉も言った。

　静かにするように、と〈探索士〉が言った。「何かを感じます。集中したいので静かにしてください。感情が伝わってきます。おそらくは、怖れが」

「静かにする。集中してくれ」私は言った。

　以前、〈探索士〉からテラの残存者が堪えているであろう恐怖について聞き、その絶え間ない怖れを理解したつもりでいたが、〈古きもの〉のここまでの破壊を見てどう思うかまでは、わからない。宇宙の全域のどこかで、いまもいくつもの世界が崩壊し、あるいは核爆発で塵と消え去り、種族も共同体も文明も叩き潰され、培われてきた芸術や科学、信仰や哲学が儚く消えていく。

テラ人は以前から〈古きもの〉の存在を知っていた。だが、一度知ったものを忘れてしまっていた――おそらくは、あえて記憶から締め出したのだろう。ある宇宙船の資料室で見つけた『ミスカトニック遠征1935』と題された長大な文書には、以下のように記述されていた。「この探検計画が立てられたきっかけは、オーストラリア大陸で、（テラに）多細胞生物が発生するよりも古い十億年前の岩石から〈古きもの〉たちの存在を明確に示す痕跡が発見されたことにある」この記録によると、かつて〈古きもの〉が繰り返していた、〈クトゥルーの落とし子〉や〈忌まわしきミ＝ゴ〉との星間戦争について、テラ人が知っていたことがわかる。だが、知ってはいても、太古の邪悪な存在が海底から浮上し、あるいは星々から侵入してきたとき、抗う術がなかった。

この認識の欠如は、〈クトゥルー〉や〈古きもの〉や〈支配者〉についての知識を持つテラ人の歴史学者による的確な記述に遺されている。その学者は自分たちの過ちを「すべての物事を関連づけて理解することのできない、人類の精神力の欠如」に起因すると断じている。自分の種族に対するかれの見解には希望はない。「我々は暗い永劫の海に浮かぶ無明の島に静かに暮らし、外を知ろうと旅に出ることもなかったのだ」

そう、旅に出る前に永劫の闇が押し寄せてきて、ある者は連れ去られ、ある者は取り残されて日夜恐怖に堪えている。テラ人はこの宇宙では高等な種族のうちには入らないだろう。思索は広くも深遠でもなく、技術がめざましく進んでいるわけでもなく、寛容な精神を持ってもいない。それでも彼らなりに進歩している。彼らの世界が破壊されたことを、悲劇と呼ぶのが大袈裟であるなら、痛ましいとでも言おうか。彼らは自分たちの惑星を占拠した〈古きもの〉に懸命の抵抗をしている。私たち四人もまた、同じ身の上の者として、同じ敵の執拗な攻撃を打ち破らなくてはならない。

だが、そのためには同情してはならない、と私は自分に言い聞かせた。


次の就寝を経た覚醒ののち、〈探索士〉の報告により、テラ人の能力者とその仲間がいる位置が確認された。集団は四個体によるもので、その中の一個体は、〈探索士〉がときどき偶然にその思念を感知できる、正体不明のものだった。「それは女性で、能力者と思われますが、使用できる言語はごく限られているため、思念を読み取ることは困難です。思考のさいにも言語を用いず、他の三個体とは感覚器官も異なるようです。別種の生物なのでしょう」

「だが、捕虜でもなさそうだな」

「わたしたちの知らない習慣があるのでしょう」

「集団に帰属している自認は？」

「あるようです。もっとも、まだ情報は不充分ですが」

「これから自動観測艇を三機、発信させる」私は言った。「計画に従い、かれらの思念を三方向から探査して位置を把握する」

〈船〉はかすかに傾斜し、観測艇を発進させる準備をした。観測艇にはそれぞれ、陸上からの信号を増幅し、送受信する装置が備えられている。捉えた映像はそのまま、〈船〉はもちろん、〈探索士〉に直接送信される。計画どおりに進めば、残存者たちの映像を八時間以内に送信できることだろう。

もっとも、〈探索士〉にとっては、その間は精神を集中させ続ける、厳しい時間となる。彼女は首と肩をぴんとさせた。座席に向かっている彼女の筋肉が張りつめるのが見てとれた。ゆったりした軽い生地の白い服は、その細身をさらに細く見せ、テラから送信される情報の変化に合わせるように、彼女は眉をひそめたり笑みを浮かべたりした。大量の情報を受け止めて、即座に取捨の判断をしていることが、傍目にもわかった。

〈船医〉も集中していた。医療装置を〈探索士〉のみに向け、その体調が良好に安定するように調整している。〈探索士〉の精神に接触するものがあればスクリーンに表示され、それを機に〈船〉は行き先を決めることになる。

〈航宙士〉は観測艇の航行から目を離さず、テラの大気の中を、残存者の思念が感知される方向へと操作していた。

何らかの反応があるまで、私たちはそれぞれ、同じことをし続ける。

「思念が強まっています」と〈探索士〉が言った。大きくはない声だったが、機械の作動音だけが静かに聞こえていた操縦室に、歌うように響いた。「残存者たちに接近しています。現在地は森林です。まもなく観測艇の映像が受信できるでしょう。〈航宙士〉、観測艇から発信器を投下できる？」

〈航宙士〉は少し考えた。「投下は可能」と答えて、現在地の地形の概要を報告した。川を見下ろすように断崖がある。「だが、何者にも気づかれないようにしなくてはならない。高地のすぐ下で〈古きもの〉が工事をしている。何を建設しているのかは見当もつかないが、発信器を川べりに投下したら連中を呼び寄せることになる。高地しか落とせる場所はなさそうだ」

「観測艇が記録した映像を、〈探索士〉から残存者に送信することは可能か？」

「映像は記録されています」と〈航宙士〉。

「〈探索士〉、残存者へのは？」

「困難です」彼女は言った。「状況が複雑になっています」

「〈古きもの〉が近くにいるとなると」私は言った。「伝えるのは今しかない」

「しかし、困難です」

〈探索士〉からの接触はできないが、この急を要する状況に手を拱いてはいられない。さらに、私たちの最愛の妹を、異星の知的生命体との接触を前に、このような苦衷においておくわけにはいかないのだ。相手が異生物であるかぎり、思考の差異ゆえに最後ですべてが無に帰することもあり得る。

〈支配者〉によれば、テラ人は私たちにきわめて近い生命体だというが、とはいえまったく同じわけではないし、近いだけに排除しようとするかもしれない。〈探索士〉の懸念はそこにある。時間をかけて観察しなければその姿がわからないほど大きな、未知の生物がひしめく海に深く潜っていくようなものだ、と彼女は言っていた。もしテラの能力者が混乱しているようなら、〈探索士〉まで混乱しかねない。

私には妹の持つ能力はないが、それだけに彼女を信じている。一個体にはそれぞれ、足りないところもあるが、そのぶん優れたところもあるのだから。〈同盟〉の記録によると、精神感応力者の中には〈スターヘッド〉と交信した者もいるという。一度交信すると、その者は一時的に仮死状態となるが、ほどなくして意識を取り戻す。ただ、それは見せかけにすぎず、〈古きもの〉との交信は精神を破壊し、やがては自我を失う。どういうことが起きるのか説明は困難だが、中にはかれらに肉体を乗っ取られる者もいるという。

「さらに強く感じています」と〈探索士〉が言った。「目的地は今、夜なのでは。彼女は睡眠中だと思います。眠っている間の方が思念を強く送ることのできる者もいます。その方が精神が落ち着いているからでしょう」

「たしかに目的地は今、夜間です」と〈航宙士〉が言った。

「彼女は何を送ってきた?」私は尋ねた。

「仲の良い別種の生物の体臭です。奴隷生命体のものではないので安心しました。共同体の中で共生している、結びつきの深い生物のようです。それ以上は理解できません。彼女はその生物を〈クイーニー〉と呼んでいます。「友」あるいは「仲間」というような意味の言葉かもしれません」

「これまで精神感応してきたのはその生物だとは考えられないか？」

〈探索士〉はしばらく黙り込んだが、手の動きには落胆が見えた。「わかりません。交信者は眠っている間はおとなしくこちらの思念を受信しています。発信器を投下できれば、どこにいるかはすぐにわかるでしょう」

「この残存者たちは、今のところ安全なのか？」

彼女はこれまで以上に集中した。〈船〉と一体化し、観測艇から届く情報をローブとともに身にまとっているかのように。「危険が迫っています」暗い口調だった。「どんな危険かはわかりませんが」

「おそらく――」私は言いかけた。

「〈探索士〉、交信を切って！」〈船医〉が言った。

〈探索士〉の顔は血色を失い、まぶたが痙攣していた。両腕が力なくだらりと落ちる。

「〈探索士〉、すぐに切りなさい！」〈船医〉が叫んだ。

テラの交信者が耳にしたであろう言葉を、〈探索士〉は甲高い声で口にした。「テケリ・リ」

「〈探索士〉！」私たち三人は同時に叫んだ。

3

ヴァーンは今日一日の進展に得意になっていた。大づかみだが、母さんとエコーを連れて、日が沈む前に川沿いに一キロ半は移動できたが、森にさしかかったときに甲高い「テケリ・リ」という音が西の方から聞こえた。隠れ場所を見つけなくてはならない。

川沿いに山を下り、南に向かう途中だ。勾配の急な道は、ほとんどまっすぐだったが、丘の間で曲がり、川の流れが轟きをあげるところまで来た。エコーが描いた場所はここだろう、とヴァーンは思った。自分たちが住んでいた滝の洞窟から流れに沿って南下し、川が渓谷に流れ込むところだ。

母さんは、ここが目的地であると確信しているようだった。旅の間じゅう、母さんはヴァーンに大きな信頼を置いていた。もっとも、彼に合わせてくれただけかもしれないが。

いや、そんなことより、身を隠して食べ、眠る場所を確保しなくてはならない。昨夜より風は冷たくないし、川から離れて森に入ると、暖かいほどだ。森の奥に踏み込みながら、物音を聞くためにもできるだけ川から離れておきたい、とヴァーンは思った。

神経を逆撫でするような甲高いショゴスの声は、近づいてくる様子もなく、やつらからは二キロは離れているな、とヴァーンは判断した。山の夜は静まり返り、遠くの音がよく聞こえる。もっとも、遠くてもエコーを怖がらせるには充分だったが。

　ショゴスがどんなものか、エコーは見たことがないはずだ。だが、声から姿を想像するのか、声を聞くたびに妹は泣きわめく。ヴァーンは一度だけ見たことがあった。二体がかりで鹿を一頭捕らえ、喰うというよりは包み込んで吸収していた。不定形の、粘りのある半ば液体のような体は、あぶくの塊のようで、球体になったときの直径は十五フィートほどありそうだった。つねに形を変え、体の一部を腕とも擬肢とも触手ともつかない形に延ばしては、絶え間なく動き、声を発していた。人間の耳には「テケリ・リ」というように聞こえるのはかれらの言葉らしく、互いにこの声をかけあっているときに音域の高さや震えに微妙な違いをつけているところから、会話をしているのがわかる。十九世紀末から二十世紀の始めにかけての学者たちによって、かれらの音声は録音されている。

　そのとき、ヴァーンも同じ鹿を追っていたが、その若い牝鹿は不意をつかれたか、樹上から覆い被さってきた怪物どもに悲鳴をあげる間もなく、そのさまを見た彼は怖ろしさに失神した。幸運だったというほかない。もし声をあげていたら、ヴァーンもまた獲物にされたことだろう。

　そうなったら、母さんやエコーも獲物に狙われた——それからクイーニーも。やつらは犬を嫌うし、犬もやつらを敵視している。ショゴスが思念で自分たちの主と交信できることはわかっているから、自分たちが鹿を捕獲した——いや、吸収した林間地にヴァーンがいたと知られたら、それはすぐに〈古きもの〉にも伝わる。〈古きもの〉は森をくまなく捜し、エコーをいとも簡単に見つけてしまうだろう。

彼女の心に地図を送ってきたもののことなど知ろうともせずに。

エコーは歩いたり、岩を乗り越えたりするのに疲れ果ててしまったので、一時間ほどヴァーンと母さんが交代で彼女を背負った。この川べりに着いたときは、エコーを背負っているのは母さんだった。ヴァーンは二人に待つように合図すると、夜を過ごすのに適した場所を探した。

落ち着くことにしたのは山の中腹あたりだった。川が広くなり、流れの音がいくぶん静かなところだ。岸から四十ヤードばかり森に入ると、危険があればすぐ気づくほどあたりの音がよく聞こえる場所があった。洞窟があればいちばんだが、このあたりにはなさそうだ。

羊歯の茂みのそばの月桂樹の藪をくぐり抜けると、小さな空き地があった。エコーは藪をくぐるのを怖がるかもしれないが、怖くて身動きが取れなくなるほどの場所でもない。十五ヤードほどのその空き地を調べると、周囲は繁った枝が堅固な壁になっているのがわかった。ここなら安全だ、とヴァーンは思った。鹿か熊か、山でよく見かける獣がここを隠れ場所にしていたのかもしれない。ちょうどいい。ここなら少しくらいは火も熾せそうだ。

だが、みな揃って入ったとき、火は熾さないほうがいい、とヴァーンは決めた。夜になれば煙も目立つことはないだろうが、焚き火を囲むとエコーがそちらに気をとられて、交信があっても気づかないかもしれないからだ。川のせせらぎ、枝葉のそよぎ、きらめく光――こういったものが彼女を集中させ、受信のできる状態にするのだ。

ヴァーンと母さんは、生活の手順を洞窟にいたときと可能なかぎり変えないようにした。母さんがエコーを着替えさせ、髪を梳いているあいだ、ヴァーンは茂みを出て偵察に行く。彼が水を汲んで戻ってくると、母さんは「ユニヴァーシティ・ブックストア」の文字を刷った帆布のバッグから、息子と自分に干し肉を、エコーには魚の燻製を出して分ける。エコーは歯が痛むからと、固い鹿の肉を噛みたがらない。

食事を済ませると、ヴァーンと母さんは木の葉を積み上げて寝床を作る。月桂樹の落ち葉はたくさんあるが、固くて寝返りのたびに音を立て、肌触りも冷たいので、寝床には向いていない。今晩はなかなか寝つけなさそうだ。

今、母さんはエコーを抱きしめている。静かに時が流れるなか、ヴァーンは妹に尋ねようと思うが、どう言えばいいのかがわからない。

「心の声は聞こえるかい？」

エコーは目を合わせようとせず、ただかぶりをふるばかりなので、ヴァーンは母さんに助けを求めて目を向けた。

母さんは言った。「知りたいのは、何がこの子に呼びかけているのか、ということね。でも、それをどう尋ねればいいかは、わたしにもわからない」

「もし、相手が人だったら、一人か何人かは知らないけれど、こっちを知られる前に見ておきたいな」

と、ヴァーンは言った。「見た目が気に入らなかったら、答えなくたっていいさ」

「でも、近づいていたら、向こうにもわたしたちのことがわかるでしょう。受信したからこうやって旅してきたということは、もう知られているだろうし」

「光る」エコーがつぶやいた。つぶやきは歌に変わっていった。「光る、ひーかーるー、光る、ひーかーるー」彼女は母とも兄とも目を合わせないようにしていた。

「光る?」ヴァーンが尋ねた。「何が光ってるんだ、エコー?」

かなりの時間、エコーは同じことを繰り返していたが、ようやく他の言葉が加わってきた。「壁。光る、ひーかーるー壁。光り壁」

「そこに行くのか? 僕たちは光る壁まで行くんだな?」

エコーはうなずくと、兄を見て笑顔になった。心に浮かんだ光の壁に、嬉しくなったようだ。

「まぶしいの?」母さんが尋ねた。「エコー、目は痛くない?」

ゆっくりかぶりを振って、痛くない、と答えるようにエコーは歌った。「ひーかーりーのー、かーべー」

「たぶん、場所のことだ」と、ヴァーン。「建物かもしれない」

「そうね」と、母さん。「何かの建造物なのかも。でも、〈古きもの〉が作ったんじゃない建物なんて、この谷にあると思う?」

「わからない」ヴァーンは答えた。「このあたりの人間は、みんなやつらに殺されてしまったろうし。

建物じゃなくて、機械なんじゃないかな。エコーには壁に見えるような、大きな機械かも」

「今の大きな機械は、どれも〈古きもの〉が持ちこんだものね」

「でも、エコーを呼んだのはやつらじゃない。やつらはぼくたちを殺すだけだから」

「〈古きもの〉ではない誰かが作った、そういう機械がある、と考えたとしても、わたしたちをその機械のあるところまで来させるより、機械のほうをわたしたちに近づけたほうが早いとは思わない？」

「僕にはわからない」ヴァーンはしばらく考え込んだ。「その機械が移動できないからかもしれない。もし洞窟のそばまで移動させられたとして、〈古いやつ〉が気づかないうちは僕たちも安全だろう。でも、もしやつらが光る壁を見つけたら、僕たちの洞窟もすぐに突き止められてしまう」

「きっとそうね」と、母さんは言った。「次の交信を待つことにしましょう。ショゴスの声が近くなってはいない？　そうだったら、光る壁をすぐにでも見つけにいかないと」

「そう、すぐにでもね」ヴァーンは答えた。「でも、今は休んだほうがいいみたいだね」


ヴァーンが「眠る」でなく「休む」と言ったのは、母さんも自分と同じで眠れそうにないだろう、と思ったからだった。違う方角の、遠い方からかすかに「テケリ・リ」と甲高い声が聞こえる。近づいてくるか、と思ったが、心配が呼んだ空耳だった。それがわかったのは、クイーニーがショゴスに気づいたときのように反応していないからで、ヴァーンはクイーニーを信頼していた。

翌朝は昨夜と同じように日課をし、ヴァーンは偵察に出て、このあたりには〈古いやつ〉が来た形跡はないことを確認し、周囲の地形を頭に入れた。高いポプラの木を見つけて、一本だけある低い枝を足がかりにすると簡単に登れると気づいた。長きにわたる野外生活で、彼は筋肉を厚く柔軟にし、手足の動きや目の働きにも自信が持てるようになっていた。登れるかぎり最も高い枝にたどり着いたときも、息切れひとつついていなかった。

木の上のまばらな葉の間からは、川が山肌を削って流れ、曲がって見えなくなり、下のほうでまた見えたが、そこでは岩にあたって白い飛沫を上げていた。川の向こうには崖があり、その上には木はないが、草が茂っていた。あの崖に登れば、もっと広く見渡せるだろう。谷の向こうがエコーの地図とは合わなかったとしても、南のほうがどうなっているか見られるし、森のどのあたりで野営すればいいか、川を見ながら決めることができる。

崖に向かう山道は楽ではない、と思ったが、予想したほど厳しくはなかった。が、エコーにはやはり辛いようで、しばしば休みたがり、風に揺れる木の葉に木を取られて足を止めもした。そんなときは母さんがエコーを背負い、母さんが疲れたら、それまで食料を詰めた本のバッグを持っていたヴァーンが代わって妹を背負った。

一行は休んでは進みを繰り返して、移動を続けた。進むとともに変わる景色にエコーが気を取られ、歩かせるのに手間はかかったが、母さんとヴァーンは彼女に合わせられたし、クイーニーが道筋に勘をはたらかせてくれたおかげで、崖の上に向かうのに迷いはしなかった。

正午を少しまわった頃、秋の麒麟草や鴨茅《かもがや》や紫鶲花《むらさきひよどりばな》が生い茂る開けた場所に着いたが、驚いたことにそこは崖のすぐ目の前だった。ここは西側の登り口だ、とヴァーンは思った。ここに来るまでと同じように歩ければ、日が沈むより早く崖の頂上に着けるだろう。

ここではしばらく楽しく過ごしたが、ヴァーンは地形を読み違えたのではないか、という怖れにつきまとわれていた。もし、尾根があの崖には続いていなかったら。西に大きく逸れて下り、谷底まで下りて、そこから折れ曲がった道筋を登っていくようなことになっていたら。その道のりになったら、高低差は二百五十フィートはあり、エコーにはとても耐えられないだろう。他に道がなくても、嫌がって暴れるだろう。

登り道は険しく、ヴァーンが予想していたよりも骨の折れるもので、エコーは駄々をこねも暴れもしなかったが、ただ歩くのを拒んで荷物となった。日は傾き、肌寒い夕風が吹いても、まだ登りきれなかった。ヴァーンはいったん足を休め、登り続けるか、戻って夜営の場所を決めるかを自分に尋ねた。

大昔に踏み分けられた登りの山道が折れたところで、見上げると洞窟の入口があった。張り出しに隠れていて、近づかないと見えなかったようだ。ヴァーンは母さんとエコーに待つように手まねで伝えると、クイーニーを連れてそこまで行った。クイーニーは入る前に入口周辺を嗅ぎまわったが、怯むことなくヴァーンより先に洞窟に踏み込んでいった。怖ろしいものがいるとしたら、ガラガラヘビだろう。このような山の中の洞窟には、何百匹もの毒蛇が潜んでいて、岩の張り出しや出っ張りにからみつき、とぐろを巻いていることがある。だが、クイーニーは吠えもせずに入っていく。そして、二、三分で戻ってくると、もの問いたげな目を向けるので、ヴァーンはまた奥に踏み込んでいく彼女の後を追った。

洞窟は、崖に刻まれた道と同様、人の手が掘ったものだった。生きる望みもない西の地に自分たちを追いやろうとする白人の兵隊たちから逃れるために、チェロキー族が造り、隠れていたのだろう。森に掘られた地下壕や、刺のあるブラックベリーの密生する枝を切り開いた隠れ場所のように。ヴァーンはそういうところで、黒曜石の石斧や壺のかけらを見つけたことがあった。

ここにはそういったチェロキー族の遺物は見当たらなかったが、白鑞《しろめ》の水差しが砂に埋もれていた。そして、八体分の人骨があった。大きさからして三体は子供のもので、あとは年代の開きのある大人のものらしい。大人のうち二体は寄り添って壁にもたれ、死の直前まで抱きあっていたように見えた。

八人ともここで死んだのだろう。住む場所を奪われて逃げてきた家族か、同じ地域の住人たちで、互いに信頼しあい、行動を共にしていたにちがいない。そして、あの白鑞の水差しで毒を注ぎ分け、進んで命を断ったのだ。〈古きもの〉に捕らわれて、その機械のように冷酷な手によって苦痛に満ちた死を迎えるよりも、あるいはもっと怖ろしいことに、ショゴスの獲物になるよりも、自分たちの手でより安楽で気高い最期を遂げることを選んだのだろう。

この悲しい光景の中で、ヴァーンは思いに沈むばかりだった。洞窟のさらに奥にあった小部屋のような窪みは、八体の人骨を安置するだけの広さがあったので、彼はできるかぎり慎重に——そして、できるかぎり丁寧に、一体一体を運び入れた。並べて横たえると、できるだけ多くの砂をかき集めて、上からかけた。悲しい作業だが、嫌だとは思わなかった。

遺骨たちにふさわしい言葉を手向けたかったが、ありふれたものしか浮かばず、最後に集めた砂のひとすくいをかけたときに、彼はようやくそれを口にできた。

「安らかに」

そう、彼らはすでに、自ら安らかな最期を選んでいたのだ。ヴァーンがすべきことは、エコーがこの死者たちを気にせずにここで休めるようにすることだ。虚ろな眼窩やむき出しの歯並びをまともに見たら、妹は何分も叫び、何時間も呻き、母親の腕の中から離れなくなる。光る壁のことだけでなく、他に何かがあったとしても、答えてはくれなくなるだろう。死者たちの悲しい痕跡を、彼はきれいに片付けた。エコーを洞窟の奥に入れないように、と母さんに言うのを忘れてはならない。

夕食をとったが、水は水筒のわずかな残りを分け合うほかなく、三人が喉を潤すにはとても足りなかった。渇きに堪えかねたエコーは、つぎはぎのドレスが脱げ落ちてしまうほど身をよじって泣いた。

母さんが即興で子守歌をやさしくうたってやり、ようやく妹は静まった。クイーニーには干し肉をひとかけらだけで、水はなかった。彼女も弱っている。

ヴァーンも母さんも渇ききって――そして、飢えていた。明日、崖の上につけば、水と食物は見つけられるかもしれない。エコーが見たという光る壁まで、どれだけ歩けば着けるのだろう。食料はあとわずかだ。もし、きれいになくなってしまったら、この洞窟の先客と同じ道をたどることになる。彼らほど潔くはないが。

いっそ空を飛べたら。

ヴァーンはあの八人のことを考えた。彼らに最後の選択をさせたものは、いったい何だったのだろう。川伝いに聞こえてきた、ショゴスの「テケリ・リ」という甲高い声だろうか。あのねばねばした不定形の生物が切り立った断崖をよじ登ってくるさまを想像してみようとしたが、できなかった。おそらく、何かの声を聞いたのだとしたら、高いところから、自分たちが目指しているあの崖の上あたりからだったのではないだろうか。木がないので、上に何かいれば見て取れたことだろうから。

朝が来たら見にいってやろう、とヴァーンは思った。あの急斜面を登り、戻ってきて、母さんと妹と犬を連れてまた登れるかどうかは、わからない。朝になったら考えることにしよう。眠れば疲れもいくらかは取れるはずだ。

エコーはまだ母さんの腕の中にいた。目を閉じて子守歌を聴いているのだろう。ヴァーンは近づいて、妹が答えることはないだろう、と思いながら、小声で言ってみた。「光る壁、光る壁」

　エコーは兄の言葉をそのまま、一度だけ返した。「光る壁」そして、顔じゅうにかわいらしい笑みを浮かべた。突然、空に虹がかかったかのように見えて、ヴァーンは驚いた。エコーが笑ったことはほとんどなかった――今の今まで。

　もう一度声をかける間もなく眠りにおちたエコーを、母さんは横にすると、自分も隣に横になった。クイーニーはいつものように、鼻面を前肢に乗せて眠り、起きているのはヴァーンだけになった。だが、彼も眠りについた。


　骸骨たちが歯をむき出した笑い顔で、カタカタ音を立てながら、暗がりの中を這い寄ってくる。夢だ、と気づいたヴァーンは、怖いとも思わなかった。ゆっくり眠りたいから消えてくれよ、と思ったが、夢は続いて、骨のたてる音がうるさくなってきたので、起き上がってまず母さんとエコーの無事を確かめた。

　二人とも眠りについたときと同じ姿勢だったが、呼吸が荒いようなのは夢を見ているからだろう。骸骨の夢でないといいのだが。三人ともずっと怖い目にあってきているから、怖い夢など起きれば忘れてしまうものだ。

　しばらく横になっていると、夜明け前の風が洞窟の入口に吹きつけ、ハミングのような奇妙な音を立てた。耳をすませたが、風の音にショゴスの声は交じってはいなかった。近くで水が汲めさえすれば、ここに住んでもいいのに。

かなわない夢は持たないでおこう。

光が差してきて、あたりが見えるようになってきた――クイーニーの鼻面を支えている前肢、つぎはぎのドレスの袖から出ているエコーの真っ白な手。ヴァーンは起き上がり、支度をはじめた。支度は捗らなかった。体じゅうが強ばり、膝が痛んだ。これで崖の頂上まで二人を連れていくなんて、奇蹟を起こすようなものだ。母さんはもっと疲れていることだろうから、エコーを背負っていくのは自分の役目になることだし。

二人とも、今はできるだけ長く休んでいてもらおう、とヴァーンは思った。立ち上がって、崖への道に出る。はるか下を流れる川が、早朝の光を受けてきらめき、崖の影の中を南に走っている。この川の流れる先に、エコーが地図に描いた場所が見つかることだろう。

希望はまだなくなってはいない。

洞窟に戻ると、母さんがエコーの腫れた足をさすりながら、やさしい声ではげましていた。ヴァーンは自分の負う責任の重さを感じながらも、疑念が湧き起こるのを抑えられずにいた。二人の期待に満ちた目に笑顔で応えて、彼は乏しい朝食を分けた。

ほどなくして、彼らは洞窟を後にして、一歩ごとに傾斜を増すかのように急な山道を登りはじめた。

エコーが怖がって手のつけようもなくなるようなことがないよう、こまめに休む必要があったが、戻ることだけはできなかった。

幸いなことに空は晴れて、これだけ高いところでも風はほとんどなく、二人の足取りもヴァーンが心配したほどではなかった。頂上を間近にして山道は大きく曲がり、ヴァーンは母さんに休むように伝え、先に頂上まで行って様子を見てくるから、その間エコーについていてくれるよう頼んだ。

ここまでの山道は急勾配だったが、最後の八フィートほどは高い階段が粗く刻まれていた。ヴァーンは一段の上に立って首を伸ばし、頂上の様子を見ることができた。そこは三辺が五十ヤードはあるところで、丈の低い草が茂っており、木はなかった。南側には柳薊《やなぎあざみ》や吊舟草《つりふねそう》や松明花《たいまつばな》などの花が咲き、水場があることを示していた。そこから南を望むと、樅の低い木立が見えた。

ショゴスや〈古きもの〉はもちろん、獣のいる様子はない。不思議なほどの静けさに満ちた場所だ。ヴァーンは山道を下り、母さんとエコーとクイーニーが待つところに戻った。母さんはエコーに声をかけて落ち着かせ、クイーニーもぴったりそばについて、彼女が下の川を見ようと身を乗り出さないようにしていた。

なぜ、上で見たことを知らせるのに小声になったのか、ヴァーンは自分でもわからなかった。嬉しさのあまり、声が出せなかったのかもしれない。母さんも小声で返事をした。「水がありそうね」

「クイーニーを先に上げよう」ヴァーンが言った。「水を見つけてくれるだろうから」

クイーニーは風雨にさらされて角の丸くなった階段を昇り、草地に踏み込んで楽しげに跳ねた。続いて母さんが登り、ヴァーンがエコーを抱き上げる間に、クイーニーは花の茂みに向かっていた。水の匂いに気づいたのだ。

母さんは草地に膝をつくと、ヴァーンの腕からエコーを抱きとった。ヴァーンも這い上がり、三人ともまずは座って筋肉と関節を休め、これまでの道のりを思い返した。きらめく流れに沿って下り、丘を越え、薄暗い森の空き地や谷間を抜け、この不思議な、だが心地よい崖の上まで来た。一行は達成感を分かちあっていた。次に何が起きるとしても、今はこの安全な場所で、エコーへの伝達を待つばかりだ。厳しい道のりを経て、賭けに勝ったのだ。

ヴァーンは立ち上がり、南を眺め渡した。そこは知らない世界だった。背にしているのは、森や山々や、緑なす谷。崖の縁の、咲き乱れる花ごしに目の前に広がるのは、天を突くほど高い、巨大な建造物の群だった。尖塔や、半球や立方体の形の建物や、鋭角のピラミッドで、頂上に動くものが群れているものもある。どの建造物も角度が狂っているようで、ヴァーンはめまいを覚えた。

彼の五感が、本能が、これは間違っていると声をあげた。この光景がどこまで遠く続いているかは、想像もつかなかった。この高みから見渡すと、際限なく広がるこのおぞましい眺めは、どこか別の宇宙を覗き込んでいるようにしか思えなかった。やつらが侵略したところは空間も時間も変容し、もしそこに踏み込んだら——踏み込むことができたなら、それまでいた世界とは隔絶され、心身ともに受け入れようのないその世界に囚われるだろう。

　ヴァーンは叫ばなかったし、失神もしなかった。だが、この理解できない奇怪な幻覚――いや、目の前の光景の異様さに、彼はへたり込んだ。地面に両手をつき、息を整えながら、地球から離れまいとしがみつくように、草を握りしめた。

　目を上げるな。あれを見てはいけない。

　背後にくぐもった呻き声を聞いて、母さんもエコーもあの悪夢めいた風景を見たと悟った。母さんの、驚きに満ちた悲痛な声。棒立ちになって、身を守るように両腕で自分を抱きしめ、涙が頬を流れ落ちている。見たものが信じられないと、その姿は語っていた。母さんはヴァーンよりもずっと怖れていたのだ――子供たちが苦しむことだけではなく、南の地平線をぎざぎざに変えてしまったやつらの都市を目のあたりにすることを。

「よくも勝手なまねを！」母さんが叫んだ。

　ヴァーンは今わかった。〈古いやつ〉は自分たちの冷徹な知性に基づく計画で、この世界を、惑星ごとそっくり、改造しようとしている。機械や建造物を建てるのではなく、この世界の構造そのものを、地核から地表まで、北極から南極まで、変えてしまおうというのだ。地球はその存在を失いつつある。かつて地球だったものになるのは時間の問題だ。この星は異化され、用途も使い方も想像もつかない道具にされようとしている。

母さんは恐怖のあまり硬直していたが、ヴァーンがいつも見てきたように、こんなとき悲鳴を上げるエコーは、今は静かにしていた。立ちつくしてはいるが、その目に浮かぶのは怖れではなく驚きだった。想像を超えた、巨大な平面と角とが、時に外に突き出し、時に内側に折れ、ゆっくりとだがいっせいに動いて刻々と形を変えていくさまは、妹の目にはまたたく光や、風に揺れる枝や、風に舞う雪と同じように見えるのかもしれない。見えているものには驚いても、起きている現象は見慣れているかのようだ。

エコーは怖くてたまらなくなると、いつも自分の顔を拳で叩くが、そうしないところを見ると今は怖くないようだ、と思い、ヴァーンはいくぶん安心した。妹が彼女なりに落ち着いているので、彼もまた、落ち着いて考えられるようになってきた。

母さんのそばまで行き、草の上に取り落とした書店のバッグを取り上げる。両手でしっかり持ったまま、心を乱す遠景には目を向けないようにして、足元をじっと見ると、花が密生する一角に踏み込んだ。

一分ほどで、油がしたたるような細い流れが、密生する草の間に見つかった。屈み込んで口に含んでみると、水の味がした。草と土の匂いがするが、害はなさそうだ。もう少し飲んでから、袋から水筒を出して母さんのところに戻った。クイーニーが草むらから飛び出してきて、ヴァーンの後についた。エコーももう壊された世界を見つめてはいない。

まずエコーに水を飲ませると、妹は灰色の瞳に感謝を浮かべてヴァーンを見た。母さんは飲み下せないようだった。草と土の味のする水を一度口に含むと、うがいをして吐き出し、そのあと少しだけ飲んだ。そして、草の上に仰向けになると、足を投げ出した。

空に語りかけるように、母さんは言った。「こんな世界じゃ、もう生きていられない」かぶりを振って、付け加えた。「少なくとも、わたしは」まばらな金色の髭が伸びている、息子の日焼けした顔を見上げた。「もう、頭がおかしくなりそう。未来はあるのかしら。もしあるとしても、わたしはもういらない。もう過去も失ってしまったのだから」

「ゆうべ洞窟に一緒にいた人たちも、母さんと同じ思いだったんだろうな」ヴァーンは答えた。

「何を言っているの？　わけのわからないことを言わないで」母さんはほとんど怒鳴っていた。「ちゃんと意味がわかるように言いなさい」

ヴァーンは肩をすくめた。「意味なんかないさ」

立方体や円柱や、積み重なった六面体や、五つの頂点をもつ建造物がひしめき果てしなく広がる、無気味な遠景に、ヴァーンはまた目を向けた。この幻影のような眺めの中で、建造物一つ一つの見分けはつけようもないが、地表につくことなく弧を描いて、滝のように途切れず流れ続けているさまは、一つの途方もなく大きな橋のようで、その行き着く先は無窮の深遠かと思われた。五つの頂点をもつ建造物が規則的に開閉するさまは、実体があるようにも、幻のようにも見えた。第四次元よりもさらに高次元の光景だ。時間と空間のはざまにできた半キロメートルの虚無に屹立する、幻影の城砦。そこにある、ゆえに存在するもの――それは限りなく建造されつづけるものとして完成された。そして、形作られながら形なきものになっていく。

それは極彩色であるがゆえに無色だった。

母さんの声はかろうじて聞こえるほどに小さくなっていた。「もう堪えられない。誰も堪えられはしない」

ヴァーンが言った。「エコーはあきらめていないよ」

母さんはエコーに目を向けた。娘は手を叩きながら、踊るように身を揺らしていた。「ひーかーるー、光る光る光る、ひーかーるー」と歌っていた。そして、急に踊るのをやめると、ぎこちない足取りで駆けだした。崖の一端で大気が光の壁になり、エコーはその光の中へ――虚空へと飛び込んでいった。

4

テケリ・リ。

〈古きもの〉の奴隷生命体ショゴスが同類との意思疎通のさいに発する耳障りな顫音を、テラ言語で可能なかぎり近い表記にすると、このようになる。遠い昔にこの星に存在した、アーサー・ゴードン・

ピムという名の探検家が遺した未完の手記に、この表記が最初に見られるが、のちの探検家や記録者もまた同様に表記しているが、みな一様にこの音に恐怖感を覚えていたようだ。

〈探索士《シーカー》〉は顔を手で覆ったまま、音をたてて息をついた。まだテラ人との交信が切れないようで、その音にまだ身震いしている。

「ショゴスは残存者に接近しているのか？」私は尋ねた。

心を静めているのか、彼女はしばらく沈黙していた。ようやく口を開いたとき、答えられない、と言った。「彼女はこの音をはっきり聞いて非常に怖れていますが、どのくらいの距離で聞いたのかはわかりません」

「〈航宙士《ナヴィゲーター》〉、わかるか？」私は尋ねた。

彼は計器をじっと見つめた。「危害を受けるほど近くではなさそうです。しかし、どのくらいの距離かは測定できません」

「残存者がいる場所は確定できた」私は言った。「観測艇が映像を送信してきてもいる。発信器を投下する位置を決めよう」

「〈古きもの〉が残存者の存在に気づくほど近くはなく、かれらがそれを目印に移動できないほど遠くない位置に」

「すぐに投下しましょう」〈探索士〉が言った。「投下して〈ゲート〉を開きます。わたしがテラに上陸します」

三人とも、まだ早いと言って止めた。

「まだ危険性が高い」私は言った。「〈古きもの〉の近くに降りたら、きみの精神は消去されるだろう。ショゴスが到達点をすぐに見つけることもありうる。きみを失ってしまっては、残存者も私たちも終わりだ」

〈探索士〉は私たち一人一人にしっかりと視線を向けた。「これはわたし一人の判断ではありません。残存者のエコーと、彼女の〈クイーニー〉にわたしの映像を送り、交信した結果によるものです。彼女たちだけでは〈ゲート〉は通れないし、だからといって、行かないでいては見捨てることになります。この機を逃すことこそ、すべての終わりです」

「きみの映像は、どのようなものを?」私は尋ねた。

「見たままに。でも、親しみと好意とこめて、彼女の家族全員への安全をともに伝えました。〈クイーニー〉に対しては、共に過ごす楽しみも加えましたが、彼女にどう伝わったかはわかりません。嗅覚が発達しているのがわかったのですが、匂いを伝達することはできないからです」

「きみが行く必要があるのか?」

「あります」〈探索士〉は答えた。

「他に方法はないか?」

彼女はないと伝えてきた。

「では、大至急で計画を立て、実行だ」私が言うと、全員が各自のスクリーンに集中した。

計画には一つだけ問題が残った。

もし〈古きもの〉が〈探索士〉の心を読むようなことになったら、私たちの計画の目的も手段も知られてしまう。もしそうなったら、私たちの使命における〈支配者〉の目的も、かれらの知るところとなる。そうなったら、どの惑星でも破壊と先住生命体の虐殺が加速し、〈古きもの〉は残存者まで殲滅することだろう。あらゆる星系の、あらゆる生命体の死滅を導きかねない。

それを防ぐには。〈探索士〉を殺してしまうほかない。心が読まれる前に、あるいは〈古きもの〉に記憶を吸収される前に、〈船〉に命じて彼女を殺す。もしそのような事態になって、私が判断を躊躇するようなことになったら、〈船〉は緊急終了プログラムを起動して私たちともども自爆し、原子のレベルにまで分解される。〈古きもの〉が手掛かりにできるものは残らない――が、かれらは警戒を強め、同じ結果を招くことになるだろう。

しかし、自分の映像を送信するのではなく、本人がテラに上陸する、と〈探索士〉は断言した。私たち三人が知り得ない、残存者の心を知ったがための計画だ。彼女はあえて危険を招くようなことはしない、と私たちは知っている。私たちは計画の手順をたどり、不備がないことを確認すると、早急に実行に移した。

計画に変更が必要となった。〈航宙士〉が救出に適した地点を見つけたのだ。観測艇が川の上流の、緑なす高地の画像を送信し、〈船〉と同じように隕石に偽装した発信器を投下した。それはいくつもの月のかけらとともに地上に飛んでいき、着地すると同時に〈船〉に起動されて、思念をより強くテラ女性の能力者に伝えるので、〈探索士〉は前のように画像を介することなく、どうすればいいかをはっきりと、そして過不足なく教えることができる。その後、発信器はいったん停止し、誰の注意を惹くこともなくなる。そして、準備が整ったときに再起動し、〈ゲート〉を設置して開放する――ごく短時間だが。そこを〈探索士〉が通り、テラ人の能力者と〈クイーニー〉を迎える。

だが、正確な位置の測定が困難であることを〈航宙士〉が指摘した。目的地周辺の空間構造のひずみは偶発的なもので、〈古きもの〉が進めている次元間工事に起因すると推測された。そのひずみは持続しているため、何らかの影響が懸念される。ひずみは増幅している、と〈航宙士〉は言った。ひずみの増幅は偶発的なものではない、と彼は考えている。〈古きもの〉は特定の宙域の時間と空間を変えようとしているのだ、と。

「この宇宙にある物質だけを変えて満足するような連中じゃない」と、〈航宙士〉は言った。「惑星や衛星を改造して、自分たちの宇宙船に取り込もうとしている。テラへの侵略は第一歩で、そのまま拡大を続けて、この宇宙をどこまで取り込んでしまうかわからない。知ろうにも手立てがないだろう」

「宇宙を破壊しつづけたら、かれらは自滅してしまわない？」と〈船医《ドクター》〉が尋ねた。

「そんなこと、わからないよ」〈航宙士〉は答えた。

「おそらく、テラの表面上では、まだその影響は出ていないだろう」私は言った。「かれらの改造工事が——実際に進行しているとしてだが——完了するにはかなりの長時間を要するはずだ。残存者を速やかに救出し〈支配者〉のもとに戻るのが、我々の使命だ。〈支配者〉は〈古きもの〉の計画を阻止する手立てを知っていることだろう」

「たぶんね」〈航宙士〉の口調は疑わしげだった。「計画に影響するかどうか、ひずみを算出してみます」

「頼んだぞ」私には、そう言うほかなかった。


〈探索士〉がテラに上陸する時間になった。発信器は指定地点に到達し、起動の準備を済ませている。テラ人の能力者は〈探索士〉の思念を明確に受信し、彼女の一行が高地に向かっているのを〈航宙士〉が確認した。〈古きもの〉が時空間のひずみを発生させる力に同期しないよう、彼は発信器の周波数を調整するよう主張した。同期したら位置を知られてしまうので、私たちは急いで再調整した。

「残存者の救出には時間が必要だ」私は言った。「ショゴスが接近する可能性は？」

〈航宙士〉はスクリーンと計器を確認し、その可能性はきわめて低いと答えた。

〈探索士〉は〈ゲート〉に向かった。新しいローブに着替え、梳《くしけず》った長い髪は輝いていた。〈船医〉と私は、しっかりした足取りで迷いなく転送室に入っていく彼女から目が離せずにいた。傍目にはわからないようにしているが、彼女は心の底から湧き起こる恐怖と闘っているのだ。これから〈古きもの〉が支配する惑星に踏み込むのだというのに、その恐怖を抑えて残存者を救いに行くのだから。〈古きもの〉がしてきたことを目の当たりにしつつ、その目をかいくぐって生き延びた者たちを。

通信機の動作を確認し、〈探索士〉は異状はないと答えた。

「よし」私は言った。「常に連絡を〈航宙士〉と〈船〉に入れること。それだけは厳守するように」

「了解」〈探索士〉の声はかすかに震えていたが、その声に込められた勇気が揺らぐほどではなかった。〈船医〉に目をやると、心配げにしてはいたが、「〈探索士〉は無事にやりとげる」と言いたげに私に笑みを返した。

それまでの間に、ずいぶん長い時間がたったような気がした。

背筋を伸ばして立つ〈探索士〉の目は、普段は見ない色の光を帯びていた。彼女は両腕を延ばし、〈ゲート〉の支柱をつかんだ。

そして、彼女は言った。「出動！」この声を私は一生忘れることはないだろう。

その声と同時に、〈船〉は発信器を起動させた。高地に開く〈ゲート〉は光る壁のように見えることだろう。

5

エコーに追いつけない、とヴァーンは思った。懸命に走ったが、身のこなしがぎこちなく、まっすぐ歩くことも不得手なはずの妹は、ずっと前を走っていた。だが、光る壁の歌をうたっていたせいか、歩調が落ちた。光る壁に触れるほんの数インチ手前で彼はエコーをつかまえ、力をこめて草地に押さえつけた。妹はもがき、叫び声をあげて兄を叩いた。顔を真っ赤にして涙を流しながらも、切れる息の合間をつくように歌い続けている。「ひーかーるー、光る、光る……」母さんも、怖れと悲しみのあまり、声をあげて泣いていた。それを聞いて、ヴァーンの気は鎮まっていった。

その間に、クイーニーが走ってきた。エコーを取り押さえるのに夢中になっていたヴァーンは、すぐ後ろに犬がついてきていたことに気づかなかった。クイーニーは投げられた棒を追って湖に飛び込むかのように、崖を蹴って光る壁の向こうに飛んでいった。

ヴァーンはエコーに目を落とした。今、彼は妹の肩を膝で押さえつけている。彼女は困ったような、悲しげな顔をしてこう言った。「ひーかーるー」

ヴァーンにも見えた。それは崖の縁に立っている、あるいは浮いている青白い長方形の光で、その中を銀色や菫色やオレンジ色の光の筋が走っている。音も聞こえてくるようだ——小さな空電のような、パチパチ、シューシューという音が——が、それ以外は無気味なほどに静かだ。エコーが壁と呼んでいるそのものからは、熱は感じられなかった。

彼はエコーを立ち上がらせると、しっかり抱きとめた。妹はヴァーンを押しやりもせず、壁のほうに走っていこうともしなかった。光る壁の平らな面《おもて》を走る、色鮮やかな光の筋を、心を奪われているように見つめている。いつも母さんに抱かれて落ち着いているように、兄の腕の中でおとなしくなりながら。

母さんは後ろに立ち、息子の肩に腕をまわした。互いを支えあうようにして、三人は立っていた。ヴァーンは母さんに声をかけようとしたが、何も言えなかった。

光る壁の中から踏み出してきた人の姿は、エコーにそっくりだった。白磁のような肌の痩せた少女で、明るい金髪もエコーと変わらないが、もつれたり逆立ったりはしていなくて、巻き毛になって肩にふわふわ揺れている。身にまとった白いローブは日の光をうけて、青と黄色の模様が光っているように見えた。

少女は語りかけてきた。その澄んだ高い声は、言葉を鐘の音のように響かせた。「こちらにいらっしゃい。ショゴスが近づいています。〈ゲート〉が閉じるまで時間がありません」

エコーが嬉しげな笑い声で答えた。ヴァーンは何も言えなかったが、母さんが尋ねた。「あなたは誰？」

「わたしは〈探索士《シーカー》〉です。エコーはわたしのことを知っています。エコーが怖がっていないのを見ればおわかりでしょう。さあ、すぐにいらっしゃい。敵は迫っています」

　ヴァーンには聞こえた。やつらの声が、北の尾根からこちらに近づいてくる。テケリ・リ、テケリ・リ。あのぶよぶよした体では、崖に沿った山道を登ることはできまい。だから、他の道を探して這い上がってくるはずだ。

　母さんが言った。「わたしたちには、どうすればいいのか、わからない。疲れ果てているし、怖いし、あなたはわたしたちとは違いすぎる」

「信じてください」少女は言った。「〈クイーニー〉はもうこちらに来ています」

「クイーニーが？」

「ですから、早く」

　声が近づいてくる。テケリ・リ。

　母さんの口調は、魂が抜けてしまったようだった。「ヴァーンの言ったとおりね。この世界にはもう意味なんかない。こんなところ、もういたくない。この世界より悪いところなんて、あると思う？　わたし、行くわ」

　母さんは白いローブの少女のそばに立った。少女は一歩退《ひ》いて招き入れた。銀の炎のような光の門に、母さんは振り向きもせずに踏み込んでいった。

「さあ――〈古きもの〉の使いが来ないうちに」少女は兄妹に声をかけた。

テケリ・リ……

もうこの高地に来たのか。姿が見えるほど近くから、その鳴き声は聞こえた。

エコーは呆然と立ち尽くすばかりなので、ヴァーンは抱き上げて光の門に駆け込み、白いローブの少女がその後についた。彼女が門を閉じる前に振り向くと、ほんの一瞬、怪物の姿が見えた。

銀色の光が冷たく全身を打った。あの洞窟に入る前に、滝の水に打たれるように。だが、今度はどこも濡れはしなかった。

光の壁の向こうは静まり返っていた。

6

〈船〉は内部の空気をよりテラに近いものに替えた。慣れるまでは少々息苦しくはあったが、比重が高めの空気はけっして不快ではない。船内も私たちの姿も見慣れないことだろうから、せめて少しでも居心地良くしておきたかった。船外には〈古きもの〉が集まりだしている。私たちを攻撃しようとしているかのように。

早急に全員が低温睡眠ブースに入ると、〈船〉は睡眠導入剤を投与し、超高速航行を開始した。亜空間に入るまではほんの一瞬だった。かれらが追ってこられるとは考えられなかった。いつ入ったのか――〈航宙士《ナヴィゲーター》〉は「いつ難破したのか」と冗談を言った――誰も気づかなかった。

船内時刻で四点鐘後に、〈船〉は私たちを起床させた。そのときすでに、私たちは同盟の残存者保護基地に向かう百機を超える宇宙船団の一機になっていた。基地があるのは、かつて一つの太陽系があった宙域だ。その太陽系もまた、かつて〈古きもの〉が惑星も衛星も滅ぼしてしまったところで、今は小惑星が一つ残るばかりである。すでに〈古きもの〉は遠くに去ってしまったので、この小惑星は残存者の保護以外にも、私たちが計画を立て待機する基地に使用している。

乗組員が覚醒したのち、エコーと〈クイーニー〉が手当を受けて元気を取り戻した姿で現れた。どちらも、若い男性とその母親を心配していた。〈探索士《シーカー》〉は、時間はかかったものの、このテラ人の女性と「犬」という種族との会話ができるようになった。どちらも高度ではないが、精神感応での会話をする能力を持っており、エコーは彼女から母親と兄の無事を知らされ、喜んでいた。今のエコーは、聞いたことをそのまま返すのではなくなっていた。〈探索士〉とは自分から発話して意思を伝えあっていた。

覚醒してからのヴァーンは、心身共にこれまでになく良好である、と私たちに伝えた。驚くことではない。〈船〉は彼の筋肉をほぐし、動かし、さらに体内から有害な微生物を駆除したうえで、テラ人の好む食物を充分に与えていたからである。

ヴァーンは私たちに際限なく質問したが、いずれも私たちが予期していたようなものだった。

「みんな色白で落ち着いているね」と、ヴァーンは言った。「繊細そうだ」

「テラ時間で約二年前、私たちも〈光輝同盟〉に救助されたのです。それ以来、ステーションで生活し、宇宙船で旅をしています。私たちの故郷であった星は、もう存在しません。ですが、今の私たちは力を得て、あなたが後にした故郷のような惑星や、自分たちのように〈古きもの〉に滅ぼされた人々のために働いています。新たな星に故郷を再建するのが、私たちの夢です」

「きみたちがくれた服はとてもいいね」ヴァーンは言った。「ローブなんて初めて着たよ。着心地がいいし、色もきれいだ。とてもきれいなピンクだ」

「気に入ってもらえて光栄です」私は答えた。

「まだ、わからないことばかりなんだ」彼は言った。「あのとき僕は、エコーと一緒に崖から落ちて死んでしまうと思った。クイーニーも落ちてしまったんだ、と」

そのように見せたのは敵を欺くためだ、と私は説明した。「エコーの目には、すべてが実際にあるように見えます。あなたも私も対象を見るときには、何がどう見えるかを無意識に予測していますが、彼女にはその予測ができません。〈古きもの〉の視覚は、あらゆるものを図式的に、一定のパターンとして認識します。〈ゲート〉が草を圧し倒していても、かれらには草が強い風に倒されたのと同じに見えます。〈ゲート〉は彼らには見えないのです。エコーには見えていて、通れば中に〈探索士〉がいると気づいていた」

「僕にも見えたよ」ヴァーンが言った。「銀色で、さまざまな色の光が走っていた。たしかに見えたよ」

「あなたにも、あなたの母親にも見えるように、〈船〉が〈ゲート〉を映像化したのです。でなければ、入ってもらえなかったでしょう」

ヴァーンはしばらく沈黙していたが、やがて口を切った。「僕たちを助けてくれてありがとう。君たちは命の恩人だ」

「それが私たちの使命です。テラのように、残存者が救助を待っている惑星は、他にも数多くあります。そして、続々と救助されています。どのような種族であっても、滅ぼされることがないよう、〈同盟〉は活動しているのです。その中のほとんどは、私やあなたとは異なる姿をしています」私は笑みを抑えられなかった。「とても不思議な姿をした種族もいます」

「これまでも、多くの残存者を救出してきたの?」

「あなたたちの家族の救出が、私たちの最初の仕事でした」私は答えた。「経験がまったくないので、緊張のしどおしでした。私たちはみな子供ですし」

「子供って、どういうこと?」ヴァーンが尋ねた。

「あなたたちテラ人の年齢でいうと、〈船長〉の私は十五歳、〈船医〉は十四歳、〈航宙士〉は十二歳で〈探索士〉は十歳です。みな孤児です。あなたたちと同じ、残存者なのです。故郷は消滅し、私たちは救助されました。あなたたちほどの苦難を味わってはいませんが」

ヴァーンは考え込んでいたが、かぶりを振りながら言った。「君たちのいう〈支配者〉は、なぜ子供にそんな任務を？　いい考えとは思えないよ」

「もし私たちが大人だったら、経験があるぶん、複雑なものでもパターン化して考えることでしょうが、そうなると〈古きもの〉に思考を読み取られる危険が高くなります。子供や動物の——あるいは自閉症者の——思考パターンは、〈古きもの〉には読み取ることができません」

「難しいな」ヴァーンは言った。

「地球と比べて、この〈船〉の環境が、ですか？」

「いや、ここはいいところだよ。母さんを起こしてもいいかな？」

「彼女には睡眠時間が必要です。これまで生きてきた世界が理解の及ばないものに変わり果ててしまったことで、精神的な傷を負っていますから。回復するまでには長くかかるでしょう」

「エコーの下に、もう一人妹がいたんだ」ヴァーンが言った。「マルタという名前だった。〈古いやつ〉が父さんを連れ去ったとき、一緒に攫われて帰ってこなかった。誰かが名前を口にすると、みんな涙が止まらなくから、三人とも言わないようにしている。君たちも言わないでいてほしい」

〈船〉が信号音を立てた。母親が目を覚ましたのだ。

母さんは長方形の低温睡眠ブースから出て、半月のような形の大きな椅子に座っていた。クイーニーは行儀良く、その足元におすわりしていた。謁見の間の女王とその侍従のようだった。母さんが着ているローブは、ヴァーンやエコーが着ているものよりも柔らかそうな布地で、色は深く落ち着いた青だった。その裾はクイーニーの前肢に掛かっていた。乗組員たちがヴァーンとエコーを連れてくると、母さんは笑みを浮かべながら涙を流した。今の気持ちをどう表したらいいのかわからないのだろう、とヴァーンは思った。

でも、母さんは喜んでいた。

「子供たち、元気そうでよかったわ！　素敵な服に着替えたのね。これからパーティでもあるの？」

「そんなの、あるのかな」ヴァーンが答えた。

すると〈船〉が告知した。船内時間で二時間後に基地に到着。宇宙港で残存者救出を祝う式典が行われます。皆様をご招待いたします。そして、こう付け加えた。ぜひご出席を。救出に協力できたのは私の名誉です。

「そして、全宇宙の名誉を〈探索士〉に」と、私は言った。「他の誰にもできない偉業を成し遂げたんだからな」

「どんなにお礼を言っても足りないよ」と、ヴァーンが彼女に言った。「〈探索士《シーカー》〉って、君の名前かい？」

「あなたの言語、イングリッシュでもっとも近い発音をすると、イナンナになります」私は言った。

ヴァーンは口の中でその名を繰り返した。

「〈探索士〉、君の名前をヴァーンに教えてあげなさい」

「只今」彼女は答えると、宙を片手で払った。そして、思念を伝えるときにいつもするように、眉をひそめた。だが、私たちにはその思念を受け止めることができなかった。

寄稿者紹介

ステファン・ジミアノウィッチは、ホラー、ミステリ、ＳＦの四十点を超えるアンソロジーや、ルイザ・メイ・オルコット、ロバート・ブロック、ジョゼフ・ペイン・ブレナン、オーガスト・ダーレス、ヘンリー・カットナー、ジェーン・ライス、ブラム・ストーカー、ヘンリー・Ｓ・ホワイトヘッドなどの作家の個人短篇集を編纂している。ファンジン *Necrofile: The Review of Horror Fiction* の編集者の一人でもあり、ネクロノミコン・プレスの短篇集シリーズも手がけた。また、*Supernatural Literature of the World: An Encyclopedia* をＳ・Ｔ・ヨシと共編している。主な著書に *Bloody Mary and Other Tales for a Dark Night, The Annotated Guide to Unknown and Unknown World* がある。また、彼は書評を《パブリッシャーズ・ウィークリー》《ローカス》《ワシントン・ポスト》に寄稿している。

ニール・ゲイマンは、『墓場の少年――ノーボディ・オーエンズの奇妙な生活』（ＫＡＤＯＫＡＷＡ）でニューベリー賞を受賞した、《ニューヨーク・タイムズ》でも頻繁に紹介されるベストセラー作家である。『コララインとボタンの魔女』(KADOKAWA)はじめ、数々の作品が映画化された。また、グラフィック・ノヴェル《サンドマン》(インターブックス)はじめ、少年ものから大人向きまで、コミックの原作も手がけている。これまでに彼はヒューゴー賞、ネビュラ賞、ミソピーイク賞、世界幻想文学大賞など、数多くの文学賞を受賞した。また、短篇小説の名手や、優れた詩人としても知られている。

ウェブサイト　www.neilgaiman.com

【訳者補足】ニール・ゲイマンについては、一九六〇年にハンプシャーに生まれたことのほかには、とくに付け加えることもないだろう。なお、「世界が再び終わる日に」は、アンソロジー『インスマス年代記』(学習研究社)に書き下ろされたもの。翻訳にあたり、同書収録の大瀧啓裕氏訳「世界の終わり」を参考にさせていただいた。

レアード・バロンには、*The Imago Sequence, Occulation, The Croning, The Beautiful Thing That Awaits Us All* などの著書がある。彼の作品は数々の雑誌やアンソロジーで読むことができる。アラスカ出身だが、現在はニューヨーク北部に在住している。

ウェブサイト　https://lairdbarron.wordspress.com

【訳者補足】レアード・バロンは一九七〇年アラスカに生まれる。二十代はアラスカで漁業と犬橇レースに過ごし、二〇〇〇年に雑誌 *Three-Lobed Burning Eye* 七月号に短篇小説を発表しデビュー。怪奇幻想小説だけでなく、犯罪小説や詩、雑誌編集やアンソロジーの編纂も手がけている。邦訳作品に「ガンマ」（『FUNGI　菌類小説選集　第Ⅱコロニー』Pヴァイン所収）がある。

本作「脅迫者」は、二〇〇四年にエレン・ダトロウのウェブジン *Sci Fiction* の八月二十五日号に発表され、短篇集 *The Imago Sequence*（〇七）に収録された。

ナディア・ブキンは、ワシントンDCのアメリカン・ユニヴァーシティの学位を国際情勢で取得し、現在は東南アジア情勢や国家主義、社会的アイデンティティ、政治的暴力などの調査に携わっている。それらの専門分野を題材にした創作もしているが、怪物を登場させることはあまりない。短篇小説のうち二篇がシャーリー・ジャクスン賞の候補にあげられ、また一篇が二〇一〇年のチジン社の短篇小説コンテストで首位を獲得している。

ウェブサイト　https://nadiabulkin.wordspress.com

【訳者補足】ナディア・ブキンは一九八七年ジャカルタに生まれる。雑誌 *ChiZine* の二〇〇八年七―九月号に短篇小説を発表してデビュー。現在までに同誌はじめ、小説誌やアンソロジーに三十数篇を発表している。本書の原書刊行後、一六年と一八年にも作品がシャーリー・ジャクスン賞候補にあげられた。一八年には十三篇を収録した短篇集*She Said Destroy*を刊行、同賞候補となった。

本作「赤い山羊、黒い山羊」は、幻想文学専門出版社インスマス・フリー・プレスが電子出版している雑誌*Innsmouth Free Press*の二〇一〇年七月号に発表され、*She Said Destroy*に収録された。本作がブキンの作品の日本での初紹介となる。

ブライアン・ホッジは、恐怖、犯罪、歴史のジャンルにまたがる十一作の長篇小説を発表し、文学賞も受賞している。中短篇は百作を超え、五つの作品集にまとめられている。最初の作品集*The Convulsion Factory*は、評論家スタンリー・ウィアターにより、モダン・ホラーの名作百十三冊のうちに選ばれた。

最新の著作と近刊は、犯罪小説の短篇集*No Law Left Unbroken*と、単発ものの中篇二作*The Weight of the Dead*と*Whom the Gods Would Destroy*があり、また破滅後の世界を描いた最初の長篇*Dark Advent*がハードカバーで復刊され、長篇*Leaves of Sherwood*の刊行も控えている。

コロラドに長く在住し、執筆を続けている。また、彼は音楽、効果音製作、写真も手がけており、有機農業に愛をこめて取り組んでいる（作物を盗むリスは除く）。さらにイスラエルの格闘技クラヴ・マガと、グラップリングやキックボクシングの鍛錬にも励んでいるが、リスと闘うのには役に立たないとのこと。

ウェブサイト（BRIANHODGE.NET）、

フェースブック（FACEBOOK.COM/BRIANHODGEWRITER）、

そしてブログ（WARRIORPOETBLOG.COM）で、彼の情報を得ることができる。

【訳者補足】ブライアン・ホッジの邦訳には、犯罪小説の長編『悪党どもの荒野』（扶桑社）のほか、ホラー短篇「がっちり食べましょー」（『死霊たちの宴』東京創元社収録）と、「鎮魂歌」（『ショック・ロック』扶桑社収録）がある。ホッジの作品はブラム・ストーカー賞をはじめ、多くの賞にノミネートされている。

「ともに海の深みに」は、スティーヴン・ジョーンズ編による三冊目の『インスマスの影』トリビュート・アンソロジー *Weirder Shadows Over Innsmouth*（二〇一三）年に書き下ろされ、翌一四年のローカス賞中篇部門にノミネートされた。

キム・ニューマンは、小説家、評論家にしてTVやラジオの番組出演者でもある。著書には本名で発表した *The Night Mayor*, *Bad Dreams*, *Jago*,《ドラキュラ紀元》シリーズ（アトリエサード）、*The Quorum*, *The Original Dr.Shade and Other Stories*, *Life is Lottery*, *Back in the USSA*（ユー

ジーン・バーンとの共著)、*The Man from the Diogenes Club* などがあり、ジャック・ヨーヴィル名義では『吸血鬼ジュヌヴィエーヴ』(ホビージャパン)、*Orgy of the Blood Parasites* などがある。また、ノンフィクションでは *Ghastly beyond Belief* (ニール・ゲイマンとの共著)、*Horror: 100 Best Books* (スティーヴン・ジョーンズとの共著)、*Wild West Movies, The BFI Companion to Horror, Millenium Movies: End of the World Cinema* などがあるほか、英国映画協会で『キャット・ピープル』や『ドクター・フー』の研究書を著している。また *Sight & Sound* や *Empire* などの雑誌では編集者と寄稿者を兼任して出版、放送ともに幅広い分野の話題を取り上げ、ラジオやTVのドキュメンタリー番組のスクリプトも手がけている。短篇小説"Week Woman"はTVシリーズ *The Hunger* のエピソードとして、"Ubermensch"はオーストラリアで短篇映画として、それぞれ映像化された。また、彼自身も短篇映画 *Missing Girl* の監督と脚本を手がけ、ウエスト・エンドの演劇 *The Haloween Sessions* の台本を合作している。

公式ウェブサイトのURLはWWW.JOHNNYALUCARD.COM。本書刊行前後の著書には、《ドラキュラ紀元》シリーズの復刊と、『モリアーティ秘録』(東京創元社)、*Nightmare Movies* の増補改訂版がある。二〇一二年には《ドラキュラ紀元》第四部 *Johnny Alucard* を発表した。続く長篇は *An English Ghost Story*。彼のツイッター・アカウントは@ANNODRACULA。

【訳者補足】 本書の原書刊行後も、ニューマンは安定したペースで作品を発表している。《ドラキュラ紀元》シリーズは明治時代の日本を舞台にした第五部に続き、一九九九年の東京に展開する第六部を本年三月に書き終えた。

「三時十五分前」は、一九八八年にイギリスのホラー雑誌*Fear*の第二号に発表されたのち、『インスマス年代記』に収録された。ジャズ・ヴォーカルのスタンダード・ナンバーにからめた言葉遊びを盛り込んだ、軽妙洒脱な（そして、翻訳者を苦しめる）小品である。翻訳にあたり、同書収録の大瀧啓裕氏訳を参考にさせていただいた。

ウィリアム・ブラウニング・スペンサーは、テキサス州オースティン在住の小説家である。著作には、長篇小説では*Maybe I'll Call Anna*, *Resume with Monsters*, *Irrational Fears*,『ゾッド・ワロップ――あるはずのない物語』（角川書店）などがあり、また短篇集に*The Return of Count Electric & Other Stories*, *The Oceans and All Its Devices*がある。

スペンサーは映画脚本家でもあり、その名が製作時に契約書に載ることがあるほどに著名である。

彼の長篇*Resume with Monsters*は、仕事運のない男がラヴクラフト世界の怪物たちと渡り合わなければならなくなる物語で、国際ホラー評論家協会賞を受賞した。同作は二〇一四年にドーヴァー社から復刊される。彼は新たな短篇集の原稿を上げ、次の長篇に取り組んでいる。

【訳者補足】スペンサーの邦訳には、他に短篇「真夜中をダウンロード」（『20世紀ＳＦ６　1990年代　遺伝子戦争』河出書房新社所収）がある。

「斑あるもの」は、二〇一一年にウィリアム・シェイファー編のアンソロジー*Subterranian: Tales of Dark Fantasy 2*に書き下ろされた。スチームパンク風秘境冒険物語なのだが、秘境というだけでどこを探検しているのかわからない舞台設定をはじめ、人を食ったネタをふんだんに盛り込んでいるのは、いかにも『ゾッド・ワロップ』の作者らしい。


エリザベス・ベアは、生年は違うが『指輪物語』のフロドとビルボ・バギンズと同じ誕生日だ。マサチューセッツでは古い屋敷に途方もなく大きな犬と住み、ウィスコンシンではパートナーであるファンタジー作家にして消防士のスコット・リンチと暮らしている。スポーツの中ではとりわけロック・クライミングが好きで、料理も得意だ。

彼女はヒューゴー賞とシオドア・スタージョン記念賞を受賞しており、長篇の新作に中央アジアを舞台にしたエピック・ファンタジー・シリーズEternal Skyの第二部*Shattered Pillers*がある。

【訳者補足】エリザベス・ベアの生年は一九七一年。二〇〇八年に短篇「受け継ぐ者」でヒューゴー賞、シオドア・スタージョン記念賞を共に受賞。翌〇九年には中篇「ショゴス開花」で再びヒューゴー賞を受賞するほか、ジョン・W・キャンベル賞、ローカス賞など輝かしい受賞歴を持つ。長篇の邦訳には《サイボーグ士官ジェニー・ケイシー》三部作（早川書房）と『スチーム・ガール』（東京創元社）がある。なお、Eternal Sky 三部作は二〇一四年に完結した。
「非弾性衝突」は、エレン・ダトロウのアンソロジー *Inferno: New Tales of Terror and Supernatural*（二〇〇七）に書き下ろされたもの。作中で堕天使たちがプレイする「エイトボール」は、ビリヤードの中でもルールがわかりやすく初心者から楽しめるゲームとして知られている。

フレッド・チャペルは小説家にして詩人である。グリーンズボローのノース・カリフォルニア大学で四十年間にわたり英語学の教授を、また一九九七年から二〇〇二年にかけてはノース・カリフォルニア桂冠詩人を務めた。もっとも著名な作品は、ラヴクラフトの世界に主題を取った一九六八年の長篇『暗黒神ダゴン』（東京創元社）だろう。また、ファンタジーやホラーの短篇小説を数多く書き、うち二篇で世界幻想文学大賞を受賞している。また、詩作ではエイキン・テイラー全米現代詩賞や、フランス最優秀海外文学賞、ボーリンゲン賞、T・S・エリオット賞を受賞している。
【訳者補足】「残存者たち」は、サバイバル冒険物語と往年のパルプSFを融合させた印象の、ヤングアダルト小説の味わいがある中篇。ラヴクラフトの『狂気山脈』と『超時間の影』を踏まえたうえで、独自の解釈を加えている点も興味深い。なお、作中にある自閉症への言及は厳密には正確と言えないが、作者に差別的な意図はないと念のため付記しておく。

本作の初出は、ダレル・シュワイツァー編のアンソロジー *Cthulhu's Reign*（二〇一〇）。クトゥルー支配下の世界を舞台にした作品を集めた一冊で、朝松健「球面三角」（短篇集『アシッド・ヴォイド』アトリエサード所収）は同書収録の英訳版で初めて発表された。

なお、チャペルの短篇の邦訳には、「恐るべき物語」（《別冊幻想文学2　クトゥルー倶楽部》掲載、《別冊幻想文学10　ラヴクラフト・シンドローム》再録）と、「ストの町の子供たち」（『Sudden Fiction 超短編小説70』文藝春秋所収）がある。

＊編者エレン・ダトロウの紹介は下巻に。

〈下巻収録作家〉ケイトリン・R・キアナン／トマス・リゴッティ／ジェマ・ファイルズ／ハワード・ウォルドロップ＆スティーヴン・アトリー／スティーヴ・ラスニック・テム／カール・エドワード・ワグナー／ジョー・R・ランズデール／ニック・ママタス／ジョン・ランガン

解説——ゴジラvsクトゥルー!?

東　雅夫

二〇一九年五月に封切られた米国映画『ゴジラ　キング・オブ・モンスターズ』（マイケル・ドハティ監督／以下『ゴジラKOM』と略称）は、天地を揺るがす巨大生物たちの激闘を圧倒的なスケールの映像美で描きあげ、「怪獣」の故郷たる日本のファンにも随喜の涙を流させたことは記憶に新しい。

かく申す私も「これこれ、これだよ！　嗚呼かくもマニアライクな名場面の数々が、生きてるうちに拝めるとは」と感涙にむせんだ一人だが、実はもうひとつ、初見に際して大いに仰天かつ昂奮させられたシーンがあった。

（以下しばらくネタバレ気味につき、映画を虚心に観たい向きは御注意ください）

米軍の超兵器オキシジェン・デストロイヤー（！）の直撃を受けて傷ついたゴジラの行方を探索する潜水艦が、深海の巨大洞窟へと入りこむ。そこには超古代文明の遺跡が連なり、その奥処には壮大な神殿が……え、おい、潜水艦に超古代文明に神殿……これってラヴクラフトの「神殿 The Temple」（一九二〇）そっくりではないの！

海底で座礁したUボート（旧ドイツ軍の潜水艦）の艦長が、アトランティスさながらの石造都市と巨大神殿を目撃――最後に死を覚悟して「されば慎重に潜水服を身につけ、胆をすえて階段を登り、あの原初の神殿、測り知れぬ深みで無量の歳月を閲《けみ》するあの沈黙の神秘の只中へと、足を踏みこむつもりである」（大瀧啓裕訳）という、まさしく『ゴジラＫＯＭ』の一場面《ワンシーン》を彷彿せしめる一節で締めくくられる初期短篇だ。

想像を絶する古代から海底に眠る幻妖の神殿という着想は、本格的なクトゥルー神話小説の初作となった「クトゥルーの呼び声 The Call of Cthulhu」（一九二六）に登場する海底都市ルルイエ（R'lyeh）へと受け継がれることになる。

ルルイエでは邪神クトゥルーが永き眠りについているわけだが、『ゴジラＫＯＭ』の海底神殿は、なんとゴジラの棲処（もしくはマグマ・エネルギーをチャージする拠点）として設定されているのだった。

思えばゴジラもクトゥルーも、深海から到来して人類に巨大な災厄をもたらす超越的な存在である点は、なるほど軌を一にしているといえよう。日米それぞれにおけるモンスターの総大将《ラスボス》というべき両者が、相共通する属性を帯びているのは、果たして偶然なのか否か……。

これは前にも指摘したことがあるが（新紀元社『クトゥルー神話大事典』所収「ラヴクラフトのいる日本文学史」参照）、『ゴジラ』から『ウルトラＱ』に始まる〈ウルトラ・シリーズ〉へと続く日本の特撮／怪獣映像の流れと、ラヴクラフト／クトゥルー神話の間には、ひとつの接点が存在する。

一九六〇年代後半、漫画雑誌のグラビア特集や怪獣図鑑などの企画構成者として一世を風靡した大伴昌司である。大伴は、若き日の紀田順一郎らと日本初の恐怖文学専門誌『ＴＨＥ　ＨＯＲＲＯＲ』を発刊するなど、怪奇幻想文学にもいち早く関心を寄せていた。とりわけラヴクラフト作品には、大いに魅了されたらしい。

「怪奇的なるもの、妖異現象への入れこみは並々ではなく、ここに収録された『怪物のすむ町』なども、ラヴクラフトの『インスマウスの影』を読んでから、何かにとりつかれたように一気に要約したもので、原作よりも密度の高いホラーとなっている」（講談社『大伴昌司《ＳＦ・怪獣・妖怪》秘蔵大図鑑』所収の紀田順一郎「妖怪」より）

「インスマスの影」への傾倒は、大伴が企画・脚本に協力した（クレジットは「原案」）『ウルトラＱ』の第二十話「海底原人ラゴン」（一九六六年五月放映）に結実したものと考えられる。

ちなみに大伴が、怪奇画家・石原豪人との名コンビで『ぼくら』誌上に連載した「モンスターランド」（一九六四～六五）は、「怪物のことならおまかせください！」というキャッチコピーのとおり、少年読者に向けた海外モンスター紹介記事として先駆的な意義を有する。戦後日本における「怪物／モンスター」啓蒙の大いなる先達と呼ぶにふさわしいだろう。

さて、以上のような諸々を踏まえて、本書『ラヴクラフトの怪物たち』を眺めるとき、真っ先に注目すべきは、ブライアン・ホッジ「ともに海の深みへ」だろう。

動物行動学の女性研究者が、謎めいた政府機関によって半ば強制的に絶海の孤島にある収容施設に同行を求められる発端からして、『ゴジラＫＯＭ』に通ずる緊迫感に満ちている。しかもそこには、インスマスと呼ばれる町から連行された住民たちが、現在も収容されており……そう、本篇は由緒正しき「インスマスの影」後日譚なのである。全篇にただよう陰鬱な怪奇ムードといい、深海にひそむ途方もない存在によってもたらされるクライマックスの大破壊といい、本書のコンセプトを十全に体現した逸品であると思う。

本書が日本初紹介となるジャカルタ（インドネシア）出身の作家ナディア・ブキンの「赤い山羊、黒い山羊」も、アジアン・ゴシックとでもいうべき舞台設定のもと、シュブ＝ニグラスの妖しき跳梁を活写して、鮮烈な印象を残す。百戦錬磨の辣腕アンソロジストたる編者ダトロウが「はしがき」で表明している本書の三原則――パスティーシュに陥らず、他書への採録がなく、ラヴクラフト系作品とは一見無縁な作家たち――を、最も満たした秀作といえるだろう。

スチームパンク風の機知縦横なウィリアム・ブラウニング・スペンサーの怪作「斑あるもの」といい、これまた怪作として名高い『暗黒神ダゴン』で知られるフレッド・チャペルの意外な一面が堪能できる力作「残存者たち」といい、本書に選ばれた作品群は粒ぞろいで、バラエティに富み、なによりクトゥルー神話の新たな可能性を追求してやまない覇気に満ちている。きっと泉下のラヴクラフト御大も、後裔たちの野心作に満足の笑みを浮かべているのではあるまいか。

なお、十二月に刊行が予定されている下巻にも、トマス・リゴッティ、スティーヴ・ラスニック・テム、カール・エドワード・ワグナー、ジョー・R・ランズデール、さらには日本通のエディターで作家としても活躍中のニック・ママタスの本邦初紹介作品まで、こちらも上巻におとらぬ多彩な顔ぶれが連なっているので、よろしく御注目のほどを。

二〇一九年八月

ラヴクラフトの怪物たち 上

2019年9月14日　初版発行

編　　　　　エレン・ダトロウ
翻訳　　　　植草昌実

企画　　　　合同会社パン・トラダクティア
校閲　　　　隼瀬茅渟

発行人　　　宮田一登志
発行所　　　株式会社 新紀元社
〒101-0054 東京都千代田区神田錦町1-7 錦町一丁目ビル2F
Tel.03-3219-0921　Fax.03-3219-0922
http://www.shinkigensha.co.jp/
郵便振替　00110-4-27618

カバーイラスト　鈴木康士
カットイラスト　YAZIRI
装幀　　　　久留一郎デザイン室
組版　　　　清水義久

印刷・製本　株式会社リーブルテック

ISBN 978-4-7753-1750-1
Printed in Japan